Harry Kämmerer

DUNKLE SEITE
Mangfall
ermittelt

DER DRITTE FALL

Volk Verlag München

Die Deutsche Bibliothek verzeichnet diese Publikation in der
Deutschen Nationalbibliografie; detaillierte bibliografische Daten
sind im Internet über http://dnb.ddb.de abrufbar.
© 2018 by Volk Verlag München
Neumarkter Straße 23; 81673 München
Tel. 089 / 420 79 69 876; Fax: 089 / 420 79 69 86
Druck: Kösel, Krugzell
Alle Rechte, einschließlich derjenigen des auszugsweisen Abdrucks
sowie der photomechanischen Wiedergabe, vorbehalten.
ISBN 978-3-86222-289-6
www.volkverlag.de

für euch

Das Personal

Andrea Mangfall ist Oberkommissarin bei der Münchner Mordkommission. Andrea ist Anfang 30: Sie hat nach kurzem, verwirrtem Studium zur Polizei gewechselt und spielt sporadisch noch Bass in der Band ihres Bruders. Im ersten Band *Filmriss*, in dem Andrea insgesamt vier Mordfälle aufzuklären hatte, konnte sie ihre unkonventionellen Ermittlermethoden bereits unter Beweis stellen. Allerdings auch, dass Berufliches und Privates bei ihr häufig durcheinandergeraten. Das gilt ebenfalls für Band II (*Absturz*), in dem sie es unter anderem mit einem U-Bahn-Attentäter zu tun hatte, der Menschen scheinbar wahllos vor einfahrende Züge stürzte.

Paul Mangfall ist Mitte 20, mittelloser Musiker und wohnt seit dem Scheitern seiner letzten Beziehung bei seiner Schwester Andrea im Westend. „Nur vorrübergehend" – seit fast einem Jahr. Paul sieht gut aus und weiß das auch. Seine aktuelle Liebe, die reizende Französin Madelaine, ist allerdings überstürzt nach Frankreich zurückgekehrt, nachdem sie Pauls öligen Musikmanager Chris in einer Auseinandersetzung kankenhausreif geprügelt hat. Pauls große Liebe ist weg. Gut, dass Andrea ein Auge auf Paul hat, denn er zieht Unheil an wie „Scheiße die Fliegen" (Zitat Andrea).

Josef Hirmer, Kriminalrat, ist Mitte 40 und Andreas Chef. Entspannter Typ, klassischer Beamter. Trotz beruflicher Coolness sorgen Andreas Alleingänge bei ihm immer wieder für Schweißausbrüche.

Karl Meier, Hauptkommissar, Mitte 30, ist ein ziemlicher Macho und gelegentlich unangenehm klugscheißerisch. Manchmal könnte Andrea ihn zum Mond schießen.

Christine Pulver, Hauptkommissarin, ist Ende 30 und stichelt aktuell nicht mehr gegen ihren Ex (Josef Hirmer), sondern hält aktiv die Augen nach anderen Männern offen. Ihre Hoffnung auf Liebesglück ist nach zahlreichen Enttäuschungen in den Kontakthöfen des Internets eher gering.

Harry Kramer, Oberkommissar, ist das „Schmuddelkind" der Abteilung. Anfang 30, immer ein wenig ungepflegt. Lieblingskleidungsstück: ein alter Bundeswehrparka mit großem Peace-Aufnäher. Harry ist eine Seele von Mensch. Liebäugelt stark mit linksalternativen Positionen und mag Kakteen. Selbige bevölkern flächendeckend die Fensterbretter des gemeinsamen Großraumbüros. Was Karl nicht so super findet.

Dr. Tom Lechner ist Abteilungsleiter der Kriminaltechnischen Untersuchung und dem Morddezernat zugeordnet. Tom ist schwer verliebt in Andrea, die ihn allerdings am langen Arm verhungern lässt. Aber Tom ist geduldig. Momentan liegt er im Krankenhaus nach seinem „Unfall" in der U-Bahn und hat viel Zeit zum Nachdenken.

Dr. Aschenbrenner („Asche") ist der gut geölte Dezernatsleiter, der seine Leute stets zu Spitzenleistungen antreibt. Sein Job ist es, den Laden nach außen und oben zu vertreten. Das harmoniert nicht immer mit dem Ermittlungseifer von Josefs Team und Andreas Sonderwegen.

Was bisher geschah

Andrea hat in der ersten Folge *Filmriss* vier Mordfälle mustergültig aufgeklärt, und das obwohl ihr die Eskapaden ihres Bruders immer wieder einen Strich durch die Rechnung machten. Im zweiten Band *Absturz* hatte sie es mit einem U-Bahn-Attentäter zu tun und einem komplexen Fall mit Anknüpfungspunkten in ihrer eigenen Vergangenheit: Auf der Burg der Adelsfamilie ihres Ex-Freundes kam es zu einem Todesfall, bei dem sich schnell zeigte, dass der Hausherr nicht einfach so die Stufen des großen Treppenhauses im Burgturm hinuntergestürzt war. Und dann gab es da noch den hinterhältige U-Bahnschubser, dem Andreas Freund Tom zum Opfer fiel.

Band III beginnt mit den letzten Seiten von Band II, mit einem mysteriösen Autounfall mit Fahrerflucht. Das Opfer des tödlichen Unfalls ist kein anderer als der gesuchte U-Bahn-Attentäter. Und der „Unfall" geschieht ausgerechnet vor dem Haus seines ersten Opfers ...

Whoa, Black Betty (bam-ba-lam)
Whoa, Black Betty (bam-ba-lam)
She really gets me high (bam-ba-lam)
You know that's no lie (bam-ba-lam)
She's so rock steady (bam-ba-lam)
She's always ready (bam-ba-lam)
Whoa, Black Betty (bam-ba-lam)
Whoa, Black Betty (bam-ba-lam)

(TRAD./LEAD BELLY)

Nummer 4

Josef reibt sich die müden Augen.

Er steht auf einem abgesperrten Parkplatz vor einem Hochhaus in der Quiddestraße in Neuperlach, einer Betonsiedlung im Osten Münchens. Die oberen Stockwerke der Hochhäuser stecken noch im Nebel, das verfilzte Gras der Grünflächen ist braun-schwarz gescheckt von feuchtem Laub. Die Waschbetoncontainer für die Mülltonnen glänzen nass. Vor den Hauseingängen rostige Fahrradgerippe in gefährlicher Schräglage. ‚Ja, ein Hort der Lebensfreude‘, denkt Josef. ‚Vielleicht sieht das bei Sonnenschein einen Hauch fröhlicher aus? Oder sieht man dann erst die Details, die Nebel und Morgengrauen jetzt noch gnädig kaschieren?‘ Josef kennt die Straße, den Ort. In der Hausnummer 4 hat das erste Opfer des U-Bahnschubsers gewohnt. Und hier liegt er nun selbst – der U-Bahn-Attentäter. Waren er und sein erstes Opfer Nachbarn?

Der Leichnam ist mit einem Sichtschutzzelt abgeschirmt. KTU und Rechtsmedizin sind bei der Arbeit. An vielen Fenstern der umliegenden Hochhäuser Schaulustige. Josef sieht dem Toten noch einmal ins Gesicht. Kein Zweifel – der Mann von ihrem Fahndungsfoto. Der Tom vor die U-Bahn gestoßen hat. Jetzt kommen die Kollegen an: Christine, Harry, Karl.

„Ist Andrea mit dir gefahren?“, fragt Harry.

„Ich hab versucht, sie anzurufen“, sagt Josef. „Wahrscheinlich meldet sie sich gleich. Sie ist gestern früher nach Hause. Hat sich nicht so gut gefühlt.“ Er deutet auf den Toten. „Und, was meint ihr?“

„Unfall mit Fahrerflucht?“, schlägt Karl vor.

Josef schüttelt den Kopf. „Offenbar ist das Auto mit Vollgas die Rampe vom Parkdeck runtergerauscht, trotz Bodenschwelle. Den Typen hat jemand mit voller Absicht umgefahren.“

„Papiere?“, fragt Christine.

Josef greift in die Jackentaschen des Toten. Keine Papiere, keine Geldbörse, nur ein Schlüsselbund. Und ein Autoschlüssel. Der ist alt, keiner von denen, die man nur drücken muss und schon blinkt einen der eigene Wagen an.

„Vermutlich wohnt er in einem der Häuser", murmelt Josef. „Also, vielleicht hat er da gewohnt." Missmutig lässt er seinen Blick durch die Wohnanlage streifen. „Sind ja nur sechs große Wohnblöcke, jeder mit mindestens 15 Stockwerken."

Josef nimmt das Fahndungsbild und geht zu der Menschentraube vor der Absperrung, hält das Bild hoch. „Kennt jemand von Ihnen diesen Mann?"

Interessiert betrachten die Leute das Bild.

„Das ist der Typ bei uns im siebten Stock", meldet sich ein Mann mit alkoholgerötetem Gesicht. „Der Krämer. Der Bart ist allerdings neu."

„Wie heißen Sie bitte?"

„Schlater. Herbert Schlater."

„Wo wohnen Sie?"

Der Mann deutet zu einem der Hochbunker. „In der 4. Im achten Stock."

Josef nickt, überlegt. Seine Gedanken rotieren. Ausgerechnet Hausnummer 4 – wo auch Peter Bruckner gewohnt hat, das erste Opfer des Schubsers. Vielleicht ist seine Witwe jetzt an einem der Fenster? Was ist das hier – ein Racheakt? Von ihr? Nein, sicher nicht, das war eine nette, empathische Frau. Sie war betroffen. Nicht voller Groll. Erstaunlich genug. Naja, ihr Mann war Sozialpädagoge. Und auch sie ist im sozialen Bereich tätig. Soll er ihr einen Besuch abstatten? Noch wissen sie ja nichts Näheres über den Täter. Der jetzt selbst ein Opfer ist.

Er sieht wieder zu dem Nachbarn, der wegen Josefs geistiger Abwesenheit ein wenig irritiert ist. Josef lächelt ihn an. „Ah, Herr …?"

„Schlater, Herbert Schlater. Ist der Mann von dem Foto der Tote da drüben?"

„Kommen Sie!" Josef führt den Mann zu dem Toten und lässt ihn einen Blick auf dessen Gesicht werfen. Schlater nickt.

„Herr Schlater, was wissen Sie über Ihren Nachbarn?"

„Ich hab oft Ärger mit dem Typen. Der hat die Stereoanlage immer ewig laut aufgedreht. Ich mein, das geht ja nicht, in einem Haus mit so vielen Mietparteien. Richtig laut. Bässe voll aufgedreht. *Bumm, bumm, bumm!* Die ganze Nacht."

„Herr Schlater, kommen Sie bitte mit. Karl, Christine, ihr auch. Harry, du bleibst bitte unten. Schau, ob du das Auto findest." Er gibt Harry die Autoschlüssel.

Sie fahren mit Schlater in den siebten Stock hoch und lassen sich die Wohnungstür zeigen. *Vinzenz Krämer* steht auf dem Klingelschild.

„Jetzt bin ich aber gespannt", sagt Schlater. „Also, das war ja voll der Assi, der Krämer. Der hat bestimmt eine Riesensauerei in seiner Bude."

„Ja, dann bleiben Sie bitte weiterhin gespannt", sagt Christine und deutet zum Lift. „Ab hier kommen wir alleine zurecht."

Beleidigt zieht Schlater ab. Josef probiert die Schlüssel aus der Jackentasche des Toten. Einer passt, er sperrt auf. Sie schalten das Licht an. Eine kleine, zugemüllte Zweizimmerwohnung. Pizzakartons stapeln sich in der Küche, unter der Spüle befinden sich jede Menge leere Dosen und Gurkengläser, zum Teil mit flauschigen Schimmelkulturen. Das Wohnzimmer bietet neben einem riesigen Fernseher vor allem strenge Gerüche, die ein überquellender Aschenbecher auf dem Couchtisch und eine Batterie Flaschen mit Restflüssigkeiten absondern. Auffällig sind die großen Boxen, das Mischpult und die zwei Plattenspieler.

„Wer braucht so was, ein DJ?", fragt Karl.

Christine zuckt die Achseln und öffnet die Balkontür, tritt raus, atmet tief durch, sieht nach unten: das Sichtschutzzelt auf dem Parkplatz, die Schaulustigen, die Polizeifahrzeuge. Hinter dem Parkplatz erstreckt sich der Ostpark. Hinter dem Park liegen das Michaelibad und die U-Bahnstation. Das ist alles nicht weit.

„Kommt ihr mal ins Schlafzimmer?", ruft Karl.

Sie betreten das kleine Schlafzimmer. Neben dem großen Schrank steht in der Ecke ein schmaler Schreibtisch. Darauf ein Laptop.

An der Pinnwand Fotos. Von Andrea. Selbst geschossen und aus dem Internet.

„Das ist ein Stalker, ein Irrer", sagt Christine und sieht Josef an. „Wo ist Andrea?"

„Das frag ich mich langsam auch", murmelt Josef und greift zum Handy. Er hat ein ungutes Gefühl, erinnert sich an Pauls panischen Anruf von gestern. Hat er Paul nicht ernst genug genommen? Er wählt Andreas Nummer. Nichts. Das Handy ist immer noch ausgestellt. Er probiert es auf dem Festnetz. Jetzt klappt es. „Paul, ist Andrea zu Hause?"

„Nein, sie ist heute Nacht nicht heimgekommen. Bei Tom kann sie ja nicht sein … Ich mach mir Sorgen …" – „Paul, hör zu", unterbricht ihn Josef. „Wir haben den U-Bahnschubser gefunden."

„Was habt ihr?"

„Den Attentäter. Der auch Tom geschubst hat. Er ist tot."

„Was, Tom ist tot?"

„Nein, der Attentäter. Und jetzt hör zu: Der hatte Andrea im Visier. Wir haben Fotos von ihr in seiner Wohnung gefunden. Auch von dir. Er hat euch zu Hause beobachtet und fotografiert. Offenbar von einem Haus gegenüber oder nebenan. Ich erreiche Andrea nicht, ihr Handy ist aus."

„Scheiße! Wo seid ihr?"

„Neuperlach."

„Wo genau?"

„Quiddestraße 4."

„Wohnt er da, der U-Bahn-Heini?"

„Wohnte. Er ist tot."

„Ich komme sofort."

„Paul …!"

Die Leitung ist tot. Josef flucht. War das richtig, Paul zu informieren? Aber was hätte er sagen sollen? Dass alles okay ist? Dass er zu Hause bleiben und das den Profis überlassen soll? Unsinn. Profis! Sie haben nicht die geringste Spur von Andrea. Vielleicht hat Paul ja eine Idee. Er kennt sie von ihnen allen am besten.

Krank

Paul ist in Panik. Der Typ, der die Leute vor die U-Bahn gestoßen hat, ist tot und Andrea verschwunden. Wenn er sie in seiner Gewalt hat, nein, hatte – was ist jetzt mit ihr, wo ist sie? Wo hat er sie versteckt? Auf Autopilot fährt er zu der Adresse, die ihm Josef genannt hat. Viel zu schnell, über zwei rote Ampeln. Ist ihm egal.

Harry hat auf dem Parkdeck in der Quiddestraße nach zahlreichen Versuchen bei verschiedensten älteren Autos endlich die Fahrertür eines alten Fiesta geöffnet, der offenbar dem Toten gehört hat, als Josef ihn am Handy erreicht und von Pauls Kommen unterrichtet. „Kümmerst du dich bitte? Damit uns Paul die ganzen Schaulustigen da unten nicht aufstachelt."

Pauls Ankunft ist dank kreischender Bremsen und Reifen nicht zu überhören. Er parkt einfach auf dem Gehweg und springt heraus. Harry eilt die Rampe runter und fängt ihn ab. „Paul, ganz ruhig."

„Ganz ruhig?! Der Typ hat wahrscheinlich Andrea hopsgenommen und jetzt ist er tot und Andrea sitzt irgendwo in einem Erdloch, in einem Keller …! Wohnt er hier? Habt ihr im Keller geschaut?"

„Klar, wir schauen uns auch den Keller an."

„Wo ist Josef?"

„Er ist oben in der Wohnung von dem Typen. Sie haben dort Bilder von ihr gefunden."

„Diese Drecksau! Ich will die Wohnung sehen!"

„Nein. Da ist die Spurensicherung drin. Lass die ihre Arbeit machen."

„Spurensicherung? Ist das ein Tatort, oder was?!"

„Nein. Beruhig dich, Paul! Lass uns gemeinsam überlegen, wo Andrea sein könnte. Wenn er sie gekidnappt hat, wo könnte er sie verstecken?"

„Woher soll denn ich das wissen?! Ich sitz nicht in dem kranken Hirn von dem Typen!"

„Paul, wir überlegen in Ruhe, was zu tun ist."

„Ich hab keine Ruhe!"

„Hat sie dir was zu den Ermittlungen gesagt? Oder was sie vorhat?"

„Nein. Was würdest denn du tun, wenn du den Täter suchst? Als Polizist. Ich mein, wo würdest du anfangen, wenn du ihn suchst?"

„Am Tatort. Also, wo er seine Verbrechen begangen hat."

„An welchem Tatort?"

„Am ersten."

„Warum?"

„Weil dort alles angefangen hat."

„Das war im U-Bahnhof Michaelibad, oder?"

Harry nickt.

„Dann fahren wir jetzt da hin", beschließt Paul.

„Ich geb Josef Bescheid."

Sie steigen in Pauls Wagen. Inzwischen ist es zehn Uhr vormittags. Der Nebel hat sich fast verzogen, die Sonne wirft blasses Licht auf den Münchner Osten. Auf der Bad-Schachener-Straße herrscht reger Verkehr. Paul fährt wie der Henker, Harry verkneift sich jeglichen Kommentar, hält sich am Türgriff fest.

„Halt da vorn am Kiosk an", sagt Harry.

Sie steigen aus. Zwei Gestalten schlagen an einem Stehtisch bereits die Zeit mit Bier und Zigaretten tot. Harry nickt ihnen zu.

„Na, heute ohne deine Freundin?", fragt einer der alkoholgetränkten Rothäute.

„Sieht so aus", meint Harry. „Habt ihr sie nochmal gesehen? Gestern?"

Die zwei Stehtischhänger sehen sich nachdenklich an.

„War das gestern?", fragt schließlich einer den anderen.

„Kann sein. Doch, genau, das war gestern, wir haben ja dem Ernst seinen Geburtstag begossen."

„Der Ernst, stimmt. Ja, dass der Ernst mal 70 wird, das hätt keiner gedacht, also, so wie der sich immer die Kante gibt."

„Mann, Leute! Habt ihr sie gestern gesehen?"

„Ja, wenn gestern dem Ernst sein …"

„Welche Uhrzeit?", insistiert Harry.

„Die Sonne sank bereits hinter den Horizont."

„Und wo ist sie hin?"

„Erst hat es so ausgeschaut, als will sie zu uns, die Maus. Dann hat sie beigedreht. Wir sind ihr wohl nicht fein genug."

„In welche Richtung ist sie gegangen?"

„Da runter", sagt der Angesprochene und deutet die Bad-Schachener-Straße entlang. Der andere sieht verwirrt in diese Richtung, dann nickt er und trinkt einen großen Schluck Bier.

„Vielleicht ist sie nochmal zur Siedlung", meint Harry.

„Wieso nochmal?", fragt Paul.

„Als wir das erste Mal hier waren, dachte Andrea, er wohnt vielleicht da. Also der Täter."

„Warum?"

„Nur ein Gefühl, eine Vermutung. Die kleinen Häuser, die Enge. Aber da hat sie sich getäuscht. Er wohnt in der Quiddestraße."

„Das weiß Andrea ja nicht. Sie hat ihn da gesucht. Also los."

Paul sieht im Loslaufen eine Gruppe junger Punks auf dem Lüftungsschacht der U-Bahn sitzen. „Sind die immer da?", fragt er.

„Ja", sagt Harry, der mit ihnen schon einmal gesprochen hat.

Paul geht zu ihnen rüber. „Hey Leute, ich such meine Schwester. Habt ihr sie gesehen? Gestern Abend beim Kiosk? Anfang 30, so 1,60 groß, schwarze Haare, dunkle Klamotten, sportlicher Typ."

„Gibt's viele", sagt ein Mädchen mit schwarzem Bürstenhaarschnitt.

„Die Polizistin", ergänzt Harry.

„Ach die. Nein, nie wieder gesehen."

„Ist das ein kluger Hund?", fragt Paul und deutet auf den Schäferhund mitten in der Gruppe.

„Klüger als viele Menschen."

„Glaub ich. Wie heißt er denn?"

„Sie. Lassie."

„Hübscher Name", sagt Paul ohne jede Ironie und dreht sich weg. Harry sieht ihm irritiert hinterher, wie er zum Auto geht. Kurz darauf kommt er mit einem Pullover zurück. „Der ist von meiner Schwester. Vielleicht findet Lassie die Spur."

„Wir helfen keinen Cops", murmelt eins der Kids.

„Ich bin kein Cop!", bellt Paul. „Und meine Schwester ist in Lebens-
gefahr! Ihr helft mir jetzt, sonst vergess ich mich, ist das klar?"
Die Jugendlichen nicken eingeschüchtert.
Harry, Paul und die Kids samt Hund ziehen los. Bei der Siedlung
hat sich einiges geändert, seit Harry das letzte Mal hier war. Nicht
verschlafene Ruhe zwischen den kleinen Häusern, sondern ohren-
betäubender Lärm und der Sprühnebel von Wasserkanonen, der
den Staub der Abbrucharbeiten binden soll.
„Verdammt!", flucht Harry und rennt los. Paul versteht nicht sofort.
Dann doch – wenn Andrea in einem der Abbruchhäuser ist! Jetzt
rennen alle, selbst die Punks, der Hund stürmt voraus.
Harry sucht den Bauleiter. Findet ihn endlich in einem der Container. „Stoppen Sie sofort die Maschinen!"
Der Bauleiter sieht ihn konsterniert an. „Was soll'n des? Einfach
da reinmarschier'n? Das ist eine Baustelle! Das ist gefährlich!"
Harry hält ihm seinen Polizeiausweis unter die Nase.
Der Polier tritt nach draußen und macht seinen Kollegen Zeichen,
die Arbeiten einzustellen. Der Motor des großen Baggers erstirbt,
ebenso das Pochen der Presslufthämmer. Auch das Wasser der
Sprühkanonen wird abgedreht.
Plötzlich ist es gespenstisch still. Von der Baustelle steigt eine
dichte Wolke Staub auf. Glüht in der Vormittagssonne. ‚Wie bei
einem Atombombentest in der Wüste von Nevada', denkt Harry.
Auch die Punks sind beeindruckt.
Paul hält dem Hund Andreas Pulli hin, lässt ihn schnüffeln.
„Such!"
Der Hund stürmt los. Harry ist skeptisch, ob er im Staubgewaber
irgendwas wahrnimmt, aber der Hund wuselt zielsicher durch die
Trümmer und verschwindet in einem der Gebäude.
„Halt!", schreit der Polier. „Nicht ohne Helm!" Er reicht Harry
und Paul Helme und betritt das Gebäude als Erster. Harry und
Paul folgen ihm.
Sie ziehen sich die T-Shirt-Krägen über Mund und Nase. Überall
dichter Staub. Blindflug. Der Hund bellt. Erster Stock. Treppe

hoch. Sie betreten einen Raum, dessen Fensterseite bereits teilweise weggerissen ist. Alles voller Dreck, Mörtel, Scherben.

Jetzt sehen sie Andrea. Sie lehnt an der Gasheizung, ist mit einer dicken Staubschicht überzogen. Im Gesicht schwarze Rinnsale, Tränen, die sich den Weg durch den Dreck gebahnt haben. Paul sieht ihre nasse Jeans. Sie hat sich angepinkelt. Ihre Augen sind weit vor Angst.

„Andrea!" Paul nimmt ihr den Knebel aus dem Mund und umarmt sie.

Harry beauftragt den Polier, einen Krankenwagen zu rufen, und versucht, Andrea von den Fesseln zu befreien. Sie ist mit Kabelbindern am Gasrohr der Heizung fixiert. „Ich krieg die Scheiß-Kabelbinder nicht auf", flucht er.

Paul greift in die Hosentasche und gibt ihm sein Feuerzeug. Jetzt mischt sich die staubige Luft mit dem scharfen Geruch von verschmortem Plastik. Andreas Hände fallen nach unten.

Paul sieht die blutigen Striemen an ihren Handgelenken. „Meine arme kleine Schwester, du brauchst keine Angst mehr zu haben. Die Bestie ist tot."

Andrea reagiert nicht.

„Der Typ ist tot", sagt Harry zu ihr. „Überfahren. Die Gefahr ist vorbei."

Andrea sieht ihn mit leeren Augen an.

Als der Rettungswagen kommt, gibt Paul Harry den Schlüssel für Andreas Wagen und fährt mit seiner Schwester ins Krankenhaus. Harry ruft Josef an, gibt ihm ein Update.

„Brauchst du uns noch?", fragt eins der Punkmädchen hinterher.

„Nein, vielen Dank. Euer Hund hat unserer Kollegin das Leben gerettet. Der Bagger war schon an dem Haus dran. Vielen Dank. Hat Lassie gut gemacht."

„Das mit Lassie war ein Witz."

„Ja, ein guter. Danke nochmal!"

Die Jugendlichen trollen sich. Harry kratzt sich am Kopf. Hätte er ihnen was anbieten sollen? Geld, ein Gespräch, einen Rat, wie sie aus dieser Situation rauskommen? Aus welcher Situation? Jeder wählt seinen eigenen Lebensstil. Tut man das? Warum leben die so? Zu wenig Liebe zu Hause? Sicher. Nein, das geht ihn nichts an. Das kann er nicht lösen. Er ist kein Sozialarbeiter. Wie Peter Bruckner. Das erste Opfer des Attentäters.

„Wohin hat man Andrea gebracht?", fragt Josef, als Harry wieder in der Quiddestraße eintrifft.

„Krankenhaus Bogenhausen. Paul will, dass sie in Toms Nähe ist."

„War es knapp?"

„Arschknapp. Offenbar hat sie nach ihm gesucht. Und ihn gefunden. Oder andersrum."

„Warum dreht Andrea immer allein diese Dinger?"

Karl zuckt mit den Schultern. „Das ist nicht ihre Schuld, sag ich mal. Der Typ hätte sie sowieso gekriegt. Wenn nicht da, dann woanders. Die ganzen Fotos in seiner Bude. Er war immer an ihr dran."

„Jetzt nicht mehr", sagt Christine.

„Ist der Fall mit dem U-Bahnschubser damit abgeschlossen?", fragt Harry.

Josef wiegt zweifelnd den Kopf hin und her. „Die Motive liegen völlig im Dunkeln. Auch was zu seinem Tod geführt hat. Das ist kein Unfall, wenn du auf einem Parkplatz mit Vollgas überfahren wirst."

„Aber das Motiv?", fragt Christine.

„Der Schubser hatte auch keins", meint Harry.

„Doch, Geltungssucht", widerspricht Karl.

Josef nickt. „Vielleicht sind wir ein bisschen schlauer, wenn wir seinen Laptop gecheckt haben."

James Bond

Paul liegt auf seinem Bett, starrt die Zimmerdecke an. Verkehrte Welt. Er ist doch eigentlich derjenige in der Familie, der immer in unangenehme und gefährliche Situationen reinrutscht, nicht Andrea. Ist das so? Wenn er sich das jetzt genau überlegt, dann stimmt das nicht. Andrea hat einen lebensgefährlichen Job. Weiß er doch. Verdrängt er aber in der Regel. Zum ersten Mal hat er heute echte Verlustängste gehabt. Wirklich große Angst. Diese Geschichte letztens mit der Lawine in den Bergen, als Andrea in der Hütte verschüttet war, das war eher wie bei James Bond. Da ist ihm gar nicht der Gedanke gekommen, dass ihr wirklich etwas passieren könnte, obwohl er die Gefahr doch am eigenen Leib gespürt hat. Er war sich sicher, dass Andrea unverwundbar ist. Unsinn, ist sie nicht. Die Hütte hätte unter der Schneelast einfach zusammenklappen können wie ein Kartenhaus. Und das wäre es gewesen. Kam ihm gar nicht in den Sinn. Aber als er sie vorhin in dem Abbruchhaus gesehen hat, bedeckt mit Staub und Dreck, mit der vollgepinkelten Hose – sie sah fürchterlich aus. Ein Häufchen Elend. Nein, anders – als hätte jemand einen ganzen Berg Elend auf seiner wunderbaren, schönen Schwester abgeladen. Sie ist doch die Starke, die ihn, ihren kleinen Bruder, immer wieder aus der Scheiße raushaut. *Ach, Andrea!*

Paul gähnt. Er ist erschöpft, hat zu viele Gefühle verbraucht, sich zu viele Sorgen gemacht. Er muss schlafen. Dringend. Und dann wird er am Nachmittag ins Krankenhaus fahren. Der Arzt hat gemeint, dass sie ein paar Tage zur Beobachtung dableiben soll. Nichts Schlimmes. Aber was weiß der denn? Es geht doch nicht nur um einen messbaren Gesundheitszustand. Wenn diese Erfahrung nicht schlimm war, was ist dann schlimm? So einfach steckt man das nicht weg. Auch Andrea nicht. Hoffentlich hat sie keinen Psychoknacks.

War's das?

Karl ist frustriert. Die Analyse der Laptop-Festplatte des U-Bahn-schubsers ergibt rein gar nichts. Viele Musikdateien – House- und Elektrotracks –, ein paar belanglose Mails, keine zwielichtigen Seiten mit Pornos oder Gewalt. Auch nichts, was auf weitere Verbrechen hindeutet, auf Mittäter, auf Motive. Er fährt den Laptop runter, startet Word auf seinem Computer, um einen kurzen Abschlussbericht zu schreiben. War's das wirklich mit ihrem Serientäter? Ein Problem, das sich von selbst erledigt hat? Nein, nicht wirklich. Es hat sich ja gerade nicht selbst erledigt. Jemand anders hat das getan. Wer hat Vinzenz Krämer umgefahren? Und warum? Vielleicht kann Andrea noch was zu dem Typen erzählen, wenn sie wieder aus dem Krankenhaus zurück ist. Manchmal kommen diese Psychopathen ja plötzlich ins Reden, wenn sie glauben, am Ziel zu sein, die Lage zu beherrschen. Ja, vielleicht kann ihnen Andrea weiterhelfen, um diesen Typen und seine Welt zu verstehen.

Wie lange wird Andrea in der Klinik sein? Komisch, wenn sie da ist, nervt sie ihn meistens. Jetzt, wenn sie nicht da ist, fehlt sie ihm. Er sieht zu Harry, der sich gerade mal wieder um seine Kakteen kümmert. Spinner! Aber die Aktion in der Siedlung am Innsbrucker Ring war super von ihm und Paul. Guter Instinkt. Gerade noch rechtzeitig. Das hätte böse ausgehen können. Und er selbst hatte sich noch über Andrea lustig gemacht, als sie gemutmaßt hatte, dass sich der Typ da rumtreibt. Sie hatte recht.

Er sieht zu Christine. Sie ist in irgendeine Recherche vertieft. Josef ist bei Dr. Sommer in der Rechtsmedizin. Wegen der Obduktionsergebnisse. Das wird vermutlich nicht viel bringen. Was soll es schon groß für Spuren geben an der Leiche des U-Bahnschubsers nach so einem Crash? Ein paar Lackpartikel, eventuell Hinweise auf die Automarke, den Autotyp. Wenn es ein Allerweltsmodell ist, haben sie wenig Chancen. Ein konkreter Hinweis auf das Auto wäre gut. Augenzeugen gibt es bis jetzt leider nicht. Karl wundert sich. Da leben in so einem Hochhausviertel so viele Leute auf engstem Raum zusammen, aber sehen tut dann keiner was. Naja, es war tief in der Nacht.

Karl schaut nach draußen. Es ist schon dunkel. Er tippt die letzten Zeilen seines Berichts, speichert und fährt den Computer runter. Das war's für heute.

Der Deal

Fuck! Der Deal ist durch und jetzt soll ich nochmal hin? Reden. Mit wem? Was gibt es da noch zu reden? Ich bin abgezogen, Auftrag zu Ende. Das hier gefällt mir nicht. Allein, dass ich wieder in Neuperlach bin. Die ganze Aufregung in letzter Zeit wegen der U-Bahn-Sache auf der anderen Seite des Parks. Ich hasse die U-Bahn. Aber heute hab ich sie genommen. Auto wäre zu auffällig. Irgendwer sieht immer was. Und dann dieser Unfall mit Fahrerflucht. Zu viel Aufmerksamkeit für diese Gegend. Gut, dass ich jetzt raus bin aus der Geschichte. Zu gefährlich. Ich muss weg aus München. Der nächste Job dann bitte irgendwo oben im Norden. Weit weg. Lange muss ich eh nicht mehr arbeiten. Wenn die Kohle kommt, bin ich weg. Und die Kohle kommt. Das ist so sicher wie das Amen in der Kirche.

Kein Verkehr. Viertel nach elf. Bin ein bisschen früh dran. Egal. Kann ich wenigstens nachsehen, ob wirklich alles aufgeräumt ist, ob die Wohnung leer ist. Die Wohnblocks – wenn ich in so einem gesichtslosen Mietsilo leben müsste! Die ganze Gegend – nichts los, alles tot. Nur noch über die Straße.

BSSSOSCHHHTAANGG!

Ein Blitz! Ein Knall! Ich flieg hoch in die Luft, ich schlag Saltos, seh das ganze Universum, all die Sterne, Spiralnebel, spür die kalte, schneidende Nachtluft. Seh alles wie im Traum. Ganz weit, ganz hoch hinauf, all die Lichtstraßen der großen Stadt, das Flirren der Autoscheinwerfer, die roten Schlangen der Rücklichter, das Farbenspiel der Ampeln, die Blaulichter der Polizeiautos, die Neonwerbetafeln, die alles versprechen. Ich versprech auch etwas: dass es vorbei ist mit dem Katz-und-Maus-Spiel, mit der ganzen verrückten Scheiße. Die tausend Dinge, die ich noch vorhab, die ich verpasst hab, alles kondensiert in einem Augenaufschlag, einem Knall. Alles explodiert, implodiert, erlischt.

PLOCK!

Aufprall. So hart!

Ah, diese Schmerzen. Alles ein einziger Schmerz. Mein Kopf? Funktioniert noch.

*Was war das? Ein Auto? Da war doch keins? Oder? Ich hab nichts
gehört.*
Doch – jetzt Autotüren, Schritte, Stimmen.

„Boh, voll auf die 1-1-2.“
„Respekt, hast ihn sauber erwischt.“
„Ja. Geiler Stunt, der Gute.“
„Und wir wieder: *Bssst – out of the black!* Wir haben's echt drauf.“
„Und diesmal ist es der Richtige.“
„Ja, das ist er. Hier schau, das Foto.“
„Ich brauch kein Foto.“
„Klar, wie letztes Mal.“
„Hey komm, Fehler passieren. Den Typen kenn ich von den Veran-
staltungen.“
„Na dann. Auftrag erledigt. Los, ab die Post!“
„Und wir lassen den hier einfach liegen?“
„Ja, wo denn sonst?“
„Ich mein, weil da gestern schon der andere rumgelegen ist. Das
schaut doch komisch aus?“
„Ist halt eine gefährliche Gegend. Unfallschwerpunkt, haha.“

Wer seid ihr? Kennen wir uns?
Ich würde gern mitlachen. Kann nicht.
Alles zerfließt in Schmerz. Und Schwarz. Ich, ich, ich …

„Ich schau mal, was er dabeihat. Seinen Geldbeutel braucht der
doch jetzt nicht mehr?“
„Hey, Alter, sind wir Leichenfledderer? Nein, sind wir nicht. Wir
sind Ehrenmänner.“
„So, und was war mit der Tasche von dem Typen gestern?“
„Da war eine Knarre drin. Die kannst du doch nicht einfach auf
der Straße liegen lassen. Stell dir mal vor, Kinder finden die und
ballern dann rum?“
„Ja, an dir ist ein Pädophiler verloren gegangen.“

23

„Du sagst es. Jetzt lass uns abhauen, bevor hier in Schlafcity doch noch jemand aufwacht und auf die Straße schaut."

Sie gehen zurück zu ihrem Wagen. Mit leisem Sirren gleitet der Toyota davon.

„Der Prius macht einen Superjob!"

„Ja, diese Elektromotoren sind voll der Fortschritt. Krasser Überraschungseffekt. Und mit 50 hast du schon ordentlich Bums. Sind echte Waffen, diese Hybridkisten."

„Aber die Frontscheibe hätte er uns nicht einhauen brauchen."

„Ist doch egal. Die Mühle kommt ja eh in die Presse."

„Wie, du willst die Kiste wegschmeißen?"

„Ja, logisch. Keine Spuren. Wir machen das wie besprochen. Wir nehmen den Wagen auseinander, schrotten die Karosserie und verscherbeln den Rest als Ersatzteile. Und vorher noch alles dampfstrahlen."

„Wenn du meinst. Weißt du noch, wie wir damals den Buick hergenommen haben?"

„Anfängerfehler. Zu laut. Musst du den richtigen Moment ganz genau abpassen. Bei hohem Tempo. Damals hat der Heini es ja auch noch geschnallt und dreht sich um. Hat uns gesehen. Zu spät allerdings. Was mich am meisten gewundert hat: dass an der Kiste so viel kaputtgeht. Ist doch ein Riesenauto, voll massiv. Das war echt blöd. Du darfst für so was keine Mühle nehmen, an der dein Herz hängt. Schon weil du so schwer Ersatzteile kriegst. Hätten wir die Lichter nicht mehr bekommen, wären wir den Buick vielleicht gar nicht mehr losgeworden."

„Ach, der Buick. Schöne Zeit. Wobei unser Mustang auch ein geiler Schlitten ist."

„Also, die roten Ledersitze sind nicht wirklich meins."

„Mann, Junge, das ist Vintage. So was wird heute gar nicht mehr hergestellt."

„Meinst du, das war ein Fehler, dass wir damals den Buick verkauft haben? Also, wenn da jemand doch mal das Nachforschen anfängt. Können da noch Spuren dran sein?"

„Nach zwei Jahren! Nie im Leben! Und ich hab für den Tag ein Alibi. Du auch. Du glaubst doch nicht im Ernst, dass nach zwei Jahren da noch irgendwas kommt? Unfall mit Fahrerflucht – so was passiert doch andauernd. Sogar die Aktion gestern hat keine große Welle gemacht. Ich hab zumindest nichts gehört."

„Da machst du es dir ein bisschen einfach. Die Polizei ermittelt garantiert wegen Fahrerflucht."

„Ja klar. Aber die werden doch nicht ausgerechnet uns auf dem Schirm haben. Wie denn?"

„Zeugen?"

„Und wenn – die Kennzeichen sind geklaut. Das führt zu nichts."

„Na hoffentlich. Und jetzt brauch ich was zum Essen. Ich hab voll Kohldampf."

„Später. Zuerst bringen wir die Karre heim, waschen sie und nehmen sie auseinander. Oder wir nehmen uns unterwegs noch was mit. Beim *Burger King* in Riem."

„Also, ich mag lieber zum *Macky*. Vom *Burger King* hört man ja immer so Sachen. Von wegen: Hygiene und so."

„Du und Hygiene …"

„Das sagt genau der Richtige! Das mit dem Klo gestern war schon grob."

„Ich war in Eile."

„Du bist immer in Eile. So schwer ist das mit der Bürste nicht. Also, was essen wir?"

„Scheiß auf Hamburger! Ich mag eh lieber ein Schinkenbrot. Mit Gurke. Haben wir noch Gurken zu Hause?"

„Immer doch. Denn: Ein Leben ohne Gurken …"

„… ist kein Leben."

Ohne Seele

Der Schrottplatz Reitberger am Kiesgrund in Aschheim hat schon bessere Tage gesehen. Eine postapokalyptische Idylle, ein chaotischer Traum in Rost. Die Brüder Augustin und Franz Reitberger betreiben den Laden, ein altes Familienunternehmen, das ihnen die Eltern hinterlassen haben, die bei einem Autounfall – wie sonst? – ums Leben kamen. Mama hatte im Betrieb immer für Ordnung gesorgt. Jetzt nicht mehr. Vor vielen Jahren gehörte die Kiesgrube auch noch zum Geschäft. Bis ein plötzlicher Wassereinbruch das Business mit dem Kies unattraktiv machte. Jetzt befindet sich neben dem Schrottplatz ein zwei Quadratkilometer großer Baggersee, der mit seinen alten Förderanlagen die Dorfjugendlichen anlockt, die von den hohen Auslegern der Bagger in die Tiefe springen. Die Schilder am Zaun mit *Zutritt streng verboten* werden geflissentlich ignoriert, was Franz und Augustin aber ebenfalls ignorieren. Da sind sie tolerant. Gesetze sind schließlich da, um gebrochen zu werden. Was auch daher rührt, dass sie sich nicht nur auf das legale Gewerbe mit dem Schrotthandel konzentrieren. „Breit aufstellen" ist ihre Devise. Die beiden sind buchbar für jegliche Art von Job. Bis hin zum Auftragsmord. Was sie jedoch niemals so nennen würden. „Unfall mit Fahrerflucht" ist ihre Spezialität. Doch das machen sie eher selten. Bevorzugt übernehmen sie seriöse Jobs im Sicherheitsbereich. „Fahren & Schützen" lautet der Slogan für ihre *Fahrdienstleistungen plus*. Der Schrottplatz ist ihre bürgerliche Fassade und manchmal durchaus ein einträgliches Nebeneinkommen, vor allem, wenn sie für Leute mit zu viel Geld Amischlitten instand setzen und durch den TÜV bringen. Augustin gähnt, als er zusieht, wie Franz im Schein der Autolichter das große Vorhängeschloss am Torgitter des Schrottplatzes löst. Die Torflügel machen furchterregende Geräusche beim Öffnen. Das tun sie jedes Mal. Wie das Gähnen eines Dinosauriers. ‚Müsste man mal ölen', denkt Augustin – wie jedes Mal. Fast lautlos rollt der Hybridwagen auf das Gelände. Mit ungutem Quietschen schließt Franz die Torflügel hinter ihm. Augustin fährt den Wagen in die Halle.

„Muss das wirklich noch heute sein?", fragt Franz.

„Logisch. Stell dir vor, es gibt doch irgendwelche Zeugen und die Polizei steht morgen Früh bei uns auf der Matte, dann schaut das voll blöd aus, wenn die Karre noch da ist."

„Aber die Nummernschilder sind doch geklaut. Wie sollen die uns denn finden?"

„Franz, bau einfach den Motor raus und hau den Rest in die Presse. Dann ist das erledigt und wir müssen uns keinen Kopf machen."

„Findest du nicht, du übertreibst? Die Scheibe ist kaputt. Sonst ist der Wagen doch astrein. Einmal sorgfältig dampfstrahlen und das war's."

„Nein, das Zeug ist hartnäckig. Am Ende sind da noch Knochensplitter oder Hirnmatsche in den Kühlrippen. Siehst du ja nicht gleich. Außerdem riecht das ungut, wenn es heiß wird. Jetzt mach schon!"

Franz sieht zu dem silbernen Mustang hinüber und ist froh, dass sie ab morgen wieder in ihrem angetrauten Wagen unterwegs sind. Er öffnet die Motorhaube des Prius und holt den Pressluft-Schrauber. Augustin will ihm helfen, doch Franz winkt ab. „Mach lieber Kaffee. Und Schinkenbrote. Mit Gurke! Ich erledige das hier."

Als Augustin eine halbe Stunde später wieder in die Halle kommt, ist der Wagen bereits weg. Auf einer Europalette liegt der ausgebaute Motor. Franz bedient gerade die Schrottpresse.

„Hey!", ruft Augustin über die mahlenden Geräusche der Presse und reicht Franz ein Kaffeehaferl. Der nickt, nimmt einen tiefen Schluck. Prustet den Kaffee wieder raus. „Scheiße, ist das heiß!"

Augustin lacht. „Sollte Kaffee sein, du Warmduscher."

„Selber Warmduscher." Vorsichtig nippt Franz nochmal und nimmt dann einen großen Bissen von seinem Schinkenbrot. „Wow, geil!", schmatzt er zufrieden.

Sie warten, bis die Presse ihren Job erledigt hat und vom Toyota nur noch ein Kubikmeter Stahl, Blech und Kunststoff übrig ist. Mit dem Hebekran befördert Franz den Block in einen der vielen Schrottcontainer.

„Schade eigentlich", sagt Augustin, „das sind nicht die schlechtesten Kisten, diese Toyotas."

„Naja, es bleiben Joghurtbecher."

„Ich versteh dich nicht, Franz. Du magst die Kisten nicht, hast aber Probleme damit, das Ding plattzumachen?"

„Für die Kiste hätten wir lässig noch zwei bis drei Mille bekommen. Und wenn ich die Mühlen dreimal nicht mag. Die haben keine Seele."

„Woher willst du das wissen?"

„Das spürt man doch sofort, wenn man drinnen sitzt. Die ganze Plastikscheiße hat keine Seele. Merkst du das nicht?"

„Nein. Außerdem kommt es auf den Inhalt an, nicht die Verpackung. Der Fahrer macht den Unterschied. Boh, ich brauch jetzt unbedingt ein Bier. Für meine Seele."

20 Meter

Josef ist unterwegs. Er war noch nicht mal im Büro, als um halb acht morgens der Anruf kam. Ein Kollege von der Verkehrspolizei hat ihn informiert, dass schon wieder jemand überfahren wurde – am selben Ort wie gestern! ‚Das kann kein Zufall sein!', denkt Josef auf dem Weg nach Neuperlach. Erst mal allein. Die Kollegen kann er später dazu holen, wenn er sich die Sache angesehen hat.

Schon bald erreicht er die Wohntürme. Die Quiddestraße ist abgesperrt. Er sieht hinüber zur Nummer 4. Viel näher geht nicht. Was bedeutet das? Hat das was mit ihrem Fall zu tun? Das Unfallopfer liegt gerade mal 20 Meter von der Rampe des Parkdecks entfernt auf der Straße vor Hausnummer 6.

Josef schlüpft unter den Absperrbändern durch und zeigt seinen Polizeiausweis.

Der Kollege Herbert Müller von der Verkehrspolizei, der ihn informiert hat, winkt ihn zu sich. „Servus Josef, ich dachte, das hier interessiert dich."

„Hubert, danke. Wir hatten gestern einen Toten bei dem Parkdeck da drüben."

„Deswegen hab ich dich angerufen. Mal so generell – wegen dem Fall gestern: Seit wann interessiert ihr euch für Unfall mit Fahrerflucht?"

„Du, das ist noch nicht an die Presse raus, aber es handelt sich bei dem Opfer gestern um den Mann, der mehrere Menschen vor einfahrende U-Bahnen geschubst hat. Und das hier sah nicht wirklich nach einem Unfall aus, eher nach Vorsatz. Da ist jemand die Parkrampe runtergerast, um jemanden umzufahren. Und jetzt passiert das Gleiche ein paar Meter weiter noch einmal."

„Wir haben hier keine Bremsspuren."

„Wie gestern. Wer ist das Opfer?"

„Carsten Wiesinger. Laut Ausweis in seiner Tasche."

„Wohnt der hier?"

„Wir haben den Namen gecheckt. Laut Melderegister wohnt er in der Nummer 6."

„Schlüssel?"

„Müssen wir schauen."

Sie gehen zu dem abgedeckten Leichnam. Müller schlägt die weiße Plane zur Seite. Josef hält die Luft an. Nicht schön. Und ein bisschen Déjà-vu. Weit aufgerissene Augen, große Platzwunde an der Stirn. Erstaunen im Gesicht. Sonst ein Dutzendgesicht, ebenmäßig, leichter Bartschatten, kurze dunkelbraune Haare. Müller greift in die Taschen der schwarzen Lederjacke. Er findet einen Schlüsselbund und reicht ihn Josef. „Probier dein Glück."

„Mach ich. Vielen Dank."

Josef geht zu Haus Nummer 6. Der Wohnblock sieht haargenau so aus wie der, in dem ihr U-Bahn-Attentäter gewohnt hat. Ein komischer Gedanke geht ihm durch den Kopf. Liegt hier eine Verwechslung vor? Naja, die Ähnlichkeit zwischen den beiden ist nicht allzu groß. Aber in tiefer Nacht? War das der zweite Anlauf nach einem ersten missglückten Versuch? Josef studiert das umfangreiche Klingelboard und sucht *Wiesinger*. Findet den Namen nicht. Mehrere Klingeln haben kein Namensschild. Na super.

Gerade kommt eine ältere Dame mit ihrem Pinscher aus dem Haus.

„Entschuldigung, darf ich Sie etwas fragen?", wendet sich Josef an die Frau.

„Ich bitte um unsittliche Angebote."

„Wie bitte?"

„Junger Mann, wie kann ich Ihnen helfen?"

„Es geht um einen Ihrer Nachbarn. Carsten Wiesinger. Kennen Sie den?"

„Mei, der Herr Wiesinger, so ein netter Mann. Ein wunderbarer Nachbar, so ruhig und hilfsbereit. Der hat mir mal geholfen, als der Abfluss in der Küche verstopft war. Mir ist der Beutel mit dem Gries aufgeplatzt und ich dachte, ich kann das einfach runterspülen. Aber das Zeug quillt ja so stark auf. Ich dachte schon, dass das Rohr platzt, aber der Herr Wiesinger hat das super hingekriegt. Also, wie der den Syphon ausgebaut hat, was da alles in dem kleinen Stück Rohr drin war! Das glauben Sie ja nicht! War mir schon ein bisschen peinlich."

„Aha", sagt Josef und räuspert sich.

Doch die Dame lässt sich nicht beirren: „So geschickt, der Herr Wiesinger. Sind die jungen Leute ja heute oft nicht mehr. Der Herr Wiesinger hat so einen Drahtbügel von der Reinigung aufgebogen und ist damit in das Rohr rein. Also, wie gesagt, was da alles drin war! Das Zeug wird ja so richtig fest, wenn es jahrelang in dem Rohr ist. Vor allem Fett. Und die Farbe! Gruselig! Also, jedenfalls war da nicht nur der Gries drin ..." – „Äh ja, sehr interessant, wo wohnt denn der Herr Wiesinger?"

„Ganz oben, ich wohn genau unter ihm. Was wollen Sie denn von dem Herrn Wiesinger?"

„Ich hab Probleme mit dem Syphon."

„Junger Mann!"

„Entschuldigung. Ich war, äh ... ich bin mit Herrn Wiesinger verabredet, aber er macht nicht auf. Ich häng ihm einen Zettel an die Tür."

„Hängen?"

„Naja, kleben. Äh, mit Tesafilm."

„Mit Tesafilm ist nicht erlaubt."

„Äh ...?"

30

„Das steht in der Hausordnung. Also, dass keine Plakate oder Notizen an Wände oder Türen geklebt werden dürfen."

„Sehr schön. Ich hab auch keinen Tesafilm dabei. Ich leg den Zettel auf die Matte."

„Haben Sie denn kein Handy?"

„Nein, ich mag die Dinger nicht."

„Sollten Sie aber. Die Dinger sind so praktisch. Aber fühlen Sie sich frei, junger Mann. Und sagen Sie, ist da vorn etwas passiert?"

„Ich glaube, ein Unfall."

„Hoffentlich nichts Schlimmes."

„Bestimmt nur Blechschaden."

„Na hoffentlich."

Josef atmet tief durch, als die Tür hinter ihm ins Schloss fällt. Er ist leicht verwirrt. Warum diskutiert er eigentlich lang und breit mit der Frau, wenn er doch selbst einen Haustürschlüssel hat? Ganz einfach – weil er sonst alle Wohnungen ohne Klingelschild abklappern müsste.

Er fährt mit dem Lift nach oben. Die Wohnung ist nicht schwer zu finden. Es ist die einzige ohne Namen an der Tür auf diesem Stockwerk. Josef probiert die Schlüssel. Einer passt. Er hält inne. Klingelt doch lieber vorher. Wartet. Nichts passiert. Er sperrt auf, öffnet die Tür. „Hallo?", hallt seine Stimme von den kahlen Wänden zurück. Die Wohnung riecht nach frischer Farbe.

Er macht Licht. Alles weiß. An dem Lichtschalter klebt ein vergessener Streifen Tesa-Krepp. Zwei Zimmer, Küche, Bad. Alles leer, keine persönlichen Gegenstände. Auf dem Klospülkasten steht eine halbe Rolle Klopapier als einziges Lebenszeichen. In den Küchenschränken keine Gläser, kein Geschirr, kein Besteck, keine Lebensmittel, nichts. Spülbecken blitzsauber, unter der Spüle kein Schwamm, keine Putzmittel. Alles clean, übergabefertig. Josef denkt an einen Tatortreiniger. Der hätte jedenfalls einen guten Job gemacht. Aber der Tatort ist da unten auf der Straße.

Er tritt auf den Balkon raus, sieht auf die Quiddestraße. Dort wird gerade der Leichnam in einen Bestattungswagen geschoben. Unter den Schaulustigen ist auch die Dame mit Hund. ‚Hoffentlich ist die Leiche ordentlich abgedeckt', denkt Josef, ‚sonst wundert die sich, was ich hier will.' Ihm fällt ein dunkler Mercedes auf dem Parkdeck auf. Das Fenster auf der Beifahrerseite ist offen. Er sieht das Teleobjektiv. Presse? Nein, die hätten keine Hemmungen, den Polizisten auf die Pelle zu rücken. Lichtreflex. Das Objektiv zeigt nach oben, in seine Richtung. Er zuckt zurück. Sehen die zu ihm hoch? Warum? Was ist da los?

Er späht aus dem Küchenfenster nach unten, greift zum Handy. „Hubert, da steht ein schwarzer Mercedes auf dem Parkdeck. Die machen Fotos. Kannst du das überprüfen? Ob das Leute von der Presse sind?"

„Okay, ich geh rüber. Bist du in seiner Wohnung?"

„Ja."

„Alles in Ordnung da?"

„Wie man's nimmt. Alles leer geräumt. Erzähl ich dir später. Schaust du nach dem Wagen? Ich bleib am Handy, ich hab euch im Blick."

Josef sieht, wie sein Kollege zum Parkplatz rübergeht. Das Teleobjektiv verschwindet im Wageninneren, die dunkle Scheibe geht hoch.

„Der schwarze Mercedes vorne rechts", sagt Josef ins Handy. Kaum hat er es ausgesprochen, parkt der Mercedes aus.

„Was soll ich machen, ihn aufhalten?", fragt Müller.

Josef zögert. „Nein, merk dir die Nummer."

Josef sieht, wie Müller zur Seite tritt und der Mercedes die Rampe hinabgleitet, nach rechts in die Straße einbiegt und verschwindet.

„Ich komm runter", sagt Josef ins Handy und verlässt die Wohnung. Müller erwartet ihn am Hauseingang.

„Hast du wen erkannt?", fragt Josef.

„Nein. Stark getönte Scheiben. Presse?"

„Keine Ahnung. Aber offenbar Leute, die das Unfallopfer kannten. Die haben mit dem Tele zu mir hochgeschaut. Also wissen sie, wo das Opfer gewohnt hat."

„Bist du dir sicher?"

„Ja."

„Was ist da oben in der Wohnung?"

„Nichts. Frisch gestrichen. Komplett leer. Der einzige persönliche Gegenstand ist eine angerissene Rolle Klopapier."

„Das ist nicht viel. Fast gar nichts." Müller lacht.

Josef zuckt mit den den Achseln.

„Was hast du jetzt vor?", fragt Müller.

„Ich klär das mit den Zuständigkeiten. Aber ich glaub nicht, dass das eine Sache für euch von der Verkehrspolizei ist. Zwei Unfälle mit Fahrerflucht an fast derselben Stelle. Zweimal ohne Bremsspuren. Und dann die Typen mit dem Tele in dem Mercedes. Hast du die Autonummer?"

„Oh, Scheiße!"

„Jetzt nicht dein Ernst?!"

Müller nickt traurig.

„Oh, Mann!"

Müller grinst. „M BB 1218."

„Danke, du Spaßvogel."

„Gibst du mir Bescheid, wenn ihr was rauskriegt über das Opfer?"

„Logisch, Hubert."

Josef notiert sich die Autonummer und fährt ins Präsidium.

Dort hat er keine Gelegenheit, das Kennzeichen zu überprüfen, denn in seinem Büro wartet bereits Dr. Aschenbrenner. „Ich hab's mir schon mal gemütlich gemacht", begrüßt er Josef.

„Kaffeechen?"

„Danke, nein. Wo kommen Sie jetzt her?"

„Aus der Quiddestraße."

„Seit wann sind wir für Unfall mit Fahrerflucht zuständig?"

„Seit gestern. Das war kein Unfall, das war Vorsatz. Der Typ wurde vorsätzlich umgefahren."

„Ich rede von heute."

„Ein ganz ähnlicher Fall. 20 Meter vom gestrigen Tatort weg. Wieder keine Bremsspuren. Das ist kein Zufall."

„Hirmer, die Wohnungsschlüssel bitte."

„Bitte?"

„Die Wohnungsschlüssel von diesem Wiesinger."

„Die hab ich wieder ...", – er greift in die Jackentasche – „oh, die hab ich doch tatsächlich mitgenommen."

„Hirmer, ich hab bereits mit Müller telefoniert. Ich hab auch versucht, Sie zu erreichen. Warum gehen Sie nicht ans Handy?"

„Lautlos gestellt."

„Lautlos. Gutes Stichwort. Wir ziehen uns lautlos aus der Nummer raus."

„Warum?"

„Da spielen die großen Jungs."

„Was soll das heißen?"

„Dass der Staatsschutz übernimmt."

„Was will denn der Staatsschutz bei der Sache? Haben wir es hier mit politisch motivierter Kriminalität zu tun?"

„Die werden ihre Gründe haben und sie uns nicht unbedingt erläutern wollen. Hirmer, Sie kümmern sich bitte ausschließlich um den U-Bahnschubser."

„Aber es gibt doch Parallelen zwischen den zwei Fällen!"

„Ach, kommen Sie! Zufällig derselbe Ort, dieselbe Todesart. Ich sag's Ihnen, dieser U-Bahnschubser war ein Einzelgänger."

„Und dieser Wiesinger?"

„Hirmer, nochmal: Finger weg! Müller hat von seinem Chef die gleiche Ansage bekommen. Wir sind weisungsgebunden. Kümmern Sie sich um den U-Bahn-Heini, den anderen übernehmen die Kollegen vom Staatsschutz. Und falls die unsere Unterstützung brauchen, werden sie auf uns zukommen."

„Ich freu mich schon."

Als Aschenbrenner sein Büro verlassen hat, sinkt Josef in seinen Bürostuhl. So ein Mist! Werden sie einfach aufs Abstellgleis geschoben, vom Ermitteln abgehalten. Lässt er sich das gefallen? Er denkt nach. Staatsschutz? Was ist dieser Wiesinger für ein Typ, was hat er gemacht? Und warum interessiert sich jemand außer

34

ihnen noch für einen ‚Unfall mit Fahrerflucht‘? Das stinkt doch zum Himmel!

Das Wort ‚lautlos‘ arbeitet in seinem Kopf. Nein, er wird sich nicht aus dem Fall zurückziehen, sondern geräuschlos daran weiterarbeiten. Mit den Kollegen. Es kann doch nicht sein, dass Asche es ernst meint damit, dass die Übereinstimmungen bei den beiden Fällen nicht zu beachten sind. Das ist eins der Kernprinzipien ihrer täglichen Arbeit: auf Strukturen achten, Parallelen, Widersprüche. Es liegt doch auf der Hand: Die beiden Personen sind nach demselben Muster, wahrscheinlich von demselben Auto mit demselben Fahrer überfahren worden. Aus welchen Gründen auch immer. Vielleicht war es im ersten Fall ein Irrtum, eine Verwechslung. Aber warum? Über den U-Bahnschubser wissen sie schon ein paar Details. Über das neue Opfer noch gar nichts. Er tippt die Autonummer des schwarzen Mercedes in die Suchmaske. Kein Treffer. Alles klar. Oder eben nicht. Presse war das jedenfalls nicht. Staatsschutz? Wer ist dieser Carsten Wiesinger, dass die hier anrücken? Ob das sein echter Name ist? Er gibt den Namen in seinen Computer ein. Im Melderegister findet er ihn unter der Adresse in der Quiddestraße. In der Polizeidatenbank haben sie nichts zu ihm. Josef geht nach nebenan, um sich mit den Kollegen zu besprechen.

Die dunkle Seite

Josef hat sich in seinem Büro vergraben. Hat weiter recherchiert zu Carsten Wiesinger. Google zeigt viele Treffer. Zu viele. In München und im ganzen Land. Der Name ist nicht gerade selten. Bilder? Alles Mögliche, nichts Passendes. Schließlich entdeckt Josef den Gesuchten aber doch noch: auf Fotos der Homepage einer politischen Vereinigung in München. Die BMB, die „Besorgten Münchner Bürger“, eine rechte Protestpartei.

Josef kennt die BMB bislang nur vom Hörensagen. Das ist die dunkle Seite der Politik. Jetzt hat er zumindest einen Anhaltspunkt, warum sich der Staatsschutz in den Fall einmischt. Klar, die sind an der rechten Szene dran. Aber welche Rolle spielte Carsten Wiesinger bei dieser Partei? War er ein strammer Rechter, der beobachtet wurde? War er ein Informant? Oder gar ein V-Mann? Alles pure Spekulation. Aber die Wahrscheinlichkeit, dass Wiesinger Opfer eines simplen Unfalls mit Fahrerflucht ist, geht für Josef gegen Null. Er grübelt weiter. Könnte es ein Attentat gewesen sein? Von radikalen Linken? Oder ist Wiesinger als V-Mann aufgeflogen und ein Opfer von Rechten, denen nicht geschmeckt hat, dass er sie ausspioniert? Josef informiert sich genauer über die BMB und stellt fest, dass diese inzwischen eine feste lokalpolitische Größe sind. Mit guten Chancen, bei der nächsten Kommunalwahl ein zweistelliges Ergebnis einzufahren. Er staunt. Diese politische Entwicklung hat er verpennt. „Nicht gut, wenn man in der eigenen Stadt nicht Bescheid weiß", murmelt er. Er recherchiert weiter, liest über die großen Erfolge der Partei mit ihrem radikal konservativen Programm. „Wenn das eine heimatliche Politik sein soll, na danke! Eklig", findet Josef nach der Lektüre des Parteiprogramms. Neben einigen verständlichen Kritikpunkten an der zum Teil verfehlten Sozialpolitik der Stadt beinhaltet das Programm an vielen Stellen offene Stimmungsmache gegen Ausländer und Flüchtlinge. Und natürlich die Forderung nach einer Asylobergrenze. ‚Damit sind sie zumindest nicht alleine', denkt Josef. ‚Was es aber nicht besser macht.'

Als er den Computer runterfährt, fühlt er sich irgendwie beschmutzt, klebrig, ungut. So als wäre er auf Pornoseiten unterwegs gewesen. War er noch nie. Vielleicht sollte er das einfach mal machen, um zu wissen, was los ist in der Welt da draußen. Nein, das macht er nicht, er sieht schon genug Dreck im echten Leben.

Genug für heute. Er beschließt, zu Fuß heimzugehen, um seinen verwirrten Kopf ein bisschen auszulüften. Vielleicht findet er unterwegs noch einen offenen Blumenladen? Könnte er seiner Frau eine Freude machen. Er sieht auf die Uhr. Es ist kurz nach acht. Keine Chance. Am Hauptbahnhof? Aber da lungern jede Menge unguter Typen rum, verchecken Drogen, warten auf Gelegenheitsjobs aller Art. Hat er jetzt keine Lust drauf. Kein Wunder, wenn die Leute nach mehr Sicherheit schreien und sich einreden lassen, dass das etwas mit der Flüchtlingssituation zu tun hat. Ist das die Logik? Am Hauptbahnhof waren schon immer unangenehme Leute aus aller Herren Länder. Ach, er weiß es doch auch nicht. Nein, heute keine Blumen mehr für seine Frau. Einfach möglichst schnell nach Hause.

Feindbild

Am nächsten Morgen unterrichtet Josef seine Kollegen über seine Nachforschungen zu Carsten Wiesinger. Und über die BMB. Der einzige im Team, der die Gruppierung näher kennt, ist Harry. ‚Kein Wunder‘, denkt Josef, denn er kennt Harrys politische Haltung – links, ökologisch, antifaschistisch. Die Partei stellt ein klares Feindbild für ihn dar.

„Das ist eine der vielen kleinen nationalkonservativen Protestparteien, die diese elende Neiddebatte schüren“, erklärt Harry gerade. „Dass uns die Flüchtlinge alles wegnehmen und wir kriegen nix. Dass der Islam eine Gefahr für Deutschland ist. Dass mit den Flüchtlingen der Terror kommt. Diese ganzen Sprüche.“

„Ja, klar, wir schaffen das“, murmelt Karl und sieht ihn genervt an. Harry reagiert darauf nicht, sondern fährt fort: „Die BMB haben als Partei großen Zulauf, weil viele Leute denken, dass mit den Flüchtlingen die Kriminalität in der Stadt stark gestiegen ist, dass der eh schon überteuerte Wohnraum in München noch knapper wird und so weiter und so fort.“

„Naja, ein bisschen was ist da auch dran“, sagt Karl. „Warst du in letzter Zeit mal am Hauptbahnhof? Hordenweise junge Männer, viele Afrikaner.“

„Ach komm, am Bahnhof war schon immer kriminelles Gesocks.“

„Ja, red dir das mal alles schön.“

„Ruhe, Jungs!“, geht Josef dazwischen. „Was meinst du, Christine?“

„Ich weiß es nicht. Du glaubst also, dass Wiesingers Tod irgendwas mit den BMB zu tun hat?“

„Ja, irgendwie schon. Wir haben ja sonst keinerlei Hinweise. Und dann ist da seine komplett ausgeräumte Wohnung. Also, er war ja schon ausgezogen. Wir haben keine neue Meldeadresse von ihm. Ich hab starke Zweifel, ob der Tote im echten Leben wirklich Carsten Wiesinger hieß. Ich hab recherchiert. Es gibt eine ganze Reihe von Leuten, die so heißen. Sollen wir jetzt alle überprüfen, um rauszufinden, ob da irgendwo eine Leerstelle entstanden ist? Der Aufwand ist zu groß. Das einzig Konkrete sind die Fotos von ihm bei Veranstaltungen der BMB. Dort war er offenbar Mitglied. Ansonsten hab ich nichts Näheres über ihn gefunden."

Christine nickt nachdenklich. „Wenn Asche uns zurückpfeift, weil der Staatsschutz da seine Finger drin hat, dann ist das vielleicht ein V-Mann."

Harry schüttelt den Kopf. „Wenn der vorsätzlich überfahren wurde, von wem denn und vor allem: warum? Die Linken machen so was nicht. Und die Rechten von den BMB? – Weil er ein Maulwurf war? Nein, so weit gehen selbst diese Leute nicht. Die geben sich doch als die netten Nazis von nebenan."

Karl sieht ihn stirnrunzelnd an.

„Na los, Karl, sag was!", fordert Harry ihn auf.

„Nette Nazis – dass ich nicht lache! Eine Partei, die in München bei den Kommunalwahlen antritt, ist wohl kaum eine Nazi-Partei. Wenn ich eins dick hab, dann diese blöden Gutmenschenreflexe! Da legt jemand mal den Finger in die Wunde, sagt offen, dass er besorgt ist, ob das noch alles klappt mit dem Zusammenleben mit den Flüchtlingen, mit der Integration, und sofort haben wir eine elende Debatte über Political Correctness am Laufen. Ich hab keine Ahnung, wie die Leute von den BMB wirklich sind, aber ich werd mich schlau machen. Was ich sicher weiß: Wir kommen nicht weiter, wenn wir die gleich zu den Extremen abschieben. Das ist mir zu einfach."

„Ja, da hast du nicht Unrecht", meint Josef. „Also, zwei Aufgaben: Rauskriegen, ob die beiden Toten bis auf den sehr nahen Wohnort noch mehr verbindet, und dann machen wir uns schlau, was diese

38

Besorgten Münchner Bürger so treiben. Was ihre politischen Ziele sind. Welche Personen sich da engagieren. Und das alles bitte lautlos. Asche wird sich denken, dass wir da nicht einfach klein beigeben, aber er will keine Konflikte mit anderen Behörden. Ich werd mal schauen, wer mir bei den BMB was über diesen Wiesinger erzählen könnte. Die haben bestimmt einen Pressesprecher."

„Und wenn der Staatsschutz die observiert?", fragt Harry. „Dann sehen die doch, dass wir an der Sache dran sind. Und dann hauen sie uns auf die Finger."

„Dann haben wir Pech. Aber ich glaub nicht, dass die ständig an denen dran sind. Sonst hätte es den Unfall mit Wiesinger doch kaum gegeben. Aber stimmt schon, jetzt sind sie natürlich angespitzt. Wir müssen sehr vorsichtig sein. Also: an die Arbeit!"

Josef zieht sich in sein Büro zurück. Er grübelt. Er mag es gerne klar. Nicht, was ihre Arbeit im Detail angeht, da fischen sie oft im Trüben. Aber er weiß schon gerne, ob er sich überhaupt in seinem Zuständigkeitsbereich befindet. Falls diese politische Partei in die Todesfälle involviert ist, dann geht das über die Standardmotive hinaus, mit denen sie sich als Mordermittler sonst befassen. Die Frau, die ihren Mann aus Hass ersticht – die hat ein klares Motiv. Sogar die Beweggründe eines Stalkers, der mordet, um sich zu beweisen, um damit eine Kriminalkommissarin zu beeindrucken, die sind für ihn irgendwie nachvollziehbar. Solche Irren gibt es leider immer wieder. Aber eine rechte Partei mit einem unangenehmen Weltbild, das ist doch keine Heimstatt für Mörder? Die reden doch nur. Außerdem sind das doch so *Law and Order*-Typen. Zu denen passt keine heimtückische Auto-Attacke.

Wie macht man so was überhaupt? Genau den richtigen Moment abwarten und dann exakt treffen. Exakt? Schwierig. Und was ist mit dem Tod von Vinzenz Krämer, dem U-Bahnschubser? Hat der Killer in der Nacht zuvor einfach den Falschen umgefahren?

Fett

‚Ja, leck mich fett!', denkt Andrea, als der Chefarzt seine Visite abgeschlossen hat. Mit vier Studenten im Schlepptau hat er doziert über posttraumatische Belastungsstörungen, kognitive Dissoziation oder Stockholm-Syndrom. Stockholm! Ausgerechnet sie! Mit diesem Psychopathen, der Leute vor die U-Bahn schubst, verbindet sie rein gar nichts! Was für ein Psycho-Unfug! Diese Visite hat sie weit zurückgeworfen, nachdem sie heute Morgen eigentlich gut ausgeruht aufgewacht war. Klar, ganz ohne Spuren geht so was an einem nicht vorbei. Die Geiselnahme hat ihr Angst eingeflößt, sie hat sich in die Hose gemacht. Aber das ist ja auch nicht verwunderlich. Sie müsste sich eher Sorgen machen, wenn sie keine Angst gehabt hätte. Aber das war's dann auch. Paul hat ihr zum Glück frische Wäsche mitgebracht. Jetzt wird sie sich umziehen, nochmal bei Tom vorbeischauen und den Laden hier verlassen.

Hinz

Josef besucht den Generalsekretär der BMB. Er hat mit Dr. Josef Hinz einen Termin vereinbart in seinem Immobilienbüro in der Alpenstraße in Obergiesing. Interessiert betrachtet Josef die Angebote im Schaukasten an der Hausfassade.

„Was suchen Sie denn?", fragt Hinz, der auf die Straße tritt und sich eine Zigarette anzündet.

„Was Bezahlbares."

„Das wollen alle. Mieten oder kaufen?"

„Sie scherzen."

„Wie viel wollen Sie denn ausgeben?"

Josef lächelt. „Hirmer, wir haben telefoniert."

„Ah, der Herr von der Kriminalpolizei. Schön. Polizisten sind verlässliche Kunden. Suchen Sie wirklich nichts?"

„Nein, zum Glück nicht."

„Ja, die Wohnungssituation ist sehr angespannt. Leider. Dafür gibt es zahlreiche Gründe. Nicht nur die Attraktivität des Wirtschaftsstandorts München."

„Aha?"

„Ungebremste Zuwanderung."

„Asylanten."

„Vor allem. Aber lassen Sie uns nicht hier draußen stehen, kommen Sie doch rein. Wir haben eine sehr gute Espressomaschine."

Als Josef eine Stunde später das Immobilienbüro wieder verlässt, ärgert er sich. Über sich selbst. Er hat sich von dem Typen zutexten lassen, ohne viele Fragen zu stellen. Ein paar sachdienliche Informationen hat er allerdings von Hinz bekommen, allgemein zur Partei, zu Wiesinger eher wenig. Ja, Hinz kennt ihn, ein Parteimitglied der ersten Stunde. Wiesinger sei aber immer seltsam farblos geblieben. „Schrecklich, dieser Unfall", fand Hinz. „Aber persönlich kann ich nicht viel über ihn sagen. Inzwischen haben die BMB so viele Mitglieder, dass man gar nicht mehr jedes persönlich kennt. Das ist schade, aber eben auch ein klarer Beleg für unseren Erfolg." Einem langen Vortrag über die grandiose Entwicklung der einstigen Protestpartei schloss sich eine Tirade auf die unsozialen Verhältnisse in der Großstadt an, in denen die Menschen, die für die Stadt arbeiten, kaum mehr leben könnten.

Josef hatte es sich verkniffen zu fragen, ob Hinz damit auch die türkischen Mitarbeiter bei der Müllabfuhr meinte. Und ob nicht gerade die Immobilienmakler am meisten von der angespannten Lage profitieren. ‚Nein, so einfach kann man solchen Typen nicht begegnen', denkt Josef jetzt. ‚Aber egal, wie smart – dieser Hinz ist ein gelackter Anzug-Nazi. Warum hab ich jetzt eigentlich die Unterlagen für diesen neuen Baukomplex in Obergiesing in der Manteltasche?'

Josef vergegenwärtigt sich das Gespräch nochmal. Ja, Hinz schien im ersten Moment geschockt von Wiesingers Tod, aber gleichzeitig war er auch ganz kühl. So was passiert halt in der Großstadt. Hat er nicht konkret so gesagt, aber ganz offensichtlich gedacht. Nein, Josef glaubt nicht, dass Hinz etwas mit Wiesingers Tod zu tun hat. Solche Leute machen sich die Finger nicht schmutzig. Hinz' Waffen sind Worte. Aber eins ist schon interessant – trotz aller Teflonbeschichtung hat Josef bei Hinz eine fast schon devote Haltung gegenüber der Ordnungsmacht ausgemacht. Der steht auf Polizei, auf die Sheriffs in der Stadt. Die Einladung zu einer Wahlkampfveranstaltung hat Josef ganz unverbindlich angenommen. Auch wenn er über Wiesinger kaum etwas erfahren hat, ist ihm jetzt ein bisschen klarer, welche Typen hinter den „Besorgten Münchner Bürgern" stecken. Keine aufgebrachten Wutbürger, sondern kühl berechnende Geschäftsleute wie dieser Hinz. Für heute ist Josefs Bedarf an politischer Aufklärung jedenfalls gedeckt. Er sieht auf die Uhr. Kurz vor fünf. Nochmal ins Büro lohnt sich nicht. Zumal er jetzt schon im Osten der Stadt ist, nicht weit von zu Hause. Vielleicht macht Yvonne heute auch mal ein bisschen eher Schluss? Er sieht, dass der Blumenladen beim Friedhof noch offen hat. Die machen doch sicher nicht nur Grabgestecke, oder?

Zurückgepfiffen

Andrea geht nach Hause. Endlich! Hoffentlich ist Paul da. Sie hat ihm nicht Bescheid gegeben. Am Ende hätte er versucht ihr auszureden, das Krankenhaus zu verlassen. Sie ist erwachsen, sie hat sich selbst entlassen. Sollen die sich ein anderes Psycho-Opfer suchen. Sie ist Polizistin. Und sie wäre keine geworden, wenn sie zu nahe am Wasser gebaut wäre. Am Nachmittag war sie noch kurz im Präsidium. Josef war nicht da. ‚Bestimmt findet er es nicht so super, dass ich nicht auf die Ärzte höre und mich erst ein paar Tage ausruh', denkt sie jetzt. Hat sie ja versucht, aber im Krankenhaus hat sie sich einfach nur elend gefühlt. Tom ist immer noch drin. Erst war er ganz erschrocken, sie auch in der Klinik zu sehen, im Patientenoutfit. Aber dann hat er tatsächlich gemeint, dass das doch schön sei, wenn sie beide … Echt nicht! Zwei Nächte und das war's für sie.

Dass es Tom nicht schlimmer erwischt hat, ist schon erstaunlich. Nur Prellungen. Wie durch ein Wunder hat ihn keins der Räder der U-Bahn erfasst. Die blauen Flecken im Gesicht sehen eher nach Kneipenschlägerei aus. Ihrer Aufforderung, doch mit ihr gemeinsam das Krankenhaus zu verlassen, ist er nicht gefolgt. Ihr ist schon klar, warum ihn der Chefarzt noch gerne dabehalten will. Weil er mit Tom ein interessantes Anschauungsobjekt hat: das Opfer eines Gewaltverbrechens, das dem Tod ins Auge geschaut hat. Der Chefarzt hat Tom was ins Ohr geblasen von wegen wichtiger Untersuchungsergebnisse, die von großer Relevanz für seine Studien sind. Ja, genau. Und Tom macht ja meistens, was man ihm sagt. Also, wenn es für ihn vernünftig klingt. Und sich selbst zu entlassen, klingt für ihn nicht vernünftig. Sie haben gestritten. Aber sie ist sich sicher: Man kann nicht immer vernünftig sein. Insgeheim bewundert sie Tom aber ein bisschen, weil er eben auch mal die Verantwortung und die Kontrolle abgeben kann. Ja, Tom kann sich in die Hände anderer begeben, ohne gleich misstrauisch zu werden. Egal, sie ist jedenfalls raus aus dieser Krankenhaus-Nummer.

Jetzt also wieder im Dienst. Was ihr die Kollegen gerade berichtet haben, befriedigt sie nicht. Keine erhellenden Infos zu Vinzenz Krämer. ‚Ein stinknormaler Name für einen solchen Psychopathen‘, denkt sie. Leider kann sie selbst nichts zur Aufklärung der Hintergründe und der Motive des U-Bahnschubsers beitragen. Die wenige Zeit, die sie mit ihm zusammen verbracht hat, hat ihr nur gezeigt, dass der Typ einen massiven Dachschaden hatte, ein Stalker war, der sich auf irgendeine Art eine Beziehung mit ihr erhofft hat. Wahnsinn! Und jetzt ist er tot. ‚Gut so!‘, denkt sie und schämt sich nur ein bisschen für diesen Gedanken.

Die Sache mit dem zweiten Opfer erstaunt sie. Ja, das kann kein Zufall sein, dass am Folgetag an der fast gleichen Stelle noch ein Mann überfahren wurde. Und die Geschichte, die ihr die anderen erzählt haben, ist auch merkwürdig. Zurückgepfiffen, weil der Staatsschutz übernimmt. Geht's noch? Sie werden schon rauskriegen, wer dieser Carsten Wiesinger war. Eins ist jedenfalls klar: Er ist auf dieselbe Art und Weise umgekommen wie der U-Bahnschubser am Tag zuvor. Dr. Sommer hat ihnen unter der Hand die ersten Befunde zukommen lassen. An Wiesinger finden sich exakt dieselben weißen Lackspuren wie an dem Opfer vom Vortag. Was die Staatsschützer wohl mit dieser Information anfangen? Vermutlich sind sie den ersten Fall dann auch gleich los. Aber wer weiß. ‚Dieselben Lackspuren – das ist ja schon mal ein Anfang‘, denkt Andrea. ‚Vielleicht hat der U-Bahnschubser einfach Pech gehabt? Wurde er im Dunkeln verwechselt? Wäre tragisch. Andererseits aber auch gerecht. Das Schwein.‘ Wenn Paul und die Kollegen sie nicht mehr rechtzeitig gefunden hätten! Naja. Ist ja nochmal gut gegangen. Sie ist froh, dass das alles vorbei ist.

Ihr Handy klingelt. Christine. Ob sie noch Lust hat, auf einen Drink zu gehen, sie möchte ihr was erzählen. Andrea wundert sich. Warum hat sie vorhin nicht gefragt? Wobei, ist ja manchmal komisch im Großraumbüro, wenn jeder alles mitkriegt. Jetzt ist sie schon fast zu Hause. Egal. Sie verabreden sich im *Maria Passagne* in Haidhausen. Andrea zögert kurz. Dahin wollte sie mit Tom nach dem Schwimmbad und einem Abendessen in der *Lisboa Bar* noch auf einen Absacker. So der Plan. Bevor das ganze Chaos über sie hereinbrach. Aber man muss seinen Dämonen ins Gesicht blicken. Sie kann ja wegen der Sache in der U-Bahn nicht ewig einen Bogen um Haidhausen machen. Zumal es ja eh beim Michaelibad passiert ist. Da wird sie sich allerdings in absehbarer Zeit nicht mehr blicken lassen. Die Lust auf Hallenbad oder Eislaufen ist ihr gründlich vergangen.

Andrea steigt an der Hackerbrücke in die S-Bahn um und fährt bis zum Rosenheimer Platz. Folgt den Tramschienen die Steinstraße entlang in Richtung Max-Weber-Platz. Aus dem Plattenladen an der Ecke Kellerstraße dröhnt Musik durch die gekippten Fenster, Bierflaschen klirren. *Monkey Island Records* verkündet das selbst gemalte Schild über der Eingangstür – Insel der Glückseligen. Auf Höhe der Metzgerei Vogl wabert noch ein zarter Hauch Leberkäs und Wiener Würste übers Kopfsteinpflaster. Das italienische Lokal *Mezzodi* ist gut gefüllt. Gäste sitzen an groben Holztischen vor Aperol Sprizz und Weingläsern hinter der beschlagenen Fensterfront. Sie mag das Viertel. Hier hatte sie mal einen Freund. Peter, Fotograf. Ob der noch seinen Laden in der Sedanstraße hat? Nein, da wird sie jetzt nicht vorbeigehen.

Im *Maria Passagne* sind kaum Gäste. Es ist noch früh am Abend. Christine sitzt an einem kleinen Tisch in einer Ecke und streichelt ihr Handy.

„Liebesbotschaften?", fragt Andrea.

„Nicht schlecht, Frau Kommissar."

„Jetzt echt?"

„Jetzt echt. Deswegen wollte ich dich ja treffen."

Der Barkeeper bringt unaufgefordert zwei Munich Mule.

„Hey?", fragt Andrea.

„Geht auf mich", sagt Christine. „Magst du doch?"

„Wenn's sein muss." Sie grinst. „Jetzt erzähl. Was, wer, wo, wie und wie oft?"

Sie lachen und stoßen an. Dann berichtet Christine, was ihr gestern passiert ist, und dass es sie schier zerreißt vor Liebe, vor Zweifeln, vor Unsicherheit. Und überhaupt.

„Jetzt mal ganz langsam und der Reihe nach", bremst Andrea sie ein und deutet dem Barkeeper an, noch zwei Drinks zu bringen. Die ersten sind irgendwie verdunstet.

„Endlich mal keiner von diesen Stromlinienheinis, die man bei Tinder oder Elitepartner findet", schwärmt Christine. „Nein, ein echter Typ. Der absolute Hammer. Gutaussehend, intelligent und überhaupt."

„Wo hast du ihn denn kennengelernt?"

„Im Zug von Augsburg. Ich war gestern Abend bei einer Freundin. Um elf Uhr bin ich zurück nach München gefahren. Und da sitzt mir auf der Heimfahrt dieser wahnsinnig attraktive Typ gegenüber."

„Und da hast du ihn angesprochen?"

„Ja. Ich hatte schon einen Kleinen im Tee."

„Und weiter?"

„Wir waren in München noch was trinken."

„Und dann im Hotel."

„Spinnst du? Nur ein unschuldiger Drink in einer Bar. Und nach dem Drink haben wir ganz keusch die Handynummern getauscht. Und – ich weiß auch nicht, ich bin total verknallt!"

„Was macht er denn beruflich?"

„Irgendwas mit Sicherheitssoftware."

„Doch nicht etwa für eine große Sicherheitsfirma am Thomas-Wimmer-Ring?"

„Äh, keine Ahnung. Wie kommst du denn da drauf?"

„Da gibt's einen Laden mit einem Chef, der ganz gut aussieht."

„Aha?"

„Aber sonst ein Arschloch. Der Typ spielte eine Rolle in einem Fall, als du auf Reha warst. Interessanter Typ. Dachte ich zuerst. Aber irgendwie kriminell."

„Naja, wo die Liebe hinfällt."

Sie lachen und bestellen noch eine Runde.

PIA

Der folgende Arbeitstag verplätschert sich irgendwie. Andrea will es sich nicht eingestehen, aber die U-Bahn-Geschichte hat Spuren bei ihr hinterlassen. Mal ist sie grüblerisch, mal abgelenkt. Sie ist nicht fokussiert. Auf Josefs Drängen hin hat sie sich einen Termin bei der Polizeipsychologin geben lassen. Wenn ihn das beruhigt, dann macht sie das in Gottes Namen. Jedenfalls ist sie unzufrieden mit sich, als sie am frühen Abend zu Hause eintrifft.

Und kaum hat sie die Sachen fürs Abendessen auf den Küchentisch gestellt, da bekommt sie einen Anruf. Polizeiwache Altstadt. Sie soll Paul dort abholen. ‚Oh, Mann!', denkt sie. ‚Was hat er diesmal angestellt?' Der Beamte hat es ihr am Telefon nicht verraten. ‚Hoffentlich haben sie Paul nicht mit Hasch oder Pillen in der Tasche erwischt, das könnte unangenehm werden. Aus dem gemütlichen Abend zu Hause wird jedenfalls nichts.'

Jetzt fällt ihr Tom ein. Den wollte sie ja eigentlich noch im Krankenhaus besuchen. Aber geschenkt – sie muss Paul von der Polizei abholen. Oder soll sie ihren kleinen Bruder ein bisschen schmoren lassen? So eine Nacht in der Zelle wirkt ja manchmal Wunder bei jugendlichen Straftätern. Da hat man Zeit zum Nachdenken. Würde Paul sicher nicht schaden. Nein, das bringt sie nicht übers Herz. Außerdem ist Paul kein Jugendlicher mehr.

Als sie um halb acht am Marienplatz aus der U-Bahn steigt, wird sie von den Menschen fast erschlagen. Wo wollen die alle hin? Dahineilende Mumien in dicken Wintermänteln und Anoraks mit lustigen bunten Mützen und Plastiktüten in schreienden Farben? So spät noch? Klar, Shopping bis zur letzten Minute. Countdown läuft. Ein gewaltiger Menschenstrom, der sich in die U-Bahn-Station hinein und aus ihr heraus ergießt. Die Innenstadt, speziell der Marienplatz, löst bei Andrea immer wieder Brechreiz aus. Der ganze Kommerzwahnsinn in der Fußgängerzone, die vielen immer gleichen Klamottenläden. Naja, neue Jeans und Stiefel könnte sie auch mal brauchen. Ihre fadenscheinige Jeans kommt schon etwas derangiert rüber. Löcher in den Hosen sind ja schon wieder out. Aber Mode ist ihr nicht wirklich wichtig. Auf die inneren Werte kommt es an. Und sie hasst Shopping.

Andrea fröstelt es auch beim Sound des *Hofbräuhauses*, das nur ein paar Meter von der Altstadtwache entfernt ist. *Humtata* hallt durch die Ledererergasse. Das ganze Jahr Oktoberfest.

Sie betritt die Wache. Ein müder junger Beamter schaut sie fragend an. Andrea zeigt ihren Ausweis. „Guten Abend. Ich bin angerufen worden. Mein Bruder sitzt hier ein?"

Der Beamte mustert ihren Ausweis und schaut in den Computer. Er nickt. „Ja, Zelle 2."

„Was hat er getan?", fragt Andrea.

„Er hat eine Veranstaltung gestört."

„Was für eine Veranstaltung?"

„Die Besorgten Münchner Bürger hatten eine Versammlung in einem der Säle im *Hofbräuhaus*. Ihr Bruder hat zusammen mit einem anderen linken Aktivisten die Tagung gestört. Und sich der Polizei widersetzt, als diese eingetroffen ist."

„Hat er eine Torte geschmissen?"

„Nein, aber ein Transparent entrollt und lautstark Sprüche skandiert."

„Da gibt es Schlimmeres."

„Wie meinen Sie das?"

„Es gibt Schlimmeres, als gegen rechte Parteien zu demonstrieren. Man wird doch noch seine Meinung sagen dürfen?"

„Eben. Das gilt auch für die BMB."

Andrea ist irritiert. Versteht sie das richtig? Findet der das okay?

„Das war keine öffentliche Veranstaltung", ergänzt der Polizist.

„Kann ich meinen Bruder mitnehmen?"

„Können Sie. Anzeige folgt noch. Außer die Leute von den BMB überlegen es sich nochmal anders und verzichten auf die Anzeige. Wobei die Kollegen meinen …" Er bricht ab und dreht sich zur Tür, durch die gerade ein Anzugmensch ins Präsidium stürmt.

„Wo ist mein Mandant?", bellt er den Polizisten an.

„Ganz ruhig. Wer sind Sie?"

„Rechtsanwalt Dr. Hassberger. Wo ist Herr Hassberger?"

„Steht vor mir, nehm ich mal an?"

„Lassen Sie die Witze! Bert Hassberger. Also?"

„Zelle 2. Einen Moment Geduld bitte. Ihr Ausweis?"

Genervt sucht der Mann seinen Ausweis heraus und schiebt ihn über den Tresen. Andrea wirft dem Anzugheini einen scharfen Seitenblick zu.

„Sie warten hier!", weist der Beamte die beiden an und deutet einem Kollegen an, seinen Platz hinter dem Tresen einzunehmen. Er verschwindet durch eine Seitentür.

Kurz darauf ist er zurück. Im Schlepptau: Paul und einen zotteligen Langhaarigen in bunten Ethnoklamotten.

„Hey, Andrea, gut, dass du kommst! Deine Kollegen würden uns gerne noch länger hierbehalten."

Jetzt sieht der Rechtsanwalt Andrea schräg an.

„Mangfall, Mordkommission", stellt sie sich vor.

„Aha." Er deutet zu dem Hippie. „Mein Bruder."

Andrea versucht, die beiden Typen – Anwalt und Batik-Man –
unter einen Hut zu bekommen. Gelingt ihr zumindest optisch
nicht.

„Das ist Bert", sagt Paul. „Er war bei der Aktion dabei. Ich sag dir,
das war voll krass, wie wir losgelegt haben, da haben die Typen …"
Andrea hebt warnend den Zeigefinger. „Schweig, kleiner Bruder."
Der Beamte reicht Andrea und dem Anwalt Papiere zum Unterschreiben. Dann gibt er den beiden Delinquenten ihre persönlichen Gegenstände zurück.

„Die Nacht ist noch jung", meint Bert draußen vor der Wache und
grinst.

Sein brüderlicher Rechtsbeistand schüttelt den Kopf. „Bert, du
gehst jetzt nach Hause. Ich hab's langsam dick, dich immer wieder
bei der Polizei abzuholen."

„Hey, es gibt Demonstrationsfreiheit."

„Ja, bei angemeldeten Demos. Und Hausfriedensbruch gibt es
auch. Irgendwann krieg ich dich da nicht mehr so einfach raus.
Dann sitzt du ein bisschen länger in deiner Zelle. Arbeitet endlich
mit legalen Mitteln gegen diese Typen! Das wäre für mich und
auch für dich stressfreier. So, ich muss los. Ciao."

Bert lacht und sagt zu Paul. „Es ist nicht das Schlechteste, wenn
wenigstens einer in der Familie einen ordentlichen Beruf hat."

„Wem sagst du das?", meint Paul und grinst Andrea an. „Boh, ich
hab einen Wahnsinnshunger."

Kurz darauf sitzen sie im *Paulaner im Tal* und warten aufs Essen.
Andrea ist nur deswegen dabei, weil sie Paul heute nicht mehr aus
den Augen lassen will. Und beinahe wäre ihr rausgerutscht, dass
Bier jetzt nicht gerade das zum Anlass passende Getränk ist. Aber
was soll das? Die zwei sind erwachsen und sie sind nicht aufgegriffen worden, weil sie besoffen oder bekifft waren, sondern weil
sie gegen eine rechte Partei protestiert haben. Das ist ehrenwert.
Macht nicht jeder. Die haben sich ihr Bier redlich verdient. Auch
wenn sie gar nicht happy ist, dass Paul jetzt schon wieder mit anderen Polizisten als mit ihr Kontakt hat.

Paul stürzt sich halbverhungert auf seinen Schweinebraten und Bert attackiert einen Berg Kasspatzn. „Nichts mit Gesicht", hatte er beim Bestellen gesagt und ihnen einen langen Vortrag gehalten über Fleischüberproduktion und vegetarische Küche. Und er redet auch beim Essen weiter wie ein Wasserfall, mit wenig appetitlichen Käsefäden im Mundwinkel.

„Und du hast Paul da reingezogen?", fragt Andrea schließlich Bert und bereut das Suggestive ihrer Frage sofort.

Aber Bert bleibt ganz cool. „Wir haben uns auf einer Anti-Pegida-Demo vor ein paar Wochen kennengelernt. Und Paul fand unsere Ansätze interessant."

„Das hast du mir nie erzählt, Paul. Also, dass du demonstrieren gehst."

„Tja, jeder hat so seine Geheimnisse."

„Und, wer seid ihr, Bert? Also, seid ihr eine Partei, ein Verein?"

„Kein Verein, keine Partei, ein loser Verbund. Wir nennen uns PIA – Politisch Interessierte Antifaschisten."

„Hui, das klingt aber oldschool."

„Oldschool ist nicht immer schlecht."

Andrea nickt. Da hat er recht. „Und, was genau macht ihr?"

„Wir setzten uns inhaltlich mit rechten Parteien auseinander, durchleuchten ihre Programme, Ziele, informieren die Öffentlichkeit, posten Informationen und Hintergrundberichte in Sozialen Netzwerken und demonstrieren im öffentlichen Raum. Es ist wichtig, Gesicht zu zeigen, offen zu sagen, dass man sich nicht alles tatenlos anschaut. Es ist wichtig, den Leuten einen Blick hinter die Fassade dieser angeblich wohlmeinenden, besorgten Bürger zu ermöglichen." Er schnauft auf und schiebt sich eine weitere Gabel Kasspatzn in den Mund.

Andrea nickt wieder. Ja, das kann sie unterschreiben. „Und was machst du genau, also hast du eine bestimmte Funktion bei diesen PIA?"

„Ich bin eigentlich kein Mann für die erste Reihe, ich bin Computerspezialist, Entwickler bei einem kleinen Software-Unternehmen.

Die Rechten machen heutzutage ihre Propaganda hauptsächlich übers Internet, also muss man sich vor allem die Sozialen Medien genau ansehen, um zu wissen, was die da treiben, wie sie funktionieren. Wir versuchen dann, Kampagnen gegen die Rechten in diesen Medien zu fahren. Das ist mein Job, also vor allem die technische Seite."

Andrea nickt und sie bestellen noch einen Schnitt, bevor sie aufbrechen.

„Hey, was denkst du?", fragt Paul auf dem Heimweg.

„Dass du besser aufpassen musst, wenn du nicht willst, dass die Polizei dich gleich wieder einlocht."

„Hey, komm, da kenn ich dich aber anders. Früher warst du eine glühende Grüne, die für jeden Misthaufen auf die Straße gegangen ist. Und die Polizei war dir damals ziemlich wurscht."

Sie lacht. „Da hast du ausnahmsweise mal recht."

Rot und Grün

Tom starrt an die Decke. Scheißkrankenhaus. Die grünen und roten Lämpchen im nächtlichen Zimmer. Grün. Rot. Grün. Rot. So lange schon. Kommt ihm ewig vor. Es geht ihm eigentlich schon ganz gut. Nur Prellungen, eine Platzwunde an der Stirn, ein paar Schürfwunden. Fast schon wieder alles im grünen Bereich. Ein paar weitere Tage wird er aber noch dranhängen. Professor Zauner hat ihn nachdrücklich gebeten, noch etwas zu bleiben für seine Forschungsreihe zu posttraumatischen Belastungsstörungen und ihren physischen Implikationen. Ja, er hat eingewilligt. Denn Zauner hat ja recht. So glimpflich er davongekommen ist, so hat er sich doch noch nie so schwach und verletzlich gefühlt. Psychisch wie physisch. Da ist zweifellos Aufbauarbeit nötig. Da kann er professionelle Hilfe brauchen.

Andrea ist da ganz anders gestrickt. Die hat es kaum zwei Tage hier ausgehalten. Ein paar Tage bleibt er noch. Aber die Zeit dehnt sich endlos hier. Und Andrea ist heute nicht vorbeigekommen, sie hat nicht einmal angerufen. Und er hatte tatsächlich die romantische

Vision gehabt, dass sie zusammen ein Zimmer … Was für ein Quatsch!

Jetzt denkt er wieder an den Typen, der ihn vor die U-Bahn gestoßen hat. Der ist jetzt tot. Gute Sache. Tom erschrickt selbst über sein hartes Urteil. So darf man nicht denken, oder? Doch, geschieht ihm recht. Der Typ hat ihn vor den Zug gestürzt und Andrea entführt! Und vorher schon zwei Leute umgebracht. Irgendwer hat ein gutes Werk getan, ihn zu überfahren. Unfall oder Absicht? Josef hat ihm heute am Telefon von einer weiteren Person erzählt, die in der Quiddestraße überfahren wurde. Derselbe Tathergang. Wenn man das so nennen kann. Sehr sonderbar. Er selbst interessiert sich vor allem für das erste Opfer. Opfer? Täter! Ein Typ, der Menschen vor die U-Bahn gestoßen hat. Gut, dass der das nicht mehr machen kann. Was wäre passiert, wenn er nicht umgefahren worden wäre? Was hätte der Typ mit Andrea gemacht? Hätte er mit dem Morden aufgehört? Müßig, diese Überlegungen. Jetzt beschäftigen ihn andere Fragen: ‚Warum besucht Andrea mich nicht? Warum ruft sie nicht mal an? Liebt sie mich? Banale Frage. Ist das banal? Nein. Die wichtigsten Dinge im Leben sind banal. Liebt sie mich? Natürlich liebt sie mich! Natürlich?‘

Boh, er kann hier nicht nur tatenlos rumliegen. Er muss dringend an die frische Luft. Nur ein bisschen. Morgen hat ihn Professor Zauner wieder als Anschauungsobjekt für seine Studenten zur Verfügung. Jetzt muss er raus. Sonst dreht er durch. Der Vollmond wirft genug Licht ins Zimmer, dass er kein Licht anmachen muss. Er schlüpft in Trainingsanzug und Turnschuhe, öffnet die Tür und späht in den Gang. Die Stationsschwester verschwindet gerade in einem der Krankenzimmer. Er huscht hinaus auf den Flur und am Glaskasten der Schwester vorbei. Treppenhaus, dann endlose Gänge. Er begegnet ein paar müden Pflegern und Ärzten, die ihm keinerlei Beachtung schenken. Er marschiert durch den Haupteingang und ist draußen.

Der Himmel ist unendlich hoch und unendlich schwarz. Ein paar Sterne. Der Mond ist gerade hinter eine Wolkenbank getaucht und lässt deren Ränder glühen. Ein einzelnes Taxi wartet an der Straße. Einfach einsteigen und damit zu Andrea fahren? Nein. Kann er nicht bringen. Am Ende passt ihr das gar nicht. Außerdem hat er keinen Cent Geld dabei.

Er geht die Englschalkinger Straße stadteinwärts, erreicht den Busbahnhof, die U-Bahn-Station Arabellapark. Auch hier ist nichts los. Er geht in die U-Bahn runter. Sieht auf die Uhr. Halb eins. Das Einfahren des Zugs erschreckt ihn. Keine gute Erinnerung. Egal. Er steigt ein. Ohne Ticket. Um die Uhrzeit kein Thema. Hoffentlich. Sein Abteil ist leer. Böhmerwaldplatz, Prinzregentenplatz – menschenleere Geisterbahnhöfe. Am Max-Weber-Platz steigen ein paar Nachtschwärmer ein. Dann Lehel. Zwei Sicherheitstypen mustern ihn. Aber sie sind am Ende ihrer Schicht. Seine Gedanken schweifen ab, er fühlt sich plötzlich furchtbar müde. Theresienwiese. Endstation. Hier? Klar, nach 20 Uhr muss man in die U5 umsteigen, wenn man nach Laim weiter will. Aber wer will schon nach Laim? Er will zur Schwanthalerhöhe, in Andreas Nähe, zumindest von der Straße aus zu ihrem Fenster hochschauen. Will er das wirklich? Das kommt ihm jetzt ziemlich blöd vor. Er ist kein Stalker.

Tom ist der einzige am Bahnsteig, geht zum Ausgang. Die Rolltreppe spuckt ihn auf die Theresienwiese. Wow, der Himmel voller Sterne. Viel mehr, viel näher als über dem Krankenhaus. So kommt es ihm vor. Auf dem Asphalt kommt ihm ein Licht entgegen, in Schlangenlinien, ein singender Radfahrer. Tom sieht zur Bavaria. Mattglänzend im Scheinwerferlicht. Stolze Herrscherin über ihr dunkles Reich. Er sieht die steifen Schatten der Beduinenzelte. Kein Betrieb mehr. Zeltplanen glänzen silbrig. Der Bauzaun um das Tollwood-Gelände attraktiv wie eine Zahnspange. „Gitterfresse", wie sie damals auf der Schule sagten.

Die Stadt summt leise. Tom friert in seinem dünnen Jogginganzug. Jetzt wäre der richtige Moment für eine Zigarette – würde er rauchen. Aber er raucht nicht. Andrea schon. Nicht der einzige Unterschied. Ist er ein Langweiler? Vielleicht. Nein, ist er nicht. Und jetzt? Zu Fuß. So weit ist das nicht. Nein, er kann nicht einfach so mitten in der Nacht bei ihr auftauchen. Unmöglich. Ihm ist kalt. Bewegung!

Er geht los. Gelenke knirschen, schmerzen ein wenig. Hat er schon vorhin auf dem Weg zur U-Bahn gemerkt, aber ignoriert. Bestimmt nur eingerostet. Er hat sich kaum bewegt in den letzten Tagen. Es strengt ihn an, aber es tut ihm auch gut. Er geht schneller, verfällt in lockeren Trab. Nicht die Geschwindigkeit, mit der er sonst joggt, aber schneller als Gehen. Definitiv. Er findet seinen Rhythmus, stößt weiße Schwaden aus, kalt ist ihm nicht mehr, sein Herz pocht, seine Lungenflügel fiepen. Er schwebt über die Theresienwiese, von einer Laternenlichtinsel zur anderen, durch dunkle Straßen. Schlachthofviertel, Dreimühlenviertel, an der Isar entlang, am Friedensengel den Berg hoch, die Prinzregentenstraße raus, am Ring nach links.

Schließlich sieht er das blaue U-Bahnschild am Arabellapark. Ein paar Meter noch. Locker läuft er aus. Geht doch. Er ist besser in Form als gedacht. Tom sieht zum Haupteingang der Klinik. Dort stehen zwei rauchende Pfleger. Er wartet, bis sie ausgeraucht haben, und huscht mit ihnen zusammen am Pförtner vorbei. Oben auf seinem Stockwerk ist keine Schwester zu sehen. In seinem Zimmer merkt er, dass der Trainingsanzug komplett durchgeschwitzt ist. Er zieht ihn aus und hängt ihn auf den Balkon. Duscht heiß. Legt sich ins Bett. Fühlt sich wie neugeboren. Wahrscheinlich hat er morgen eine Monstererkältung. Oder gerade nicht. Er schläft sofort ein.

Roter Bereich

Paul ist noch im Tiefschlaf, als Andrea morgens die Wohnung verlässt. Die Sonne scheint. Spontan beschließt sie, zu Fuß ins Präsidium zu gehen. Sie genießt den Widerspruch in ihrem Gesicht: der kalte Wind und die schon kräftige Sonne. Wäre cool, heute einfach zur Donnersberger Brücke zu gehen, in die Oberlandbahn zu steigen und ein paar Bahnstationen in Richtung Berge zu fahren.

Zum Taubenberg vielleicht. Da war sie schon lange nicht mehr. Auf der windgeschützten Aussichtsterrasse bei dem Wirtshaus oben. Mit dem Blick auf schneebedeckte Gipfel. Ein heißer Kaffee, die warmen Bretter der Hausfassade im Rücken. Ganz allein. Nichts tun, nichts denken, einfach chillen. Jetzt fällt ihr Tom ein. Mist, den hat sie gestern komplett vergessen, nicht mal angerufen. Aber sie hat geträumt von ihm. Dass er plötzlich vor ihrer Wohnungstür steht, im Schlafanzug. Und dass sie ihn nicht reinlässt mit den Worten: „Wer sind Sie? Ich kenne Sie nicht." Blöder Traum. Heute muss sie sich unbedingt bei ihm melden. Sie sind ja schließlich ein Paar. Sie wird ihn besuchen. Wenn sie mit der Arbeit gut vorankommt, macht sie heute ein bisschen eher Schluss.

Im Büro recherchiert Andrea im Netz zu den BMB. Dabei stolpert sie über einen Namen, den sie erst kürzlich gegenüber Christine erwähnt hat: Thomas Wimmer. Der gutaussehende Kotzbrocken von der Sicherheitsfirma. Sie denkt auch an den halbseidenen Typen, der für Wimmer gearbeitet und die schmutzigen Aufträge für ihn erledigt hat. Ein Kleinkrimineller, ein Erpresser. Natürlich hatte Wimmer am Ende ihrer Ermittlungen seine weiße Weste behalten. Ist ja meistens so. Und jetzt findet sie seinen Namen ausgerechnet in einem BMB-Positionspapier zur Inneren Sicherheit. Interessant. Sehr interessant sogar. Und garantiert kein Zufall.

„Da steckt mehr dahinter!", murmelt sie.

In der folgenden Stunde bringt sie sich auf den aktuellen Stand zu Wimmer und seinen Geschäften. Schnell findet sie heraus, dass er erst kürzlich einen Entwicklerpreis gewonnen hat, verbunden mit einem Fördervolumen von zwei Millionen Euro für die Entwicklung einer Sicherheits-App, an der sogar das Bundesministerium des Inneren und die Polizeibehörden reges Interesse zeigen.

Andrea schüttelt den Kopf. Wimmer, die Polizei, die Typen von den BMB – ein unguter Dreiklang. Die BMB profitieren von der allgemeinen Verunsicherung der Bürger. Und ein Typ mit kommerziellen Interessen mischt sich in die Aufgaben der Polizei ein. Es wundert sie bei den weiteren Recherchen gar nicht mehr, dass Thomas Wimmer nicht nur im Bereich der Online-Produkte expandiert. Sie findet ihn auch als Geschäftsführer eines Dachverbands der Sicherheitsindustrie mit einschlägigen Dienstleistungen und Produkten: Waffen, Sicherheitskleidung und Selbstverteidigungskurse.

Mit diesen Erkenntnissen geht sie zu Josef und platzt mit ihren Schlussfolgerungen heraus: „Weißt du, was da abgeht? Das ist ein abgekartetes Spiel: Die Politik steht seit den Attentaten der letzten Jahre immer mehr unter Druck, das Sicherheitsgefühl der Bürger zu verbessern. Und das möglichst kostengünstig und nicht zu personalintensiv. Und die Polizei kann nur so gut sein, wie es die politischen Rahmenbedingungen erlauben. Die ehrliche Rechnung lautet aber ganz einfach: Sicherheit braucht Personal. Und das kostet Geld. Und das will keiner zur Verfügung stellen. Genau darauf baut Wimmer seine Geschäftsidee auf, die offenbar sogar das Innenministerium toll findet: Die Leute sollen sich sicherer fühlen, obwohl sich an der Ausstattung der Polizei nichts ändert. Eine kostengünstige Lösung, vor allem auch, weil es für die Bürger Eigenvorsorge bedeutet. Wenn einem die Informationen über die eigene Gefährdung etwas wert sind, bezahlt man dafür. Was Wimmer vorher nur für hochgefährdete Personen angeboten hat – einen Sicherheits-Forecast wie eine Wettervorhersage –, das gibt es offenbar bald für die breite Masse. Und das Bemerkenswerte daran ist: Wimmers App ist keine Zukunftsmusik mehr, sondern bereits im Live-Testeinsatz. Die ersten Einsatzkräfte der Polizei arbeiten schon mit der App, zum Beispiel bei der Sicherung von Großveranstaltungen. Und, was sagst du dazu?"

Josef reagiert auf diese Tirade ganz anders als erwartet. Kein Lob für ihr Durchleuchten der Hintergründe des Wirkens von Thomas Wimmer und seiner Verbindungen zu den BMB und dem Innenministerium, sondern leicht genervtes Zusammenziehen der Augenbrauen. „Andrea, den Wimmer haben wir letztes Mal schon nicht am Arsch gekriegt. Und mit Politikern werden wir uns auch nicht anlegen, mit dem Innenminister schon gar nicht."

„Hey, Josef, die BMB sind ein rechter Haufen, da geht es um Rechtsextreme und die Vermarktung vermeintlicher Sicherheit durch irgendeine App. Für die Sicherheit der Bevölkerung sind wir zuständig, die Polizei. Wir können doch nicht zulassen, dass solche Apps in Zukunft die Basis zur Einschätzung einer Gefährdungslage sind."

„Andrea, du hast es selbst gesagt, ein paar Kollegen arbeiten bereits damit. Anscheinend gut."

„Niemand weiß, woraus sich der Forecast speist, Josef! Was sind das für Daten, wie werden sie erhoben?"

„Naja, es wird ganz ähnlich sein wie bei den Forecast-Daten, mit denen Wimmer vorher Sicherheitskonzepte für seine einzelnen Topkunden entworfen hat. Du musst halt Selbstauskunft geben, zu deinem beruflichen wie privaten Umfeld, deine Bewegungsdaten weitergeben, die werden dann mit anderen Daten und Statistiken abgeglichen. Und so weiter und so fort."

„Der gläserne Bürger!"

„Ja, natürlich. Wobei wir das ja eh schon sind. Wir geben doch andauernd Daten preis. Sag bloß, du hast kein *WhatsApp*?"

„Nein, mir reicht eine gute alte SMS. Und so banal ist das nicht mit den Daten. Das ist Big Brother in der Hosentasche."

„Ja, deine Sicherheits-App weiß dann vermutlich alles über dich. Und die Betreiber der App somit auch. Aber sieh es mal so: Diese App ist auch eine Demokratisierung von Wissen. Warum sollen sich nur Reiche halbwegs verlässliche Sicherheitsprognosen leisten können? Es zwingt dich ja niemand, die App zu kaufen und zu benutzen. Das kannst du immer noch frei entscheiden."

Andrea schüttelt heftig den Kopf. „Sag mal, Josef, haben sie dir das Gehirn zu heiß gewaschen? Wir haben keine Ahnung, welche Daten für die Einschätzung der Gefährdungslevel dieser App zugrunde liegen. Wer sagt uns, dass die Resultate nicht in die gewünschte Richtung gedreht werden?"

„Natürlich werden sie das."

„Wie, natürlich?"

„Na, so: Dein Forecast wird ein bisschen übertrieben, du sorgst dich deswegen mehr um deine Sicherheit, riskierst lieber nichts. Wenn dann nichts passiert, wirst du nicht enttäuscht sein. Im Gegenteil – du hast ja Vorsorge getroffen. Und deine Aufmerksamkeit für gefährliche Situationen ist geschärft. So schlecht ist das nicht."

„Das meinst du jetzt nicht im Ernst, Josef? Ich will nicht, dass jemand mit so was Geschäfte macht. Wir sind für die Sicherheit der Bürger verantwortlich! Wimmer und die BMB manipulieren unser Sicherheitsempfinden. Und warum die BMB das tun, ist doch ganz klar: Gesetze lassen sich viel leichter durchsetzen, wenn die Leute Angst haben und sich nach Sicherheit sehnen und dafür auch bereit sind, Einschränkungen in Kauf zu nehmen. Etwa, dass sie nicht so genau hinschauen, was mit ihren Daten so alles passiert."

Josef nickt langsam. „Ja, so ist es vermutlich."

„Das sagst du einfach so? Als ob es okay ist?"

„Nein, das ist nicht okay. Aber wir sind Kriminalbeamte in der Mordkommission. Wir kümmern uns um Tote."

„Nein, tun wir nicht."

„Natürlich tun wir das."

„So? Du hast gesagt, dass wir die Finger von dem zweiten Unfallopfer in Neuperlach lassen sollen."

„Hab ich nicht gesagt. Ich hab gesagt, dass ich beim Chef vorsingen musste und er gemeint hat, wir sollen das den Kollegen vom Staatsschutz überlassen."

„Und?"

„Wir sollen lautlos ermitteln. Und wir konzentrieren uns offiziell auf Fall 1. Also mach bitte nicht so viel Wind."

Prinzipiell

Andrea ist genervt, als sie ihre Sachen am Abend zusammenräumt. Ja, sie weiß, was Josef meint. Sicherheitspolitik ist nicht ihr Ressort und Verbrechensprophylaxe auch nicht. Sie sind diejenigen, die auf den Plan treten, wenn ein Mord geschehen ist. Trotzdem – sie ist überzeugt, dass die zwei Toten in der Quiddestraße etwas mit den Aktivitäten der BMB zu tun haben.

„Rauchen wir noch eine?", fragt Christine, als sie an Andreas Schreibtisch vorbeikommt.

Kurz darauf stehen sie im Hof des Präsidiums. Christine inhaliert tief.

„Liebeskummer? Jetzt schon?", fragt Andrea.

Christine nimmt noch einen tiefen Zug aus ihrer Zigarette, denkt nach, lässt den Rauch langsam aus der Nase. „Ja, irgendwie schon."

„Schieß los."

„Es geht um Politik. Also um Thorsten."

„Dein Mann aus dem Zug. Ist er in der CSU?", fragt Andrea.

„Nein, schlimmer. Er ist bei den BMB."

„Ach du Scheiße! Im Ernst? Bei dem Nazi-Verein?"

„Jetzt übertreib mal nicht!"

„Na, wenn du meinst. Also, wenn es für dich okay ist?"

„Ist es nicht. Natürlich nicht. Überhaupt nicht."

„Seit wann weißt du das mit der Partei?"

„Seit gestern. Zufällig."

Andrea runzelt die Stirn. „Ihr habt schon beim zweiten Date über Politik geredet?"

„Nicht wirklich. Er war bei mir. Dann hat er hat einen Anruf bekommen und ist in der Küche verschwunden."

„Und du hast gelauscht?"

„Ja, ich schäm mich so. Ich war neugierig. Ich wollte wissen, worum es geht. Ob er mir was verheimlicht, ob es vielleicht doch eine Frau gibt. Es kam mir zu einfach vor: Monatelang suchst du, hast jede Menge Scheißdates und auf einmal ist er da. *Zack!* Dein Traummann. Ich wollte wissen, woran ich bin. Und da hab ich es gehört, wie er sich mit jemandem wegen eines Termins bei den BMB verabredet hat."

„Und dann hast du ihn gefragt?"

„Ja, ich konnte nicht anders."

„Wie hat er reagiert?"

„Thorsten war ziemlich aufgebracht."

„Und, was hat er gesagt? Ist er Mitglied bei denen?"

„Er hat sich nicht konkret geäußert. Wurde ganz einsilbig. Es war ein sehr zähes Gespräch."

„Und?"

„Nichts und. Er ist dann gegangen. Ich hab mich so schlecht gefühlt. Aber das ist doch nicht wirklich privat, oder?"

„Naja, keine Ahnung. Vielleicht. Jeder hat doch so einen Bereich, den er am liebsten ganz für sich allein behalten will, den er nicht teilen möchte."

„Ich möchte aber über alles reden können, auch über Politik."

„Und er erlaubt das noch nicht?"

„Ich hab das Gefühl, dass bei dem Thema eine Glasscheibe zwischen uns ist."

„Die kannst du doch einhauen? Also, vielleicht nicht gleich, aber so prinzipiell?"

„Das ist Panzerglas."

„Vielleicht ist es nur eine kurzfristige Verirrung. Also er und diese Partei."

„Ich weiß nicht. Langfristig klappt das so nicht. Also mit uns."

„Was meinst du mit langfristig?"

„Für immer."

„Oh, so schlimm?"

„Die Zeit läuft. Ich will noch Kinder."

„Aber Chrissie, das ist doch kein Grund!"

„Oh doch, ich bin jetzt fast 40, ich bin eine wandelnde Zeitbombe. Ich hatte mich schon mit meinem Singledasein abgefunden. Und jetzt kommt dieser Supertyp. Er ist nicht verheiratet, nicht liiert! Es ist absolut perfekt, es könnte perfekt sein. Und dann diese Politik-Scheiße!"

„Mach dich doch mal locker, Christine. Und Parteibuch hin oder her – in einer Partei sind nicht alle gleich. Da gibt es solche und solche."

„Aber die BMB sind indiskutabel."

Andrea nickt nachdenklich. „Ja, find ich auch. Weißt du, was komisch ist – wir ermitteln in deren Umfeld und jetzt kommst du ..."
„Was soll denn das wieder? Ich weiß das erst seit gestern Abend. Was meinst du, was in meinem Kopf los ist? Vor ein paar Tagen hör ich das erste Mal von diesen BMB und jetzt passiert so was!"
„Vielleicht hat Thorsten den Mann gekannt, der in der Quiddestraße überfahren wurde, also als Mitglied der BMB? Kannst du ihn nicht danach fragen?"
„Spinnst du, Andrea? Damit er weiß, dass wir rund um seine BMB ermitteln? Oder was soll ich ihm für einen Grund nennen, dass ich nach dem Wiesinger frag?"
„Weiß er eigentlich, dass du bei der Kripo arbeitest?"
„Nur Polizei. Ich hab noch nicht viel über meinen Job erzählt. Ach, das passt alles so gar nicht zusammen. Ich hab gar nicht den Eindruck, dass Thorsten extreme politische Meinungen vertritt. Ich hab mir heute das Parteiprogramm im Netz angeschaut. Ein bisschen geht es mir wie Karl. Das Programm ist eigentlich gar nicht so besonders – alle sprechen doch davon, dass die Mittelschicht immer mehr an Boden verliert."
„Aber daran sind sicher nicht die Flüchtlinge schuld."
„Nein, natürlich nicht. – Ach, ich weiß es doch auch nicht!"
„Weißt du was? Grüble nicht lang rum, sprich mit ihm, frag ihn, wie seine Haltung zu solchen Themen ist."
„Ich weiß nicht."
„Du hast Angst, ihn zu verlieren?"
„Ich hab ihn noch nicht einmal gewonnen."

Richtig und falsch

Auf dem Heimweg ist Andrea schwer am Grübeln. Wie würde sie sich in einem solchen Fall verhalten? Gibt es ein richtiges Leben im falschen? Oder andersrum? Kann jemand ein guter Typ sein und zugleich Mitglied in einer Scheiß-Partei?
Als sie an der Schwanthalerhöhe aus der U-Bahn steigt und auf die Straße hinaustritt, sieht sie schon nach wenigen Metern ein

Wahlkampfplakat der BMB. *München den Münchnern* ist auf weiß-blauem Rautenhintergrund zu lesen. Ist ihr bisher nicht aufgefallen. Ist das neu hier? Sie streckt sich, reicht jedoch nicht bis an das Plakat hoch, um es vom Gehweg wegzudrehen. Wahnsinn! *München den Münchnern*. Bitte nicht! Auch wenn das die Story ist, die einem die Boulevardblätter immer wieder servieren. So ganz harmlos. Erst gestern ist ihr eine Überschrift an einem der stummen Verkäufer aufgefallen: *Wo München noch echt ist.* Kaum besser. Wo ist es denn noch echt? In den Giesinger Stehausschänken, wo rotknittrige Typen sich um elf Uhr vormittags schon das vierte Bier reinpfeifen und Helene Fischer aus den Boxen greint? Bei *Schuh Bertl*, wo man für ein kleines Vermögen rahmengenähte Haferlschuh kaufen kann? Mit dem Geld für ein Paar Schuhe könnte sie eine Woche nach Südtirol in den Urlaub fahren. Nix gegen gute Schuhe, aber dieser verdammte Anspruch, irgendwo noch etwas Sortenreines, Originales, Handgemachtes zu bekommen! Brot bei der *Bäckerliesl* auf dem Viktualienmarkt oder *Wallner*-Weißwürste in der Gaststätte auf dem Großmarktgelände. Ist das echt? Authentisch? Für ein paar echte Kenner, echte Münchner? Kann nicht jeder an allem teilhaben, worauf er gerade Lust hat? Egal woher, egal warum? Geht es um Geheimwissen? Um Folklore? Nein, es geht um die verdammte Deutungshoheit. Darüber, was Heimat im schlimmsten Fall ist: ein Rückzugsraum für Engstirnige. Andrea erschrickt über sich selbst. Boh, jetzt hat sie sich aber hochgegast! Sie schaut nochmal auf das Plakat: Nein, sie könnte nicht mit einem Mann zusammen sein, der in dieser Partei ist und München nur den Münchnern verspricht. Welchen Münchnern denn? Nur denen, die hier geboren sind? Dann wird es aber schnell einsam in der Stadt. Populistisches Gelaber.

Sie denkt an Harry. Der hat sich heute in der Teamsitzung tierisch aufgeregt über die BMB. Ja, seine linksalternative Einstellung kann manchmal ganz schön nerven. So verbohrt. Das ist ja wie bei ihr früher, als sie noch aktives Mitglied bei den Grünen in Tölz war. Mit Schaudern denkt sie an die endlosen Grundsatzdiskussionen, die basisdemokratischen Abstimmungen. Jede Mücke wurde zu einem Riesenelefanten aufgeblasen. Die humorbefreiten Moralisten damals. Wenn sie heute so was von Harry hört, wirkt es für sie wie aus der Zeit gefallen. Wobei das eigentlich okay ist. Man muss nicht immer auf der Höhe der Zeit sein, man kann auch mal gegen den Strom schwimmen, alte Werte hochhalten. Gerade, wenn man damit aneckt.

Sie sind schon eine merkwürdige Mischung. Harry, der verhuschte linke Parkaträger mit seinen Kakteen, Christine mit ihrer Torschlusspanik und ihrem neuen zweifelhaften Freund, Karl, das Großmaul mit seinen Mittelstandsängsten, und der seelenruhige Josef, der – nein, eigentlich will sie es nicht denken, weil es gar nicht nett ist – doch: der Sexlose. Das ist gemein. Stimmt außerdem nicht. Er war ja früher mal mit Christine zusammen. Was Andrea sich allerdings nicht wirklich vorstellen kann. Genauso wenig, dass Josef seit Jahren verheiratet ist. Sie hat seine Frau Yvonne noch nie gesehen, er redet kaum von ihr. Ist sie ein Phantom, vielleicht nur seine Erfindung, um sich die lästigen Fragen der Kollegen vom Leib zu halten? Quatsch. Merkwürdig, so viel sie mit Josef zu tun hat, so wenig kennt sie ihn wirklich. – Puh, jetzt sind ihre Gedanken weit abgeschweift. Auslöser war das blöde Plakat dieser dummen Partei, in der ausgerechnet Christines neuer Freund Mitglied ist. Wo die Liebe hinfällt, also echt! Manchmal in den letzten braunen Scheißhaufen. Thematisch gesehen. Wenn Christine trotzdem auf ihn steht, muss das echt ein geiler Typ sein. Geht das zusammen? Geiler Typ und politischer Totalausfall? Nein, geht gar nicht. Außer man ist so doof wie Carla Bruni.

Blue Moon
You saw me standing alone
Without a dream in my heart
Without a love of my own

(LORENZ HART / RICHARD RODGERS)

Rover

Der dicke, runde Mond spiegelt sich blau im schwarzen Wasser des Baggersees des Kieswerks Reitberger. Die alten Förderanlagen und Bagger ragen wie Saurierskelette aus den Sand- und Kiesbänken im flachen Uferbereich und werfen gespenstische Schatten. Eine leichte Brise huscht durch die üppige Ufervegetation. Irgendwo röhrt ein einsames Motorrad durch die Nacht. Sonst Stille. Oder? Nein. Franz hat merkwürdige Geräusche gehört. Ein Klirren? Ein Wimmern? Franz steht auf und sieht aus seinem Schlafzimmerfenster. Nichts. Nur der blaue Mond, der stille See, der leicht gekräuselte Wasserspiegel. Er geht zu Augustin nach nebenan, öffnet die Tür, hört den schweren Atem seines Bruders. Fasziniert betrachtet Franz ihn im Mondschein. Sein Bruder in Rippshirt und Unterhosen, sein kleiner Kugelbauch, genau wie seiner. Sie gleichen sich wie ein Ei dem anderen. Es ist, als würde er sich selbst beim Schlafen zuschauen. Nur die Frisur ist anders. Der furchtbare Schnauzer. Aber Augustin findet den super.

Franz berührt Augustin vorsichtig an der Schulter. „Hey, Augustin, da war ein Geräusch."

„Hä?", kommt es verschlafen.

„Da war ein Geräusch."

„Ja, klar, du hast gefurzt."

„Nein, draußen. Da ist wer."

„Da passt Rover auf."

„Da war so ein Jaulen."

„Wird er halt gejault haben, der Gute. Jetzt lass mich! Leg dich hin!"

„Warum bellt der nicht?"

„Wer?"

„Rover, warum bellt der nicht?"

„Weil da nichts ist."

Franz gibt sich damit nicht zufrieden und geht runter ins Haus, sieht in den dunklen Hof. Kein Rover. Ist er in seiner Hütte? Ist da draußen irgendwer? Franz geht in den Flur, wo die Reisetasche des ersten Unfallopfers im Garderobenschrank liegt, und kruscht die Pistole heraus. Lädt sie durch. Ist top in Schuss. Warum die eigene Waffe nehmen, wenn es anders geht. Immer Spuren vermeiden. Naja, er wird ja nicht gleich wen niederschießen. Wobei – wer weiß? Er öffnet die Terrassentür und tritt nach draußen. Die Luft ist kühl, er trägt nur seinen Schlafanzug. Er geht zu Rovers Hundehütte, streckt prüfend eine Hand in die Öffnung. Nichts. Verdammt, wo ist Rover? Er sieht zum Baggersee. Jetzt ist es windstill. Wasser wie schwarzes Gold.

Tong!

Was war das? Er dreht sich um. Sieht das Loch im Kellerfenster. *Scheiße!* Er stürzt ins Haus, löscht das Licht und hastet ins Obergeschoss zu Augustins Zimmer.

„Augustin?!"

„Was ist denn jetzt schon wieder?"

„Da schießt jemand."

„Wer scheißt?"

„Da schießt jemand. Aufs Haus, auf uns."

Augustin sieht jetzt die Pistole in Franz' Hand, richtet sich im Bett auf. „Tu die Waffe weg, verdammt nochmal!"

Jetzt erst bemerkt Franz, dass er die Waffe in Augustins Richtung hält. Durchgeladen. Entsichert. Er sichert sie. „Da schießt jemand aufs Haus!", wiederholt er.

„Wer?"

„Weiß ich doch nicht. Scheiße! Ich hab dir doch gesagt, dass das alles eine Nummer zu groß für uns ist. Das Kellerfenster hat ein Loch. Da schießt irgendwer aufs Haus."

„Wo ist Rover?"

„Ich vermute mal, der hat auch ein Loch."

„Den bring ich um."

„Wie, wenn er schon …"

„Nicht Rover, den Typen, du Depp!"

„Nenn mich nicht Depp!"

„Wo ist der Schütze?", fragt Augustin.

„Auf der anderen Seite vom See, schätz ich mal."

„Warum so weit weg?"

„Wenn du ein guter Schütze bist und ein gutes Gewehr hast, hast du uns hier auf dem Präsentierteller."

„Ich hab keinen Schuss gehört?"

„Schalldämpfer. Pass auf, Augustin – du gehst jetzt ein bisschen im Haus rum, machst ein paar Lichter an und aus ..."

„Spinnst du? Wenn der mich sieht!"

„Du gehst natürlich nicht ans Fenster. Wir verwirren ihn. Damit er denkt, wir sind im Haus unterwegs. Mal hier Licht an, mal da Licht aus. Ich geh raus und schau nach, wer sich da draußen rumtreibt."

„Das machst du nicht! Das will er doch gerade. Wenn du zum Nachschauen auf die Terrasse rausgehst, knallt er dich ab."

„Ich geh an der Seite raus und nehm die hier mit." Franz hält die Pistole hoch.

Augustin sieht seinen Bruder stirnrunzelnd an. „Ist das die Waffe von dem Typen in der Quiddestraße?"

„Klar. Ist top in Schuss das Ding. Und geladen."

„Das ist keine gute Idee. Dann können die Cops eine Verbindung herstellen zu dem ersten Unfallopfer. Also, wenn du den Typen abknallst. Und irgendwer was hört. Und die Polizei hier auftaucht. Und unsere Bude auf den Kopf stellt. Und ..." – „Augustin, ganz ruhig! Woher sollen die denn wissen, dass der Typ in Neuperlach eine Wumme hatte, und dann noch welche? Und drittens müssen sie den Heini hier ja erst mal finden. Wenn der erledigt ist, buddeln wir für den ein schönes tiefes Loch hier irgendwo auf dem Gelände."

„Ja, genau, auf unserem Grundstück. Ein paar dumme Zufälle, Augenzeugen, irgendwer hat doch was gehört und schon stehen die Cops auf der Matte. Das geht manchmal schneller als du denkst. Und vielleicht ist die Waffe registriert."

„Die schmeiß ich in den See, wenn ich sie hernehmen muss."

„Klar, in unseren See. Und die Polizei hat keine Taucher, du Hirni."

„Seit wann bist du so vorsichtig?"

„Hey Mann, das Ding sieht aus wie eine Bullenkanone. Das ist kein gutes Omen. Du ballerst hier jedenfalls nicht damit rum!"

„Hm, gut. Nur Selbstverteidigung, im Notfall. Aber jetzt müssen wir was machen oder willst du warten, bis der Typ zu uns ins Haus kommt? – Hey, ich hab ne Idee. Weißt du, ich mach das anders, ich nehm ein paar Stangen Dynamit. Bisschen *Bumm-Bumm.*"

„Hast du den Arsch offen!?"

„Ich schau mal, wo der ist. Und dann spreng ich ein paar Kubik-meter Kies. Hinterlässt keine Spuren. Brauchen wir ihn nicht ver-buddeln."

„Du spinnst! Und der Knall?"

„Alles eine Frage der Dosierung. Ganz leise *Bumm-Bumm.* Ver-sprochen. Außerdem kriegt das hier draußen eh keiner mit."

Augustin will noch etwas sagen, aber Franz ist bereits verschwun-den, um sich im Keller mit Sprengstoff zu versorgen.

Wenig später ist Franz draußen, hat sich nur einen schwarzen Re-genmantel über den Schlafanzug gezogen. In großem Bogen schleicht er im Schutz der Büsche um das Haus zum Baggersee und schlängelt sich durch den Grünstreifendschungel am Ufer. In der rechten Hand die Pistole, in der linken ein Stoffbeutel mit drei kleinen Sprengsätzen und Verdrahtung. Sprengen ist seine Leiden-schaft. Schon immer. Und von wegen: laut. Das geht auch ganz subtil. Er ist ein Meister seines Fachs.

Franz erklimmt einen zugewucherten Geröllhügel und späht nach unten. Auf der anderen Seite des Sees sind Haus und Schrottplatz zu sehen. Tatsächlich – beste Sicht auf ihr Haus. Brav – Augustin hat in mehreren Zimmern das Licht angemacht, ist aber selbst nicht zu sehen. Dafür sieht Franz jetzt den Eindringling. Hinter ei-nem Gebüsch liegt ein Mann in Tarnkleidung mit einem Gewehr samt Zielfernrohr und Schalldämpfer. Der Mann hat das Haus im Visier.

Franz schielt angestrengt zu ihm runter. Der Typ hat eine Kopf-socke tief über die Stirn gezogen. Kurz hat Franz das Gefühl, er würde den Mann kennen. Nein, so wirklich sind keine Gesichtszüge zu erkennen. ‚Wer ist das und warum macht er das? Hätte sauber in die Hose gehen können, als ich da draußen im Hof war‘, denkt Franz und scannt das Gelände nach geeigneten Orten, um die Sprengsätze zu deponieren. Eigentlich ist es ganz einfach. Der Hang unter ihm reißt steil ab zu dem schmalen Uferstreifen hin, wo sich der Schütze verbirgt. Eine Ladung oben in der Mitte, eine links, eine rechts und der ganze Hang kommt komplett runter.

Der Schütze verharrt unten regungslos, hat das Haus im Blick. Franz gräbt geräuschlos die Sprengladungen ein.

Wenige Minuten später ist er zurück im Haus. Findet Augustin in der dunklen Küche bei einem Wurstbrot und Bier. „Na du, schmeckt's?"

„Die Gelbwurst hat schon einen Stich. Die muss weg. Aber das Bier ist gut. Willst du auch eins?"

„Gerne. Gleich. Willst du schauen, wie der Typ baden geht?"

„Logisch."

Sie gehen ins Dachgeschoss, stellen sich nah an eins der Dachfenster. Ohne Licht. Sie spähen in die Nacht. Alles friedlich.

„Der hat ein Riesengewehr mit Schalldämpfer", sagt Franz.

„Was ist mit Rover?", fragt Augustin.

„Hab ich nicht gesehen. Ich tippe auf ewige Jagdgründe."

„Dann schick den Typen zur Hölle."

„Sehr wohl." Franz drückt den Fernauslöser.

Es macht dumpf *BUMM* und dann … passiert nichts.

Oder?

Doch.

Der Hang bricht auf 20 Metern Breite ab und kommt ins Rutschen. Jetzt sehen sie auch die Schattenrisse einer Person, die um ihr Leben rennt. Aber wohin? Ins Wasser? Kein Ausweg.

Die Erdmassen erfassen den Schattenmann und mit einem beeindruckenden Platschen saufen Tonnen von Erdreich im See ab.

„Meinst du, das war's?", fragt Augustin, als sich der Wellengang beruhigt hat und der See wieder als stiller Spiegel daliegt.

„Also bei den Mengen hilft auch der beste Kraulstil nix", meint Franz.

„Dann schauen wir jetzt nach Rover."

Sie gehen nach unten, lassen das Licht aber aus. Nicht, dass der Schütze da drüben noch einen Kollegen dabeihat. Sie leuchten mit einer Taschenlampe den Hof und die angrenzende Wiese ab. Nichts passiert. Bei einem Gebüsch finden sie Rover schließlich. Feinsäuberlich niedergestreckt. Kopfschuss.

„Das arme Tier", sagt Franz. „Diese Arschlöcher haben vor nichts und niemandem Respekt."

„Welche Arschlöcher eigentlich?", fragt Augustin. „Wer war der Typ?"

Franz zuckt mit den Achseln. „Ich hab keine Ahnung, wer das war und was der wollte."

„Jedenfalls nichts Gutes. Hauptsache, der Heini ist kaltgestellt."

„Und falls es mehr von der Sorte gibt, dann ist das seinen Kollegen eine Warnung."

„Was machen wir jetzt mit dem angebrochenen Abend? Ich bin hellwach."

„Hey, wir könnten endlich *Rambo III* zu Ende schauen."

„Superidee! Ich schau mal nach, ob wir noch Chips haben."

„Aber nicht wieder die ekligen Essig-Dinger. Die sind scheiße."

„Ach komm, die sind doch super. Was willst du denn?"

„Paprika, ganz klassisch."

Geräuschpegel

Samstag. Politischer Frühschoppen. Nicht im TV, sondern in echt. Harry betritt den Wirtshaussaal in Thalkirchen. Er staunt über die vielen Besucher. Das sind bestimmt 200 Leute. Und noch immer wollen Menschen in den Saal. Er findet keinen Sitzplatz mehr und stellt sich neben den Notausgang. Dann ist er im Bedarfsfall schnell draußen. Falls Panik ausbricht vor lauter Ekstase. Das Gedränge macht ihm ein bisschen Angst. Hoher Geräuschpegel, klirrende Gläser, Gelächter. Für die Bedienungen ist kaum ein Durchkommen. Jetzt fiept vorne die Soundanlage und ein Anzugmensch tritt ans Mikrofon. Dr. Albert Pfaffinger, der Spitzenkandidat der BMB, wie auf den Plakaten vor dem Wirtshaus zu lesen ist.

Schon bald nach der Begrüßung schaltet Harry auf Durchzug. Denn zu hören sind die typischen Protestnoten gegen zu hohe Steuern, zu viel staatliche Regulation und schließlich gibt es auch ein paar nationale Töne. Und das nicht zu knapp: Heimat, Vaterland, Muttersprache und der ganze Scheiß. Und natürlich werden in dem Kontext die Flüchtlinge als ein großes Problem gesehen – wirtschaftlich, sicherheitspolitisch, auch kulturell und religiös. Harry studiert die Gesichter der Besucher. Keine Hartz-IV-Leute, keine unzufriedenen Bierdimpfl, eher klassische Mittelschicht. Soweit es sie noch gibt. Stirbt ja angeblich aus. Der Frauenanteil im Publikum ist gering. Jetzt hört Harry doch ein bisschen genauer zu. Ja, manches klingt gar nicht unvernünftig: Abbau der kalten Progression, mehr Kindergeld, höhere Freibeträge für Familien, einfachere Steuererklärung und so weiter und so fort. Alles gut und schön. Könnte er glatt unterschreiben. Anderes hingegen geht gar nicht: Bevorzugung deutscher Familien bei der Vergabe geförderter Wohnungen, ein Arbeitsplatzgesetz, das nicht allein die Qualifikation berücksichtigt, sondern auch die Herkunft. Der Begriff ‚Heimatvorrecht‘ löst Brechreiz bei Harry aus. ‚Braun bleibt braun‘, denkt er, ‚egal, ob die Typen in Anzügen oder in *Thor-Steinar*-Klamotten daherkommen.‘ Harry überlegt, ob die Leute im Publikum über diese Punkte geflissentlich hinweghören oder ob diese Themen für sie gerade zum Markenkern der Partei gehören. Perfide Masche, sinnvolle Forderungen bei bestehenden sozialen Problemen mit rassistischen Ressentiments zu verknüpfen. Harrys Gedanken schweifen ab zu ihrem aktuellen Fall. Haben die BMB etwas mit dem Tod von diesem Carsten Wiesinger zu tun, dem großen Unbekannten? Gibt es in der Protestpartei kriminelle Energie? Aber rhetorische Brandsätze schmeißen und auf offener Straße zwei Leute einfach über den Haufen fahren, das sind schon noch zwei Paar Schuhe. Nein, eigentlich traut er das diesen selbsternannten Heimatschützern nicht zu. Für die ist Recht und Ordnung doch das Vater Unser. Oder?

Harrys Blick wandert durch den Saal. Plötzlich stutzt er. Ganz hinten an einem Tisch sitzt Karl. Mann, da hätten sie sich wirklich absprechen können, wer am Wochenende Überstunden macht. Egal – vier Augen sehen mehr als zwei. Oder interessiert sich Karl am Ende persönlich für die Partei?

„Hey, Karl", begrüßt er ihn nach dem Vortrag draußen vor dem Lokal und zündet sich eine Zigarette an.

„Hey, Harry, was machst du denn hier?"

„Dasselbe wie du. Hoffentlich. Gucken. Staunen. Wie findest du die Leute?"

„Ich weiß nicht. Nicht so prollig wie ich erwartet hab."

„Gehobener."

„Ja, irgendwie."

„Gehen wir noch was trinken?"

„Aber nur kurz. Meine Frau fand es nicht so super, dass ich an einem Samstagvormittag nicht zu Hause bin. Aber ich war neugierig, wie die BMB sind."

„Die bringen die Lokalpolitik ziemlich durcheinander", sagt Harry, als sie in dem kleinen Ecklokal auf der anderen Straßenseite am Tresen stehen.

„Naja, Harry, es gibt ja wirklich viele Probleme hier in München. Also, Henrike arbeitet im Moment nicht wegen dem Kind und das ist finanziell für uns echt ein Drahtseilakt. Jetzt bin ich immerhin ein mittlerer Beamter mit einem mittleren Einkommen, aber unsere Kohle reicht kaum aus, um in der Stadt zu leben. Ich möchte gar nicht wissen, wie das wird, wenn wir mal ein Zimmer mehr brauchen. Das können wir uns nicht leisten. Und finden tun wir sowieso nichts. Sollen wir dann wegziehen? In die Kleinstadt? Soll ich bei der Polizei in Straubing arbeiten? Diese Scheiß-Wohnungsnot hier in München ist eine Katastrophe. Zu viele Menschen für zu wenige Wohnungen. Das ist doch irgendwie ein Witz. Weißt du, wir kümmern uns, dass der Laden hier funktioniert, dass die Verbrechen in der Stadt geklärt werden und die Leute in Ruhe und Sicherheit leben können. Und gleichzeitig können wir uns das Wohnen in der Stadt nicht leisten."

„Aber dafür können die Ausländer nichts, die konkurrieren doch nicht mit dir auf dem Wohnungsmarkt. Also in der Innenstadt."

„Der Markt wird aber generell kleiner. Auch wenn die nicht gleich in der Au, in Schwabing oder Haidhausen wohnen. Früher hat das Umland zumindest noch für Entlastung in der Stadt gesorgt. Das ist jetzt vorbei."

„Karl, du glaubst doch nicht etwa den Scheiß, den die Typen von den BMB da verzapfen?"

„Ich mach mir mein eigenes Bild. Auch von der sozialen Lage in München. Und die ist zurzeit nicht besonders rosig."

Harry nickt nachdenklich.

Karl trinkt sein Bier aus. „Ich muss los." Er zieht seinen Geldbeutel. Harry winkt ab. „Lass stecken, ich lad dich ein. Ciao. Bis Montag."

Harry bestellt sich noch ein alkoholfreies Bier und wischt nachdenklich über das beschlagende Glas. Betrachtet die Wassertropfen, die nach unten laufen. Karls Sätze stecken ihm in den Knochen. Ja, so funktionieren diese Parteien. Sie sagen etwas, das stimmt, sie sprechen real existierende Probleme an und verknüpfen sie mit ihren ganz eigenen Interessen. Hetzen die Leute auf mit dem Mangel an Wohnraum. Jetzt hat er mit Karl gar nicht über den Fall gesprochen, ob dieser Wiesinger eine Rolle gespielt hat bei den BMB. Tja. Müssen sie am Montag reden.

Harry nimmt einen tiefen Schluck aus dem Glas und blickt in den Spiegel über dem Tresen. Sieht darin zwei Typen, die gerade den Gastraum betreten. Sind das Zwillinge? Die zwei bulligen Männer unterscheiden sich nur minimal hinsichtlich der Haartracht. Und bei den Klamotten: Einer trägt eine blaue Jeansjacke, der andere eine schwarze. Die waren vorhin ebenfalls auf der Veranstaltung. Nicht als Zuhörer, es sah eher so aus, als warteten sie auf Ansagen. Bodyguards? Würde ihn nicht wundern, wenn das

Führungspersonal dieser Partei solche Typen fürs Grobe braucht.
Sie stellen sich direkt neben ihn an den Tresen, bestellen zwei Bier
und zwei Kurze.

„So ein Depp, jetzt plötzlich passt es nicht mehr."

„Ist halt riskant."

„Was ist riskant? Unser Job ist riskant. Seiner doch nicht. Der hat
seinen Arsch im Trockenen."

„Sag das nicht. Er hat halt unterschätzt, wie schnell das geht. So viel
Zulauf. Damit hat er nicht gerechnet. Und jetzt rücken sie ihnen
auf die Pelle."

„Wer?"

„Staatsschutz."

„Ach komm, der Kleingartenverein."

„Wer jetzt?"

Der eine sieht den anderen erstaunt an. Dann lachen beide und
stoßen an.

„Der Container mit der Karre ist weg?"

„Noch nicht. Du weißt doch, dass die das Zeug immer erst am
letzten Donnerstag im Monat holen. Die paar Tage wird schon
nichts passieren. Wir können ja das Ding nicht weghexen."

„Ja, hm. War eh riskant. Zweimal dasselbe Auto."

„Hast du Nachrichten gehört oder gesehen?"

„Nein, mach ich doch prinzipiell nicht. Schlechte Nachrichten
bringen mich schlecht drauf."

Sie lachen wieder.

„In den Nachrichten war nix. Also keine Riesenwelle."

„Aber warum wir den Heini jetzt nicht mehr fahren sollen, versteh
ich nicht. Das eine hat doch mit dem anderen nichts zu tun."

„Die sind halt nervös."

„Ach komm, was interessiert uns denn der Staatsschutz? Was mich
hingegen sehr interessiert: Von wem war eigentlich der Auftrag?"

„Sei froh, wenn du nicht alles weißt."

„Ganz toll."

„Zwei Zungen reden mehr als eine."

„Hey, ist das ein Kalenderspruch? Von Winnetou? Zwei gespaltene Zungen ist weniger als eine ganze."

„Im Ernst, es ist besser, wenn du nicht alles weißt."

„Wenn du das sagst. Aber das mit dem Chauffeur-Job stinkt mir trotzdem."

„Der Boss hat gemeint, wir sollen es gut sein lassen. Die stehen jetzt gerade so im Fokus."

„Im was? Lokus?"

„Jetzt red halt nicht dauernd so blöd daher. Die Presse, alle schauen jetzt auf die, weil die so viel Zulauf haben. Nicht, dass wir auch noch in ihren Fokus geraten."

„Solange wir nicht in ihren Lokus geraten."

„Ja genau, du Spitzenclown. Einen Kurzen noch?"

„Klärchen, Bärchen."

„Die dürfen sich halt keine Angriffsflächen leisten."

„Angriffsflächen – die? Und was ist mit uns? Wir reißen uns den Arsch auf und er schießt uns ab, wenn er seine Sachen endlich am Start hat. So einfach geht das nicht."

„Krieg dich ein. Er hat gesagt, wir sprechen nochmal, und dann sehen wir schon. Da geht noch was. Lass mich mal machen."

„Wenn es das jetzt wirklich mit dem Job war, dann will ich eine ordentliche Abfindung. Wir haben etliche Jobs abgesagt wegen dem Heini. Und wir wissen eine Menge über ihn."

„Da wär ich vorsichtig. Er weiß auch eine Menge über uns."

„Was soll denn das heißen?"

„Dass du vom Gas gehen sollst. Der Pfaffi ist Anwalt."

„Ich lass mich nicht so abspeisen. Ich scheiß auf den Paragrafenreiter."

„Ich aber nicht. Der Typ ist teflonbeschichtet. Wir nicht. Jetzt trink aus, wir müssen los. Der Pfaffi muss zu einem Termin."

„Ich denk, wir sind raus?"

„Ja, aber nicht von sofort auf gleich."

„Na, super. Der kann mich mal. Am liebsten würde ich alles gleich hinschmeißen."

„Entspann dich. Wir reden nochmal. Da gehen wir nicht ohne Kohle raus."

„Das will ich sehen."

„Das wirst du sehen. Jetzt komm schon."

Sie verlassen das Lokal.

Harry hat ganz rote Ohren vom Zuhören. Sind das etwa die Typen, die die zwei Männer in der Quiddestraße umgefahren haben? Wenn ja, in wessen Auftrag arbeiten sie? Für die BMB? Hat sich so angehört.

Harry zahlt und folgt ihnen. Sie gehen zu einem schwarzen Audi A6. Harry sieht den Taxistand. Er geht rüber und steigt in ein Taxi, sagt nix, beobachtet den Audi.

„Wohin?", fragt der Taxifahrer mit dem nikotingegerbten Gesicht.

„Sobald das Auto da drüben losfährt, folgen Sie ihm bitte."

„Mach ich nicht. Steigen Sie aus."

Harry zieht seinen Ausweis. „Das ist dienstlich."

„Was wird das? Tatort?"

„Nein, da sind Sie einen Tag zu früh dran. Das hier ist das echte Leben."

„Und das wird auch bezahlt?"

„Ja, mit dem Leben."

Der Fahrer sieht ihn irritiert an.

„Kleiner Scherz. Eine Beschattung, mehr nicht."

„Zahlen Sie das auch, also die Fahrt?"

„Ja klar. Sie schalten das Taxameter ein, fahren los, sobald sich der Audi da drüben in Bewegung setzt. Und wenn ich aussteig, geb ich Ihnen das Geld und Sie stellen mir eine Quittung aus. Ich reich die Quittung bei meiner Dienststelle ein und krieg das Geld zurück. Und die Polizei wird von unser aller Steuern finanziert. Ein schöner Kreislauf, oder?"

„Aber keine Schießerei!"

„Niemals. Am Wochenende hab ich meine Dienstwaffe nicht dabei."

„Das beruhigt mich sehr", murmelt der Taxifahrer und schaltet das Taxameter an.

In den Audi steigt jetzt der Redner von vorhin ein. Der Spitzenkandidat der BMB. Dr. Albert Pfaffinger. Alias „Pfaffi", wie Harry gerade gehört hat. Sie fahren los. Es geht zügig stadtauswärts. Bei Pullach wechseln sie die Isarseite nach Grünwald. Weiter in Richtung Straßlach. Durch ein Waldstück. Der Audi verschwindet schließlich auf einem großen Grundstück hinter einem automatischen Rolltor. Nur kurz ist der Blick frei auf eine stattliche Villa. Das Grundstück ist von einer hohen Steinmauer umgeben.

„Und jetzt?", fragt der Taxifahrer.

„Zahl ich und steig aus."

„Und wie kommen Sie hier wieder weg?"

„Ich ruf mir später ein Taxi."

Der Fahrer gibt ihm seine Karte. „Ich schau noch bei meinem Schwager in Straßlach vorbei."

„Sie sind verheiratet?", fragt Harry erstaunt.

„Warum nicht?"

„Äh?"

„Geschieden. Ex-Schwager."

„Na dann."

„Wenn Sie mich nachher noch erwischen, nehm ich Sie mit zurück in die Stadt."

Harry lächelt. „Das ist ein Wort."

„Schönen Tag noch. Und machen Sie keinen Scheiß."

„Ich bin von der Kripo. Wir machen keinen Scheiß. Das ist nicht wie im Tatort."

„Ich schau nicht fern."

„Sehr vernünftig. Na dann, ciao."

Harry sieht dem Taxi hinterher. Von wegen: Wir machen keinen Scheiß. Einen Plan hat er nicht. Nur das sichere Gefühl, dass hier etwas nicht stimmt. Also, was tun? Einfach am Tor läuten? Sicher nicht.

Es ist ein sonniger Samstagnachmittag. Er wird einen kleinen Spaziergang machen und die Augen offen halten. Ein paar Meter an der Mauer entlang.

77

Der spätherbstliche Wald, die Bäume, der Wind in den Ästen, Blättern, Nadeln. ,Schön', denkt Harry und geht los. Nach ein paar hundert Metern endet die Mauer und geht über in einen Maschenzaun samt hoher Hecke. Hin und wieder gewähren Lücken in der Hecke einen Blick auf die parkähnliche Landschaft und das herrschaftliche Haus. Dort ist niemand zu sehen. Harry hat die Adresse bereits im Handy gegoogelt. Keine Angabe, kein Hinweis, wer dort wohnt. Aber das kriegen sie raus. Das ist jedenfalls kein normales Wohnhaus. Er denkt an eine Botschaft oder etwas Ähnliches. Eine Botschaft für die rechte Mission? *Das braune Haus.* Gab es in München ja schon einmal.

Er kann das Grundstück nicht umrunden, denn es endet an einem Geländeabriss, an dessen Grund sich ein Bach durch den Wald windet. Klar, er könnte jetzt den Hang hinuntersteigen und dann wieder hoch, um auf das Grundstück zu gelangen. Oder einfach über den Zaun steigen. Und dann? Zudem hört er Hundegebell. Nein, das Grundstück zu betreten, wäre jetzt keine gute Idee. Also folgt er dem Weg nach links in den Wald. Ein paar Krähen krächzen. Ein weiteres Geräusch ist zu hören. Der Wind der durch die Äste bläst? Nein, es sind Motorgeräusche, ein Diesel. Nach der nächsten Biegung schaukelt ihm ein schwerer Geländewagen entgegen. Er tritt zur Seite. Der Wagen hält. Harry wartet darauf, dass die dunkle Fensterscheibe runtergeht. Passiert aber nicht. Er starrt an die spiegelschwarze Seitenscheibe. Sieht sich selbst. Will schon seinen Polizeiausweis herausholen. Tut er nicht. Der Wagen rollt weiter. Das Nummernschild ist so stark verschmutzt, dass es nicht zu entziffern ist. Vorsätzlich?

Harry setzt seinen Weg fort. ,Sie überwachen das Gelände hier', denkt er. ,Müssen ja wichtige Leute in dem Haus sein. So eine protzige Villa für den Kandidaten einer kleinen regionalen Splitterpartei? Wohl eher für die Leute im Hintergrund, die mit Geld und Einfluss.'

Zu seiner Rechten ist jetzt wieder der Geländeabriss, es geht locker 30 Meter steil nach unten. Harry marschiert weiter, tiefer in den

Wald hinein, bis er eine Lichtung erreicht. Der weiche Boden ist gezeichnet von Reifenspuren, groben Profilsohlen, Papiermüll und zerknitterten Bierdosen. Spontan folgt Harry einem Trampelpfad. Der Weg steigt leicht an, immer wieder muss er die Zweige der Sträucher zur Seite biegen, damit sie ihm nicht ins Gesicht schnalzen. Ein paar Minuten später steht er auf einer Anhöhe und sieht in einen Kessel hinab. Keine Bäume, nur halbhohes, an vielen Stellen niedergetretenes Gras. Was ist das für ein Ort? Er denkt an einen Thingplatz. Würde ja zu den Rechten passen mit ihrem Interesse an ihren germanischen Vorfahren. Er sieht die Reste niedergebrannter Fackeln, die Abdrücke schwerer Stiefel im lehmigen Boden. In der Mitte eine große Feuerstelle mit halbverkohlten Baumstämmen.

Auf der anderen Seite des Kessels knacken Äste. Ist dort jemand? Harry zieht sich hinter einen Busch zurück und späht durch die Blätter. Ja, da bewegt sich was. Harrys Hand geht zu seiner Waffe. Ins Leere. Die Pistole hat er am Wochenende nicht dabei.

Angestrengt sieht er nach drüben. Jetzt! – Ein Reh schiebt scheu seinen Kopf durch die Äste einer Fichte. Harry grinst. Seine Fantasie! Wahrscheinlich ist das hier nur die Feuerstätte eines Jugendcamps. Bierdosen hin oder her. Oder gerade. Auf dem Boden liegt ein gelber Zettel. Der Ausriss eines Programms oder eines Liedzettels, wie man ihn in der Kirche bekommt. Er hebt ihn auf und liest: „Schwarz ist unser Pan…" Der Rest steht nicht drauf. Harry braucht nicht viel Fantasie, um „Panzer" zu ergänzen. Nicht unbedingt das, was der gemeine Pfadfinder am Lagerfeuer singt. Eher Nazi-Liedgut. Eine kühle Windböe schreckt ihn auf. Er sieht in den Himmel. Tiefschwarze Wolken schieben sich dort zusammen. Als sie jetzt die Sonne verdecken, wird es schlagartig düster und kalt. „Na super", murmelt Harry.

Er marschiert den Weg wieder nach unten, versucht, sich auf der ersten Lichtung neu zu orientieren. Weitergehen? Er entscheidet sich dafür, den Weg zurückzugehen, den er gekommen ist. Im Gewitter durch den Wald zu laufen und nicht zu wissen wohin, ist

79

kein guter Plan. Er sieht auf sein Handy. Schwacher Empfang. Er probiert die Nummer des Taxifahrers und muss ein bisschen warten, bis jemand drangeht. „Hallo, ich bin's, Ihr Fahrgast von vorhin. Sind Sie noch in Straßlach?"

„Nein, schon auf dem Weg nach München."

„Drehen Sie bitte um, holen Sie mich ab. Ich zahl das natürlich."

„Dieselbe Stelle? Also, wo Sie ausgestiegen sind?"

„Ja, vor der Zufahrt zum Grundstück."

„Ich brauch eine Viertelstunde."

Montmartre

Sonntagabend. Andrea ist allein zu Hause. Paul ist bereits den dritten Tag nicht da. Hatte irgendwas von einer Mini-Tour übers Wochenende gefaselt. ‚Wer weiß, ob das stimmt', denkt sie, als sie allein in der Küche sitzt. Gestern fand sie es noch sehr erholsam, die Wohnung an einem Samstag mal ganz für sich zu haben, heute ist ihr tagsüber das Dach auf den Kopf gefallen. Das Wetter war lausig und sie hatte keine Lust gehabt, raus zu gehen. Nicht einmal die paar Meter bis zur U-Bahn, um zu Tom in die Klinik zu fahren. Nein, das Krankenhaus hätte sie noch schlechter draufgebracht. Tom musste sich mit einem Anruf begnügen. Jetzt ärgert sie sich über Paul. ‚Wo ist er? Warum bleibt er so lange weg? Vielleicht hat er eine neue Flamme? Täte ihm gut, das Verschwinden von Madelaine hat er nicht gut verdaut. Er vermisst sie immer noch.' Versteht sie, Madelaine war schon sehr ungewöhnlich. Schön, klug, unberechenbar, ein Wirbelwind. ‚Wo steckt er bloß?'

Andrea sieht in den Kühlschrank und entdeckt dort zwei Bier. Sie entscheidet sich für ein Mineralwasser und ein Butterbrot. Quatsch. Sie macht sich doch ein Bier auf. Im Küchenschrank findet sie noch ein Packung Salzstangen. Das Bier schmeckt irgendwie nicht. Sie schaut auf das Etikett. Ist fast noch ein halbes Jahr haltbar. Liegt also nicht am Bier, sondern an ihr. Tja. Alleinsein bekommt ihr nicht. Fernsehen? Am frühen Abend? Soweit kommt's noch!

Jetzt hört sie den Schlüssel im Schloss der Wohnungstür. Durch die offene Küchentür sieht sie Paul hereinhuschen. Er sagt nicht mal kurz Hallo, stellt die Gitarre im Flur ab und verschwindet sofort im Bad. Kurz darauf rauscht die Spülung.

„Hi, Schwesterherz. Boh, ich musste schon so dringend", begrüßt er sie schließlich und umarmt sie. „Ist noch ein Bier da?"

„Das letzte ist für dich."

„Ich hab so einen Durst."

„Wo warst du denn?"

„Paris. Mit dem Zug."

„Ach? Deine Mini-Tour?"

„Ja, eine sehr persönliche Tour."

Andrea weiß sofort, wen Paul in Paris getroffen hat: Madelaine. Was er unumwunden zugibt. Aber seine Miene verheißt nix Gutes. Er sieht niedergeschlagen aus.

„Wie hast du Madelaine denn gefunden?", fragt sie. „Hattest du ihre Adresse?"

„Ich wusste, dass sie in Paris lebt. Mehr nicht. Ihr Nachname ist nicht gerade selten. Googeln hat jedenfalls nichts ergeben."

„Und, was hast du gemacht?"

„In welchem Stadtteil wohnt jemand wie Madelaine?"

„Montmartre?"

„100 Punkte. Ich hab geschaut, welches Café in Montmartre zu ihr passen würde. Da gab es weniger als ich dachte. Alles sehr touristisch. Naja, ich hab mich für einen Alternativschuppen voller Kunststudenten entschieden und dort gewartet. Am frühen Abend ist sie tatsächlich aufgetaucht. Wunderschön wie immer. Ich war sofort wieder verknallt. Sie ist fast in Ohnmacht gefallen, als sie mich gesehen hat. Sie hat sich so gefreut."

„Hatte sie denn keine Gewissensbisse? Nach ihrem rasanten Abgang aus München?"

„Nein, Madelaine ist Madelaine. Sie lebt für den Augenblick."

„Aha. Habt ihr euch das erste Mal gesehen, seit der Geschichte mit Chris?"

„Sei nicht so neugierig, Schwesterherz."

„Jetzt komm schon. Das war nicht das erste Mal, oder?"

„Nein, irgendwann mal bei einem Gig auf dem Land war sie plötzlich im Publikum."

„Hast du gar nicht erzählt."

„Naja, du bist Polizistin."

„Mordkommission. Und deine Schwester."

„Sie wollte nicht, dass ich es irgendwem erzähle."

„Und in Paris hat sie dich dann mitgenommen in ihre Wohnung?"

„Hotel hätt ich mir eh nicht leisten können. Das Zugticket war schon so teuer."

„Und? Was ist jetzt mit euch?"

„Es ist aus."

„Das war es doch vorher schon?"

„Nicht so richtig. Jetzt schon."

„Warum?"

„Ich war bei ihr. Das Appartement, in dem sie wohnt, ist voll schön. Weißt du, was Wohnungen in Paris kosten? Also zur Miete?"

„Keine Ahnung. Sicher viel."

„Und wie finanziert sie das, die Künstlerin?"

„Das weiß ich doch nicht."

„Ich sag's dir: Die Bude gehört ihrem Vater, der ist ein hohes Tier in der Politik. Ich könnt mich so aufregen! Hier macht sie auf arme Kirchenmaus, wurschtelt an der Uni rum. Kunstgeschichte. Geht an der Kunstakademie ein und aus. Mann, das ganze Künstlergetue, die Hippiescheiße! Glaubwürdigkeit, Inspiration – alles Fassade. Die schale Wahrheit ist: Papa hat 'ne dicke Brieftasche!"

„Das hat sie dir gesagt?"

„Ich hab's rausgekriegt", sagt Paul und holt sich ein Bier aus dem Kühlschrank.

„Du hast in ihren Sachen geschnüffelt?"

„Nein. So was mach ich nicht. Ihr Vater ist plötzlich aufgetaucht."

„Und?"

82

„Schrecklich. Furchtbarer Typ. So großkotzig, gönnerhaft. Hat mich gar nicht wahrgenommen."

„Und was wollte er?"

„Hat den Hund vorbeigebracht."

„Madelaine hat einen Hund?"

„Sie nicht. Ihre Eltern. Jean-Luc."

„Der Hund heißt Jean-Luc?"

„Das sagt doch alles! Als ihr Vater wegging, hab ich aus dem Fenster nach unten geschaut. Vor dem Haus hat eine große schwarze Limousine auf ihn gewartet. Mit Fahrer. Und Personenschützer."

„So krass gleich?"

„Da hab ich Madelaine gefragt, was ihr Vater macht. Sie wollte es mir erst nicht sagen. Dann hat sie es mir doch verraten – er ist Politiker. Mehr nicht. Ich hab ihn aber gegoogelt. War ganz einfach. So viele Piccards gibt es nicht in der Nationalversammlung. Ihr Vater ist ein hohes Tier bei den Rechten. Ganz hoch. Ein richtiger Parteibonze!"

„Sag bloß, er ist beim Front National?"

„Nein. Das wär ja noch schöner. Ein feister Wirtschaftsheini bei den Republikanern. Aber rechts ist rechts. Und sie ist seine Tochter."

„Madelaine kann doch nichts für ihren Vater."

„Nein. Aber mein Hippiemädchen wohnt in seiner Bude. Das passt einfach nicht zusammen."

„Woher weißt du denn, dass das so ist? Vielleicht verdient sie ihr eigenes Geld, zahlt Miete?"

„Womit denn? Sie hat kein Einkommen. Woher soll die Kohle für so eine geile Bude kommen? Wenn nicht vom Herrn Papa?"

„Paul, du wohnst ja auch bei mir, in meiner ‚geilen Bude', oder?"

„Willst du das jetzt vergleichen? Unser Altbau im Westend und ein Edelappartement in Montmartre? München ist nicht Paris. Und ich lass mich nicht von dir aushalten oder mach dir Vorschriften, wie du zu leben hast, wie du dein Geld verdienst." Paul

83

haut auf den Küchentisch. „Madelaine erzählt mir was über Glaubwürdigkeit und Kommerz. Gerade sie! Dass ich den Management-Vertrag mit Chris gekündigt hab, war ein Riesenfehler. Die Chance krieg ich nicht nochmal! Und das hab ich nur wegen Madelaine gemacht!"

„Nur wegen Madelaine?"

„Okay, nicht nur. Aber auch wegen ihr. Ich wollte ihr gefallen. Ihr zeigen, dass ich ein Künstler bin. Dass ich keine Kommerzkacke mach, keine künstlerischen Kompromisse eingeh, mich nicht weichspülen lass. Aber jetzt seh ich klarer, vor allem sie selbst: Madelaine ist alles, nur keine arme Kunststudentin!"

„Wenn sie dich in die Wohnung mitgenommen hat, muss ihr doch klar gewesen sein, dass du mehr über sie rauskriegst?"

„Ja, wahrscheinlich wollte sie das. Sie kann ja nicht ewig Versteck spielen."

„Und? Schämt sie sich?"

„Ja. Ich glaub schon. Irgendwie. Sollte sie auch. Weißt du, mir macht sie Vorhaltungen, wie ich mein Leben leb, wie ich mein Geld verdien, und selbst lebt sie wie die Made im Speck."

„Liebst du sie immer noch?"

„Ja, logisch."

„Aber du hast doch gesagt, dass es aus ist."

„Ja und? Das hat doch nichts miteinander zu tun!"

„Versteh ich jetzt nicht."

„Ich kann doch lieben, wen ich will. Und ich muss deswegen nicht mit ihr zusammen sein. Oder ihren Lebensstil teilen."

Andrea überlegt kurz, dann nickt sie.

„Liebe hat eigene Spielregeln", murmelt Paul.

„Ja, Bussi-Bär."

„Nur kein Neid."

„Und, was hast du jetzt vor?"

„Ich weiß noch nicht. Mich wieder um meine Karriere kümmern."

„Hat Madelaine dir denn erzählt, was genau bei Chris damals vorgefallen ist?"

„Er hat sie angegrapscht, die Sau."

„Wenn sie das vor Gericht aussagt, kommt sie bestimmt glimpflich aus der Nummer raus."

„Unsinn! Dann steht Aussage gegen Aussage. Außerdem ist sie doch eh schon aus der Nummer raus. Chris hat doch die Anzeige zurückgezogen?"

„Das macht nichts. Er war wegen Körperverletzung im Krankenhaus. Wenn das Ermittlungsverfahren einmal läuft, kann die Staatsanwaltschaft es nicht einfach einstellen. Aber ich schätze mal, bei einem Prozess hat sie gute Aussichten."

„Ach, wer weiß, was Chris einfällt, wenn sie ihm sexuelle Belästigung vorwirft. Der hat doch garantiert einen super Anwalt."

„Ja. Wahrscheinlich. Muss sie selber wissen." Andrea gähnt. „Boh, ich muss jetzt ins Bett."

Als Andrea im Bett liegt, starrt sie die dunkle Zimmerdecke an. Grübelt. Erstaunlich diese Parallelen. Christine, deren Typ in einer rechten Partei mitmischt, und Paul mit Madelaine, deren Vater ein hohes Tier in einer konservativen Partei ist und in dessen Wohnung sie lebt, sich vielleicht von ihm aushalten lässt. Ist das Private politisch? Ja, klar ist es das. Es gibt kein richtiges Leben im falschen. Sie kann verstehen, dass Paul so eine Haltung nicht mag. Und auch, dass Christine Probleme damit hat, wenn ihr neuer Freund Mitglied bei den BMB ist. Wobei die BMB nicht einfach eine konservative Gruppierung sind, sondern eine nationalistische Protestpartei. Wenn Tom sich in so einer Partei engagieren würde, könnte sie ihn dann lieben? Nein! Oder? Sie weiß es nicht.

I'd rather be a sleepwalking man
I want no power or command

(SIVERT HØYEM)

Privatsache

Montag im Präsidium. Fast Mittag schon. Es gibt ein Problem: Harry ist nicht zum Dienst erschienen. Josef erreicht ihn weder auf dem Handy noch übers Festnetz. Schließlich erfährt er von Kollegen, dass sich ein Taxifahrer gemeldet hat. Der hat ausgesagt, dass er am Samstag einen Polizisten nach Straßlach gefahren hatte und ihn dort wieder abholen sollte. Was nicht passiert ist, weil er den Fahrgast nicht mehr angetroffen hatte. Als der Taxifahrer den Rückruf der Handynummer gedrückt hatte, war niemand mehr zu erreichen gewesen. Am Sonntag hat sich der Taxifahrer bei der Polizei gemeldet. Ihm kam das dann doch spanisch vor. Die Überprüfung der Handynummer hat ergeben, dass Harry der Fahrgast war.

„Und nur weil Sonntag ist, informiert uns keiner!", flucht Josef.

„Naja, die werden es schon bei Harry probiert haben", meint Christine. „Ihr kennt ihn doch, sein Handy ist nicht immer an. Und vermisst hat ihn vermutlich auch keiner. Harry lebt doch allein."

Josef schnaubt auf. „Ja, ich weiß. Trotzdem! Seit wann macht in meinem Team eigentlich jeder solche Alleingänge?"

„Wo genau hat der Taxifahrer ihn abgesetzt?", fragt Andrea.

„Ich hab's notiert. Der Taxifahrer sagt, sie sind einem Audi von Thalkirchen bis da draußen nach Straßlach gefolgt. Harry ist dort ausgestiegen. Von dem Audi hat der Taxler leider keine Nummer. Sie haben vor einer Villa mit großem Park gehalten. Der Audi ist aufs Grundstück gefahren."

„Und wer wohnt da?"

„Das ist offenbar ein Geschäftshaus, irgendwas mit Import-Export. Ich bin noch nicht weiter. Wir fahren hin. Christine, recherchierst du uns was zu dem Laden?" Er reicht Christine den Zettel mit der Adresse.

„Aber ihr fahrt doch eh hin?"

„Geschäftsführer und was die so genau machen."

„Immer wieder gerne." Christine betrachtet lustlos die Adresse auf dem Zettel.

87

Karl kommt erst jetzt dazu. Er legt Winterjacke und Schal ab, setzt sich auf den freien Stuhl an Josefs Besprechungstisch. „Sorry, ich musste beim Arzt warten. Ist was los? Ihr schaut so komisch." Nachdem Karl über das Verschwinden von Harry Bescheid weiß, kann er ein paar Zusatzinfos zu Harrys Samstagsaktivitäten liefern. Er berichtet von dem gemeinsamen Besuch der Wahlkampfveranstaltung. „Hinterher waren wir noch ein Bier trinken."

„Warum seid ihr denn zu den BMB?", fragt Josef.

„Naja, wir haben gedacht, wir schauen uns das mal an."

„Dienstlich, hoff ich doch", meint Andrea.

„Ja klar. Was denn sonst?"

„Und – wie war die Veranstaltung?", fragt Josef.

„Ganz interessant, also ich mein, in vielen Punkten sagen die ja durchaus, was die Leute bewegt."

„Was für Leute waren da?"

„Gehobener Durchschnitt. Nicht ganz so wie bei der FDP. Aber auch keine Wutbürger wie bei der AfD. Also, schätz ich mal. Ist ja Neuland für mich."

„Aha. Und nach der Veranstaltung wart ihr noch was trinken?"

„Ja, ich nur ganz kurz. Meine Frau hat auf mich gewartet."

„Und was hat Harry dann gemacht?"

„Sich noch ein Bier bestellt."

„Harry trinkt kein Bier", sagt Andrea.

„Es gibt auch alkoholfreies Bier."

„Und dann fährt er mit dem Taxi nach Straßlach raus, einem Auto hinterher? Wen hat er da verfolgt? Und warum?"

„Ich hab keine Ahnung", sagt Karl.

„Verdammtes Pech, dass der Taxifahrer die Nummer von dem Auto nicht hat", murmelt Josef. „Das würde uns weiterbringen. Ein schwarzer Audi A6 mit Münchner Kennzeichen." Er sieht Karl und Christine an. „Kriegt bitte raus, was das für eine Firma da draußen ist. Und ob es irgendwelche Verbindungen zu den BMB gibt."

„Okay, machen wir", sagt Karl.

Christine nickt, ohne rechte Motivation. Lieber wäre sie mit nach Straßlach rausgefahren als hier blöd in den Bildschirm zu starren.

Privat

„Was ist denn mit Christine los?", fragt Josef, als er mit Andrea im Auto sitzt. „Schlecht drauf? Gefällt ihr die Arbeit nicht?"

„Ach, privat."

„Was Schlimmes?"

„Geht so."

„Ja?"

„Schweigepflicht. Sag mal, Josef, warum gehen die Jungs zu so einer Wahlkampfveranstaltung?"

„Weil sie sich informieren wollen?"

„Ich glaub nicht, dass Karl und Harry aus demselben Grund da waren."

„Kann sein. Aber Politik ist Privatsache."

„Hör mal, das ist eine rechte Protestpartei! Solche Politik ist keine Privatsache!"

„Das wäre zu einfach, Andrea. Wenn es keine Belege dafür gibt, dass die BMB nicht auf dem Boden des Grundgesetzes stehen, gibt es keinen Grund, sie zu dämonisieren."

„Aha. Und warum interessiert sich dann der Staatsschutz für die?"

„Das mutmaßen wir ja nur. Und außerdem: Die interessieren sich für vieles."

Andrea blickt Josef irritiert an. Überlegt, ob er das ernst meint. Oder ob er nur so pseudoliberal daherlabert, um sie zu provozieren. Sie sieht es ihm nicht an. Irgendwie hat sie keine Ahnung, wie er wirklich tickt.

Sie fahren schweigend in Richtung Harlaching stadtauswärts. Am Grünwalder Stadion drängt sich eine Menschenmenge vor den Kassenboxen.

„Ich war mal hier bei einem Dresden-Spiel", sagt Andrea. „Da war ich gerade ganz frisch bei der Polizei."

„Und, war's schön?"

„Ich hatte nach dem Einsatz Zweifel, ob ich den Job wirklich machen will. Starke Zweifel. Das Spiel war völlig nebensächlich. Diese Scheiß-Hooligans hatten einen Heidenspaß daran, sich gegenseitig in die Fresse zu hauen. Vor allem die Dresden-Hools. Aber die 60er-Fans waren auch gut dabei. Nicht schön."

„Und dann bist du doch bei der Polizei geblieben?"

„Was blieb mir anderes übrig? Ich war jung und brauchte das Geld."

„Ja, man fängt immer ganz unten an. Was ist denn jetzt eigentlich mit deiner Beförderung zur Hauptkommissarin?"

„Josef! Das musst du doch wissen, du bist schließlich mein Vorgesetzter!"

„Aschenberger hat versprochen sich zu kümmern, aber irgendwie kommt er nicht aus dem Quark. Eine höhere Position ist mit mehr Gehalt verbunden."

„Das will ich doch schwer hoffen! Es gibt Besoldungsgruppen."

„Wahrscheinlich ist kein Geld da."

„Hey, was soll das? Es ist nie Geld da."

„Vielleicht sind auch die Termine für die Budgetplanung schon vorbei."

„Vielleicht? Josef, geht's noch? Wenn du die Güte hättest, dich endlich mal schlau zu machen. Ich brauch dringend mehr Geld. Ich krebse jetzt schon seit über vier Jahren mit demselben kleinen Gehalt rum. Ich hatte erst kürzlich eine Mieterhöhung."

„Hhm. Wenn du mit Tom zusammenziehst, dann spart ihr zumindest eine Miete."

„Spinnst du? Machst du jetzt Paarberatung?"

„Nur Spaß."

„Sehr lustig, dein Spaß. Deine Intimtipps kannst du dir sparen. Außerdem: Was wäre dann mit Paul?"

Josef grinst müde. „Mr. Sunshine muss endlich mal auf eigenen Füßen stehen. Sag mal: Hat Paul eigentlich noch Kontakt mit Madelaine?"

„Wenn, dann würde ich es dir nicht sagen."

„Du, ich hab da keine Karten im Spiel. Vermutlich gab es einen guten Grund, warum Madelaine den Musik-Heini vermöbelt hat. Er ist jetzt nicht mehr Pauls Manager, oder?"

„Sie haben den Vertrag aufgelöst."

„Pauls Karriere ist wieder zurück auf Anfang?"

„So ziemlich. Aber er hat eine ganze Reihe neuer Songs geschrieben."

„Traurige Liebeslieder?"

„Auch."

„Gut?"

„Passt schon", sagt Andrea nach einer kurzen Denkpause. Nein, für sie passt es nicht. Sie findet es total schade, dass sich Paul immer mehr vom coolen Songwriting entfernt und sich in Richtung Singen, Tanzen, Lachen, Leben bewegt. Nicht ihr Geschmack. Madelaine hatte da schon ein feines Gespür, wenn sie ihm Kommerz vorgeworfen hat. Aber vielleicht sieht sie das auch zu eng. Wenn es den Leuten gefällt, dann geht das schon okay. Und vielleicht ist es ja nur eine Phase.

Josef hält schließlich vor dem Tor der Villa in Straßlach und macht den Motor aus. „Am Heimweg könnten wir noch bei Tom in der Klinik vorbeifahren, was meinst du?"

„Ja, gern."

„Er wird sich freuen. Er kann's gar nicht erwarten, da wieder rauszukommen."

Der Gedanke ans Krankenhaus stimuliert Andreas Laune nicht gerade. Sie denkt an das grelle Licht, die strengen Gerüche. „Ja, wir besuchen ihn. Jetzt schauen wir aber erst einmal, wo Harry abgeblieben ist."

Josef steigt aus und klingelt an der Pforte. Nichts rührt sich. Er probiert es ein paar Mal. Nichts. Irgendwo brummt ein Zweitaktmotor.

„Hörst du das?", fragt Josef.

„Was, den Rasenmäher?"

„Das ist auf dem Grundstück. Komm."

Sie gehen auf der rechten Grundstücksseite die Mauer entlang, bis der Zaun beginnt. Die hohe Hecke hinter dem Maschenzaun erlaubt keine Einblicke. Das Geräusch wird lauter. Nach einiger Zeit finden sie doch eine freie Stelle in der Hecke und sehen über das parkähnliche Gelände.

„Schaut aus wie ein Golfplatz", meint Andrea. „Jedenfalls tipptopp Rasen."

Jetzt taucht ein Bulldog auf. Darauf ein Mann in grüner Arbeitskleidung. Er trägt Ohrenschützer gegen das Geknatter. Und bemerkt die Zaungäste nicht.

„Soll ich ihm einen Reifen kaputt schießen?", fragt Andrea.

„Das wäre cool. Aber lass mal." Josef winkt mit seinem Schal.

Jetzt sieht der Mann sie. Er stellt den Motor ab, nimmt die großen Ohrenschützer ab. „Was wollt's ihr?", ruft er.

„Wir haben vorn geklingelt."

„Ist keiner da. Nur ich."

Josef präsentiert seinen Polizeiausweis. „Polizei. Wir hätten ein paar Fragen."

Der Mann kommt an den Zaun und betrachtet eingehend den Ausweis. „Dann fragen Sie."

„Nicht hier. Lassen Sie uns bitte rein."

„Kommen Sie ans Tor. Ich komm raus."

„Nein, wir kommen rein."

„Wie Sie meinen." Der Mann startet seinen Bulldog und wendet.

„Sehr sympathisch", meint Andrea.

„Naja, der Typ wird seine Anweisungen haben."

„Der Polizei nicht zu helfen?"

„Vielleicht auch das."

Der Mann lässt sie aufs Grundstück und beantwortet ihre Fragen. Wobei er nichts über den oder die Besitzer sagen kann. Er arbeitet für die Haus- und Vermögensverwaltung *Mayer & Mayer* in Kirchtrudering. In die Villa lässt er seine zwei Besucher nicht. Aus einem simplen Grund: Er hat keinen Schlüssel dafür. Er hat nur die Codes für das Tor und für den üppig ausgestatteten Geräteschuppen. Seine

Auskünfte sind in der Summe unbefriedigend: Nein, er hat Harry nicht gesehen. Er weiß auch generell nicht, wann jemand im Haus ist. Der Hausverwalter fordert ihn nach Bedarf an, wenn er sich um die Gartenanlage kümmern soll. Und dann ist niemand sonst im Haus oder auf dem Grundstück.

„Bisschen geheimnisvoll, wenn der den Besitzer nicht persönlich kennt", meint Andrea hinterher.

„Es ist halt einfach ein Job bei einer Hausverwaltung. Und die Reichen sind doch immer merkwürdig. Ich bin gespannt, was Karl und Christine über die Firma rausgefunden haben. Sonst fragen wir den Hausverwalter. Die Nummer haben wir ja jetzt."

„Ruf doch gleich an, Josef."

„Eins nach dem andern." Josef setzt sich auf einen Baumstumpf am Wegrand und blinzelt in die Sonne.

„Und jetzt?", fragt Andrea. „Fahren wir zurück?"

„Ach … Kleiner Spaziergang gefällig?"

„Hä?"

„Naja, Harry wird ja wohl kaum einfach in die Villa eingestiegen sein. Die ist bestimmt topgesichert. Vielleicht ist er wie wir am Zaun entlanggegangen und hat etwas entdeckt. Gehen wir doch ein paar Meter."

„Okay."

Sie spazieren los, staunen über die Größe des Geländes. Und über die Schönheit des Waldes. Die flach stehende Nachmittagssonne fällt fast waagrecht durch die Äste. Klebriges gelbes Laub auf den Wegen, leuchtendes Moos links und rechts, Fichtennadeln penetrant grün.

„Schön", sagt Andrea und meint es auch so.

„Was glaubst du, wo Harry ist?", fragt Josef.

„Ich hab keine Ahnung. Und, was denkst du?"

„Hat er mit dir gesprochen?"

„Worüber?"

„Über sein Problem."

„Sein Alkoholproblem?"

„Ja."

„Hey, Josef, das ist ewig her. Er hat eine schwierige Zeit gehabt. Das mit seiner Frau hat ihn sehr mitgenommen. Er trinkt keinen Tropfen mehr."

„Er war mit Karl in der Kneipe."

„Alkoholfrei."

„Weißt du's genau?"

„Meinst du etwa, er war hier draußen im Dorfwirtshaus und hat sich weggeschossen und liegt jetzt irgendwo besoffen rum?"

„Nein, das mein ich nicht."

„Außerdem hat er ja noch den Taxifahrer angerufen."

„Aber man verschwindet doch nicht einfach spurlos? Vor allem als Polizist."

Andrea hebt einen gelben Zettel vom Boden auf. Darauf ist „...rz ist unser Panzer" zu lesen.

„*Schwarz ist unser Panzer.* Das ist ein Militärmarsch", sagt Josef. „Nicht mehr freigegeben zur öffentlichen Aufführung."

„Aha. Woher weißt du das?"

„Ich hab gedient."

„Du? Echt?"

„Gebirgspanzerdivision in Kirchham, Niederbayern. Ein dunkler Fleck in meinem Leben. Also nicht Niederbayern, das Rottal ist sehr schön. Aber die Zeit beim Bund war komplett für den Arsch. Sei froh, dass Paul so was erspart bleibt."

„Warum hast du nicht verweigert?"

„Weil ich jung und doof war und schnell studieren wollte."

„Konnte man sich den Wehrdienst nicht sparen, wenn man zur Polizei gegangen ist?"

„Ja – wenn man gleich weiß, was das Richtige für einen ist. Ich wollte Theaterwissenschaft studieren."

„Du? Nicht im Ernst?"

„Doch, warum nicht?"

„Und dann?"

„Hab ich gemerkt, dass mir Theaterwissenschaft keinen Spaß macht."

„Und bist stattdessen zur Polizei.“

„So ist es. Das echte Leben halt. *Schwarz ist unser Panzer* war das Lieblingslied von unserem Spieß. Bis wir uns informiert haben, wo das eigentlich herkommt. Das Lied ist auf der Schwarzen Liste. Nazi-Zeug. Der Spieß hat sich furchtbar aufgeregt. Nicht über das Nazi-Lied, sondern über die Scheiß-Gymnasiasten. Aber singen mussten wir das Lied dann nicht mehr.“ Josef lacht.

„Josef, wenn hier so Zettel rumfliegen, ist das doch ein ziemlich klarer Hinweis darauf, dass sich hier Leute mit rechter Gesinnung rumtreiben. Passt so eine Edel-Villa zu Landserlyrik?“

„Naja, denk mal an die Münchner Burschenschaftler, von denen gibt's mehr als man glaubt. In Bogenhausen zum Beispiel. Da stehen jede Menge schicke Villen, in denen die wohnen.“

„Hm. Wir sind an einem rechten Verein dran und finden hier so einen Zettel. Zufall sieht anders aus. Scheiße, wo ist Harry bloß?“

Der Weg ist matschig. Josef sieht auf seinen rechten Schuh runter, dessen Spitze bereits mit einer senffarbenen Lehmschicht überzogen ist. Er kratzt sich am Kopf. Was suchen sie hier? ,Als ob Harry sich hier irgendwo versteckt hät. Im Wald? Oder festgehalten wird? In der Villa? Warum?'

Josef denkt daran, dass Harry früher immer mal wieder einfach so verschwunden ist, manchmal sogar ein paar Tage lang. Aber da hatte er persönliche Probleme. So ist das doch im Moment nicht. Wo kann er sein? Josef scannt nochmal die Umgebung. Nein, nichts. „Komm, Andrea, wir drehen um. Wenn Harry sich bis morgen nicht meldet, geben wir ihn in die Fahndung.“

„Wie soll er sich denn melden? Wenn er in der Gewalt dieser Nazis ist? Oder glaubst du immer noch …?“

„Ich kenn Harry schon ein bisschen länger als du. Früher ist er öfter mal verschwunden. Ohne jede Vorwarnung. Komplett abgetaucht. Manchmal tagelang.“

„Und ihr habt ihn gedeckt?“

„So gut es ging.“

„Aber das mit dem Saufen ist vorbei!“

„Bist du dir sicher?"

„Ja."

„Ganz sicher?"

Andrea antwortet nicht.

Josef dreht um. „Harry wird schon auftauchen. Komm, Andrea. Wir wollen doch noch Tom besuchen."

Energie

Tom sprüht nur so vor Energie, als Andrea und Josef ihn in seinem Krankenzimmer besuchen. Gespannt hört er den Bericht über Harrys plötzliches Verschwinden.

„Wenn ich euch helfen kann wegen Harry?"

„Lass mal stecken, Tom", meint Josef. „Wir wissen gar nicht, ob überhaupt etwas passiert ist. Du kurierst dich jetzt erst mal aus."

„Was sagt denn der Arzt?", fragt Andrea.

„Ein paar Tage noch, dann kann ich gehen. Die wollen noch ein paar Untersuchungen machen, dann war's das."

„Findest du den Typen gut, also den Chefarzt?"

„Ja, wir hatten gestern ein langes Gespräch. Der kann echt was."

„Wenn du meinst."

„Aber toll, dass ihr noch vorbeigekommen seid. Bisschen Ablenkung tut gut. Das ist hier, als würde jemand die Zeit anhalten. Wobei das nicht ausschließlich schlecht ist."

„Aha?"

„Naja, kommt man mal zum Nachdenken."

Josef nickt. „Das hab ich schon lang nicht mehr geschafft."

Andrea zieht die Augenbrauen hoch. Sie inspiriert dieser Ort nicht. Definitiv nicht.

„Tom, wir müssen jetzt wieder los", sagt sie und drückt ihm einen Kuss auf die Wange.

Echte Sorgen

Harry taucht auch am Folgetag nicht auf. Er bleibt spurlos verschwunden. Karl hat gerade auf der Teamsitzung berichtet, was die Recherchen zu der Villa in Straßlach ergeben haben. Haus und Gelände gehören dem Münchner Speditionsunternehmer Karl-Heinz Sattelberger. Der hat einen großen Betrieb am Rande Giesings in der Nähe der Autobahn.

„Nachdem das Telefonat gestern mit ihm nicht allzu erhellend war, bin ich heute Morgen mit Christine zu Sattelberger rausgefahren und wir haben ihn beim Weißwurstfrühstück gestört."

„Und? Was sagt er?", fragt Josef.

„Dass er nur selten da draußen ist."

„Warum hat er so ein Riesenhaus mit Park, wenn er nie da ist?"

„Weil's ihm gefällt. Und weil manche Geschäftspartner so was erwarten. Und weil es ein guter Ort ist, um sich mit diesen Geschäftspartnern und Parteifreunden zu treffen."

„Lass mich raten: Er ist bei den BMB?"

„Bingo", sagt Christine. „Und er macht auch kein Geheimnis daraus."

„Na super. Habt ihr ihn gefragt, ob er am Samstag in dem Haus war?"

„Ja. War er nicht."

„Sondern? Wer war in dem Haus?"

„Parteifreunde."

„Namen?"

„Dazu hat er sich nicht geäußert. Angeblich steht das Haus allen Parteifreunden offen."

Andrea runzelt die Stirn. „Ja genau, der Luxustempel. Und 100 Leute haben einen Schlüssel für die Villa."

Karl schüttelt den Kopf. „Das Tor und die Eingangstür der Villa haben Zahlenschlösser. Und die Codes kennen die Parteivorderen. Laut Sattelberger treffen sie sich da immer wieder und diskutieren die Wahlkampfstrategie."

„Okay, die Namen kriegen wir raus", meint Andrea. „Da reicht wahrscheinlich ein Blick auf die Homepage der BMB. So viele Leute sitzen da bestimmt noch nicht in verantwortlichen Positionen. In dem Haus würde ich mich ja gern mal umschauen."

97

„Dafür gibt es leider keinen Grund", sagt Josef.

Karl nickt. „Ohne Durchsuchungsbeschluss geht da nix. Der Sattelberger ist eine große Nummer in der Stadt. Seine Laster sieht man ständig auf der Straße. Der hat jede Menge Verbindungen."

„Was ich mich aber generell frage – ein schwerreicher Unternehmer in einer extremen Partei?", sagt Christine. „Wie geht das zusammen? Die BMB machen doch einen auf Rächer der Enterbten?"

„Wär keine Ausnahme", findet Andrea. „Die Typen, die in diesen Parteien den Ton angeben, haben doch in den seltensten Fällen etwas mit den Leuten gemein, die sie wählen sollen."

Karl schnaubt auf und will etwas entgegnen, aber das Klingeln von Josefs Telefon hält ihn davon ab. Josef geht dran und hört aufmerksam zu, nickt immer wieder, dann legt er auf.

„Harry?", fragt Andrea.

„Ja."

„Wo ist er?"

„Krankenhaus Schwabing. Wir sollen ihn abholen."

„Ist er verletzt?"

„Nein. Besoffen."

„Im Ernst?"

„Im Ernst."

„Na dann, Prost Mahlzeit!", meint Karl.

Andrea ist maßlos enttäuscht. „Du hattest recht, Josef. Mann, was für ein verdammter Bockmist!"

„Ich bin froh, dass wir zumindest mal wissen, wo er ist. Ich hab mir echte Sorgen gemacht. Harry ist ein bisschen wie du."

„Was soll denn das jetzt heißen?"

„Wenn er sich in eine Sache verbeißt, dann lässt er alle Vorsicht fahren."

„Inwiefern?"

„Das weißt du doch genau. Harry hat bei der Villa rumgeschnüffelt. Und vielleicht hat er sogar versucht, dort einzusteigen."

„Würde ich nie machen. Und ich saufe nicht."

„Jetzt komm. Wir holen ihn ab!"

„Und wir?", fragt Christine. „Was ist mit uns?"

„Ihr haltet die Stellung. Durchleuchtet Sattelberges Geschäfte, seine Beziehungen."

„Kann es sein, dass unser Chef einen Liebling im Team hat?", fragt Karl, als Josef und Andrea weg sind.

„Naja, wenn ich an seiner Stelle wählen müsste zwischen Andrea und dir …"

„Haha. Und was ist mit dir?"

„Ich hatte mein Vergnügen schon mit ihm."

„Du willst doch nicht sagen, dass Andrea … Sie ist doch mit Tom …"

„Oh Mann, Karl, schalt einen Gang runter. Das war nur Spaß! Das nächste Mal darfst bestimmt du mit."

2,5

Im Krankenhaus sprechen Josef und Andrea mit dem Arzt in der Notaufnahme. Harry ist mit dem Krankenwagen in die Klinik gebracht worden. Man hat ihn frühmorgens im Bahnhofsviertel auf der Straße gefunden. Über 2,5 Promille. Sehr schlechte Vitalwerte. Nicht ansprechbar.

‚Aber schon wieder erstaunlich fit', denkt Josef, als er Harry sieht. ‚Das macht die Übung', will er schon sagen. Sagt er natürlich nicht. Harry ist zerknirscht. Er sitzt auf seinem Bett und reibt sich den schmerzenden Kopf. Er hat schon seine eigenen Klamotten an. Die sind dreckig und riechen nicht allzu gut.

„Wie geht's dir?", fragt Andrea.

„Ich könnt 'nen Drink vertragen."

Andrea lacht los, dann frieren ihre Gesichtszüge ein. „Das war ein Witz, oder?"

Harry winkt ab. „Scheiße, Leute, ich hab keine Ahnung, was passiert ist. Mit Saufen hab ich seit Jahren nix am Hut."

„Wo warst du?", fragt Josef.

„Ich bin diesen Typen von den BMB gefolgt. Ich war mit Karl auf einer Wahlkampfveranstaltung von denen. Also nicht zusammen.

Wir hatten uns nicht abgesprochen. Hinterher waren wir noch auf ein Bier. Alkfrei – ich schwör's! Als Karl aus der Kneipe weg ist, bin ich noch ein bisschen geblieben. Da kamen zwei Typen ins Lokal und haben über die BMB geredet. Dass sie für den Kandidaten arbeiten, als Fahrer. Und dass sie den Job jetzt los sind. Und dann haben sie noch irgendwas von einem Auto erzählt, das weg muss. Ich dachte, dass es vielleicht um die zwei Unfälle in Neuperlach geht."

„Und?", drängt Andrea. „Was ist dann passiert?"

„Sie sind raus aus der Kneipe und zu einem großen Audi. Dann ist der Pfaffinger, also der Kandidat, bei denen eingestiegen und die drei sind losgefahren. Ich bin ihnen mit einem Taxi hinterher nach Straßlach. Da steht eine Riesenvilla. Mit einem Grundstück so groß wie ein Park. Zu dem Haus konnte man nicht mal richtig rübersehen. Ich bin um das Gelände herumgestiefelt. War aber nicht viel zu sehen. Dann gab es ein schweres Gewitter und mehr weiß ich nicht."

„Du hast vorher noch den Taxifahrer gerufen."

„Hab ich?"

„Um nach München zurückzukommen. Du hast den Typen angerufen, der dich rausgefahren hat. Er hat sich bei uns gemeldet, weil er sich Sorgen gemacht hat. Sagte, dass du abgeholt werden wolltest und dann nicht erschienen bist. Wir sind rausgefahren und haben dich gesucht."

„Aha?"

„Wie bist du wieder in die Stadt gekommen, zum Bahnhof?"

„Ich hab nicht die geringste Ahnung. Boh, mein Kopf fühlt sich an, als wäre er mit alkoholgetränkter Watte ausgestopft. Ich hab keinen Dunst, was passiert ist. Doch, jetzt weiß ich noch was: Ich bin im Wald auf einem Abhang ins Rutschen gekommen. Es hat wie aus Kübeln geschüttet. Ich bin ausgerutscht … Aber was dann passiert ist … Ich hab keine Ahnung."

„Warst du in der Villa?", fragt Josef.

„Nein."

„Ist dir sonst was aufgefallen?"

„Da gibt es so eine Art Thingplatz."

„Einen was?"

„Im Wald ist eine Senke. Wie ein Thingplatz. So ein Ort, wo sich die Germanen früher versammelt haben. Scherbengericht und so. Passt doch zu den Rechten." Harry greift in die Hosentasche und holt einen gelben Zettel heraus. „Den hab ich da draußen gefunden. Der Text klingt wie von einem Nazi-Lied. So liest es sich zumindest." Josef nickt. „So einen haben wir auch gefunden. Das ist ein Nazi-Lied. Bringt uns das weiter, also in deinem Fall?"

„Keine Ahnung. Jedenfalls beobachtet der Staatsschutz diese Leute zu recht."

„Kannst du uns sonst noch was zu deinen letzten zwei Tagen erzählen?"

„Sorry. Nein. Alles komplett im Nebel. Voll der Filmriss."

„Hast du dir vom Arzt deine Laborwerte geben lassen?"

„Damit ich weiß, wie viel Schnaps ich im Blut hab?"

„Nein, Benzodiazepin."

„K.o.-Tropfen? Und wozu dann der Alkohol?"

Josef zuckt mit den Schultern. „Um die Tropfen zu kaschieren? Ist aber ziemlich unwahrscheinlich, dass man da noch was nachweisen konnte. Also je nachdem, wann man das Zeug eingenommen hat und wann die Blutwerte überprüft wurden."

Sie lassen sich vom Stationsarzt Harrys Werte erklären. Leider nur Alkohol. Josef ist enttäuscht. Harry sowieso. Von sich selbst.

Andrea winkt ab. „K.o.-Tropfen sind schon nach ein paar Stunden nicht mehr nachweisbar. Aber nehmen wir mal an, es ist so gewesen: Jemand hat dir K.o.-Tropfen gegeben. Warum? Und wer? Und warum setzen die dich dann wieder auf freien Fuß?"

„Wer sind denn ‚die' deiner Meinung nach?", fragt Josef.

Andrea muss nicht lange überlegen: „Die BMB-Leute. Vielleicht haben sie Harry außer Gefecht gesetzt, weil er da draußen rumgeschnüffelt hat. Sie fürchten auf jeden Fall, dass er etwas mitbekommen hat, und ziehen ihn sicherheitshalber aus dem Verkehr. Weil sie etwas vorhaben. Oder gerade etwas vorbereiten."

„Und was könnte das sein?"

„Ist heute nicht die große Demo gegen die Verschärfung der Asyl-
gesetze?"

Harrys Augen blitzen auf. „Sie könnten die Veranstaltung stören,
die Demonstranten angreifen, eine Bombe …?"

„Harry, ganz ruhig!", mahnt Josef. „Egal, was gerade in der Stadt
los ist, wir bringen dich jetzt nach Hause und du legst dich erst
mal hin!"

„Aber ihr befragt diesen Pfaffinger?"

„Ja", sagt Josef. „Ich frag ihn, was er am Samstagnachmittag in der
Villa gemacht hat."

Harry sieht ihn mit fiebrigen Augen an. „Wir müssen in die Villa
rein! Wir müssen wissen, was da drinnen vor sich geht!"

Josef schüttelt den Kopf. „Wenn wir keinen vernünftigen Grund
haben, kriegen wir da keinen Durchsuchungsbefehl. Hast du einen
plausiblen Grund?"

Harrys Blick wird leer. Dann schüttelt er den Kopf.

Josef klopft ihm auf die Schulter. „Du machst jetzt erst mal ein
bisschen Pause."

Bereitschaft

Odeonsplatz, 16 Uhr. Großeinsatz für die gesamte Münchner
Bereitschaftspolizei mit Unterstützung aus Augsburg, Regens-
burg, Bamberg, Ingolstadt. Zu der Demonstration gegen die Ver-
schärfung des Asylrechts haben sich Gruppen mit insgesamt
30.000 Menschen angesagt. Schon allein die schiere Masse ist ein
Problem. Die Gegendemonstration rechter Gruppierungen wurde
vom Verwaltungsgericht erst im letzten Moment gestoppt mit
Verweis auf die allgemein angespannte Sicherheitslage. Die Rech-
ten sind bereits in der Stadt und dementsprechend frustriert. Für
Dr. Hinz, den Pressesprecher der BMB, ist die Botschaft an die
Medien klar: „Die Bürger und Steuerzahler Münchens haben kein
Mitspracherecht mehr in der eigenen Stadt!"

Andrea ist nicht wohl, als sie die vielen Menschen sieht. Ihr machen
die Gegendemonstranten Angst. In all ihrer Diversität: die Wölfe

im Schafspelz, die besorgten Bürger und der offen aggressive rechte Mob. Andrea ist nicht dienstlich hier, sondern weil sie einfach ein Auge auf die Veranstaltung werfen will und auch weil sie die Haltung der Demoveranstalter teilt. Sie ist ebenfalls gegen eine weitere Verschärfung des Asylrechts. Viele sind aber offensichtlich auch anderer Meinung. Die Stimmung ist gereizt.

Als Andrea von der Oper zum Odeonsplatz geht und sich durch die Menschenmassen drückt, fühlt sie sich an ihre Zeit als Bereitschaftspolizistin erinnert. Und das sind nicht die besten Erinnerungen. Dagegen waren die Einsätze bei Fußballspielen noch Zucker. Sie denkt an die Münchner Sicherheitskonferenz. Sehr unangenehm. Unschöne Szenen vor dem Luxushotel *Bayerischer Hof*. Sie musste Leute, die erwiesenermaßen mit Waffenhändlern und Despoten zusammenarbeiteten, beschützen gegen Protestierer und Linksautonome. Letztere sind natürlich heute ebenfalls hier. Gerade geht sie an einem Grüppchen mit punkigen Klamotten und Frisuren vorbei. Fast rührend. Sie scannt die Zuschauer und Gegendemonstranten. Viele von ihnen mit Deutschlandfahnen. ‚Was ist das?‘, fragt sie sich. ‚Was treibt die an? Nationalstolz? Unzufriedenheit? Angst vor dem Verlust von Besitz, Privilegien? Glauben die wirklich, dass die Asylsuchenden ihnen alles wegnehmen?‘ Blendet man die Deutschlandfahnen und die Plakate und Spruchbänder mit rechten Parolen mal aus, sehen viele Gegendemonstranten eigentlich ganz normal aus. Sogar langhaarige Männer sind dabei. Oder ist da auch etwas Dumpfes, Abgestumpftes in ihren Mienen? Nein, das bildet sie sich nur ein. Oder? Schwierig. Bei den tätowierten Fleischklößen mit den Fahnen in Reichskriegsfarben, den *Lonsdale-* und *Thor-Steinar*-Klamotten und Springerstiefeln hingegen ist alles klar. Diese Insignien gehören in den Mülleimer der Geschichte.

Immer wieder flackern Scharmützel auf. Andrea ist froh, nicht für die allgemeine Sicherheit auf der Demo mitverantwortlich zu sein. Aber die Kollegen haben das offenbar gut im Griff. Jetzt hat sie die Feldherrnhalle erreicht und zeigt ihren Ausweis, um hinter die Absperrung zur Kundgebungsbühne zu gelangen. Unter den Torbögen der Feldherrnhalle sieht sie viele bekannte Gesichter – Politiker, Schauspieler, Musiker –, die auf ihren Auftritt warten. Momentan scheppert eine Brass Band von der Bühne. Andrea holt sich bei den Kollegen einen Becher Kaffee und hört der Musik und den Reden zu.

Blackout

Ich blinzel in das schwache Licht der funzeligen Glühbirne hinter Drahtgitter. Hartes Feldbett, mein Kopf brummt. Was ist passiert?
Das Gewitter. So überraschend und heftig, dass ich im Laufschritt Schutz gesucht hab. Der Weg war weg, nur noch nasser, glitschiger Boden und dann den steilen Hang runter. Ich hab mir den Kopf angeschlagen, bin hinter einen großen Findling gekrochen. Alles dreckig, alles nass. Dann der kleine Unterstand aus Beton. Mitten im steilen Hang. Ein kurzer Gang, eine Stahltür. Natürlich war die Tür verschlossen. Ein alter Bunker? Sturm rauscht, braune Bäche stürzen links und rechts den Hang hinab. Plötzlich Blackout. Keine Ahnung, keine Erinnerung.
Wo bin ich jetzt? Im Inneren des Bunkers? Könnte sein – dem muffigen Geruch nach. Zuchtchampignons? Die Luft ist bestimmt hochgradig sporenhaltig. Außer dem Feldbett sind hier noch ein Tisch und zwei Stühle aus Metall. An der Wand ein verzinktes Industrieregal. Leer. Eine Stahltür. Darunter seh ich einen Lichtschein. Mein Körper will nicht, aber ich steh auf, geh zur Tür. Meine Hand auf der Klinke. Abgesperrt.
Ich leg mich wieder aufs Feldbett. Warte. Schließ die Augen. Kann nicht schlafen. Spür den Kopfschmerzen nach. Hör genau auf die Geräusche. Irgendwo gluckst Wasser, ein leises Brummen. Heizungskeller? Bin ich im Keller der Villa?
Ein Schlüssel dreht sich im Türschloss. Ich öffne die Augen. Tür geht auf. Ein Mann? Gegenlicht. Keine Gesichtszüge zu erkennen.
„Hallo?" Ich richte mich auf.
„Liegen bleiben!", sagt eine herbe Männerstimme.

Ich leg mich wieder hin. *Nicht provozieren.*

„Was hast du da draußen rumgeschnüffelt?"

„Wenn Sie mich aus dem Sturm gerettet haben, dann vielen Dank. Ich bin ausgerutscht. War ich ohnmächtig?"

Der Mann antwortet nicht.

„Ich würde jetzt gerne gehen."

„So einfach ist das nicht."

„Doch, so einfach ist das. Ich bin Polizist! Lassen Sie mich gehen, sonst haben Sie gleich die halbe Münchner Polizei auf dem Hals."

Der Mann lacht. „Hey, ich hab ja so was von Angst. Weißt du was – jetzt bist du schon seit gestern hier und bisher hat sich noch niemand für dich interessiert."

„Wie – seit gestern?"

„Du hast einen gesunden Schlaf. Schlafen ist gut. Hier, ich hab was zum Essen für dich." *Er hält mir eine Tüte vom Bäcker hin und legt sie auf den Tisch. Ich kann das Logo nicht lesen, die Buchstaben verschwimmen.* „Und trink was." *Er stellt eine Wasserflasche dazu.*

„Ich möchte gehen."

„Jetzt nicht."

„Wann?"

„Ich hör mal, was der Chef sagt."

„Wer ist der Chef? Dieser Heini von den BMB?"

„Ich weiß nicht, von wem du redest."

„Ich hab ihn mit seinen zwei Gorillas gesehen. Bist du einer von den Jungs? Mann, mach keinen Quatsch, ich bin Polizist. Freiheitsberaubung ist ein schweres Vergehen. Das wird ziemlich unangenehm, wenn sie dich kriegen. Lass mich jetzt gehen und wir vergessen das Ganze einfach."

„Was sollen wir vergessen, was ist vorgefallen? Du schnüffelst hier rum. Das ist passiert."

„Bist du von den BMB?"

„Was soll das sein, eine Automarke? Mehr Freude am Fahren?"

„Stell dich nicht blöd. Ich spreche von den Besorgten Münchner Bürgern."

„Kenn ich nicht. Warum schnüffelst du hier rum?"

„Besprich dich mit deinem Chef. Sag ihm, dass es Stress gibt, wenn ihr mich nicht gehen lasst."

„Iss was!"

Der Mann verlässt ohne weiteren Kommentar den Raum und die Tür fällt schwer ins Schloss. Der Schlüssel dreht sich zwei Mal.

„Scheiße!" Warum halten die mich fest? Das bringt denen doch nichts? Außer Ärger. Wollen sie Zeit gewinnen? Bringe ich ihr Timing durcheinander? Sie halten mich fest, damit ich … Scheiße, was haben die vor?

Harry öffnet die Augen. Er liegt auf dem Sofa in seinem Wohnzimmer. Was war das? Ein Traum? Aber alles war ganz klar, die Bilder, die Stimmen, das Gespräch. So was träumt man doch nicht einfach so? So detailliert.

Wobei sein Kopf alles andere als klar ist. Dort tobt noch immer eine Raubkatze. Egal, ob Alkohol oder K.o.-Tropfen – er kann sich nicht erinnern, jemals solche Kopfschmerzen gehabt zu haben. Liegen bleiben, abwarten, bis die Schmerzen aufhören. Nein, er kann nicht liegen bleiben. Er muss auf diese Demo. Wenn die da was planen … Die vielen Menschen …

Er nimmt zwei Kopfschmerztabletten und macht sich einen sehr starken Kaffee. Trinkt in ganz kleinen Schlucken. Er würgt, erbricht sich in die Spüle. Ihm wird schwarz vor Augen. Er klammert sich an die Arbeitsplatte, sinkt langsam zu Boden. Verharrt dort kurz. Dann kriecht er ins Schlafzimmer.

Mob

Als die Demonstration um halb sechs vorbei ist, ist Andrea froh, dass sich Harry geirrt hat. Alles ruhig, keine besonderen Vorkommnisse. Klar, ein paar Rangeleien, ein paar Festnahmen, aber insgesamt eine friedliche und erfolgreiche Demonstration, die die Rechten nicht wesentlich stören konnten.

Sie macht sich auf den Weg zur U-Bahn. Kaum sitzt sie im Zug, klingelt ihr Handy. Josef ist dran. Sie steigt noch im Telefonieren an der nächsten Station wieder aus und springt in einen Zug der

Gegenrichtung. Schüttelt den Kopf. Ganz anders als gedacht. Harry hat sich geirrt. Die Rechten haben keinen Anschlag geplant. Es hat sie selbst erwischt: eine Bombenexplosion auf einer Wahlkampfveranstaltung der BMB. In einem Wirtshaus in der Lilienstraße in der Au. „Mit applaudierendem linken Mob draußen vor dem Haus", hat Josef ihr am Telefon mitgeteilt.

Sie ist erstaunt. Das hätte sie nicht erwartet. Es ist keineswegs klar, von welcher politischen Seite eher Gewalt zu erwarten ist. Ein Bombenattentat haben auch die Leute von den BMB nicht verdient. ‚Hoffentlich ist niemandem etwas passiert‘, denkt sie, ‚und hoffentlich haben da nicht Pauls neue Freunde von PIA ihre Finger im Spiel.‘

Als sie an dem Lokal ankommt, muss sie sich durch eine Horde Gaffer drängen, die Polizisten haben Mühe, eine Gasse für die Rettungssanitäter freizuhalten. Jetzt sieht sie jemanden aus dem Gebäude kommen, geführt von zwei Sanitätern. An der Augenbraue eine Platzwunde, der Anzug voller Staub.

Andrea zeigt den Kollegen ihren Ausweis und geht hinter die Absperrung zu Josef. „Personenschaden?", fragt sie.

„Nur kleinere Verletzungen. Zum Glück."

„Ist das hier unser Job?"

„Wie meinst du das?"

„Naja, wir sind die Mordkommission. Hat man dich angerufen?"

„Nein, ich war sozusagen live dabei. Ich hab heute eher Schluss gemacht und war gerade zu Hause angekommen, als es knallte. Ich wohne gegenüber." Er deutet auf ein Wohnhaus auf der anderen Straßenseite.

Andrea sieht zu dem Haus, muss grinsen. „Stimmt. Lilienstraße. Und?"

„Wir lagen komplett falsch."

„Sieht so aus. Und jetzt?"

„Schau dich bitte um. Ich will wissen, was hier passiert ist. Vier Augen sehen mehr als zwei."

Sie teilen sich auf.

Andrea will in das Gebäude gehen, doch im Foyer stellt sich ihr ein Feuerwehrmann in den Weg. Sie hält ihren Ausweis hoch, aber der Mann schüttelt den Kopf.

„Nur schauen", sagt sie und lugt in den Saal: kaputte Scheiben, umgefallene Stühle. Die Explosion muss im Nebenraum stattgefunden haben. Denn dort wurde das Türblatt aus dem Rahmen gesprengt. „Was ist in dem Raum?", fragt sie den Feuerwehrmann.

„Kopierer, Papier, Flipchart, so Zeug."

„Kann ich mir den Raum anschauen?"

„Nein. Jetzt nicht. Verlassen Sie bitte das Gebäude."

Andrea trollt sich. Er hat ja recht, sie kann da nicht einfach reinmarschieren. Was, wenn irgendwo noch die Decke runterkommt oder es einen weiteren Sprengsatz gibt, der nicht detoniert ist. Die Explosion – ist sie im falschen Moment erfolgt? Zu früh? War der Sprengstoff in irgendeiner Kiste, in einem Karton mit Protokollen, Programmen, die in den Saal gebracht werden sollten? Dann hätte es mehr Verletzte gegeben, wenn nicht gar Tote. Andrea schüttelt den Kopf. Ein Attentat auf die BMB – auf die Idee wäre sie nie gekommen. Vielleicht ist Harrys Weltsicht doch ein bisschen einseitig. Und überhaupt: über zwei Promille! Auch wenn sie den BMB-Leuten die Sache mit den K.o.-Tropfen nach wie vor zutrauen würde.

Sie tritt vor das Gebäude. Josef sieht sie fragend an. Sie zuckt unsicher mit den Schultern.

„Da kommen unsere Freunde vom Staatsschutz", sagt Josef und deutet auf zwei dunkle BMWs, die in zweiter Reihe halten. „Komm, wir hauen ab, bevor sie blöde Fragen stellen, was wir hier schon wieder machen."

Andrea folgt ihm. Sie überqueren die Straße.

„Komm doch auf 'nen Kaffee hoch. Du siehst aus, als könntest du einen brauchen."

Andrea zögert.

„Ist was?"

„Nein, aber ich war noch nie bei dir zu Hause."

„Und?"

„Nix und."

„Hast du was anderes vor?"

„Nein, hab ich nicht. Kannst du denn Kaffee kochen?"

„Wie ein junger Gott."

„Na dann." Sie folgt ihm ins Treppenhaus in den ersten Stock. Während Josef in der Küche an einer großen Espressomaschine hantiert, betrachtet Andrea neugierig die Fotos an der Pinnwand. Sie hat Josefs Frau noch nie zu Gesicht bekommen. Und jetzt ist sie natürlich nicht da. Wahrscheinlich hätte er sie sonst nicht reingebeten. Hat er etwas zu verbergen? Unsinn. Sie staunt über die Fotos. Josefs Frau ist nicht nur schön, sondern auch wesentlich jünger als er, vielleicht in ihrem Alter. Komisch, sie würde niemals mit jemandem in Josefs Alter …

„Milch und Zucker?"

„Äh … nur ein Schuss Milch. Du, was macht deine Frau nochmal beruflich?"

„Restauratorin."

„Kneipenwirtin?"

„Sehr lustig."

„Wo arbeitet sie denn?"

„Im Nationalmuseum."

„Das klingt staubig."

Josef schaut sie schräg von der Seite an.

„Entschuldigung", sagt Andrea.

„Du hast keine Ahnung, was eine Restauratorin macht, oder?"

„Naja, sie richtet alte Sachen her."

„Yvonne leitet die Abteilung da. Die arbeiten auf einem Niveau wie unsere KTU, da geht es um unersetzliche Einzelstücke …" – „Hey, Josef, ist gut, tut mir leid. Krieg ich jetzt meinen Kaffee?"

Er stellt ihr den Becher hin.

Sie grinst. „So kenn ich dich gar nicht."

„Wie?"

„So emotional. Das muss Liebe sein."

109

Jetzt grinst auch er. Ein bisschen.

„Was machen wir jetzt mit der Geschichte, also mit der Bombe?", fragt Andrea.

„Nichts. Das geht uns nichts an. Also offiziell. Dafür sind die großen Jungs zuständig."

„Jedenfalls lagen wir falsch."

Josef schüttelt den Kopf. „Harry lag falsch. Ich weiß nicht, ich mach mir schon einen Kopf, ob er bei seinen Ermittlungen nicht politische Scheuklappen im Kopf hat."

„Dass er glaubt, links ist gut und rechts ist böse?"

„Ja, vereinfacht gesagt."

„Vielleicht ist es so einfach."

„Andrea, jetzt fang du nicht auch so an. Gewalt gibt es auf beiden Seiten."

„Ich mein nicht die Leute auf der Straße. Ich mein die Verantwortlichen, die geistigen Brandstifter, die die Leute aufwiegeln. Die diese ganze Angst- und Neiddebatte anzetteln, wer wem was wegnimmt, wer wieder wo zu kurz kommt. Das kotzt mich alles so an. Und dass so viele Leute drauf reinfallen noch viel mehr. Sogar Karl sagt, dass er versteht, was die BMB fordern. Dass die Mittelschicht sich ihren Platz zurückerobern muss und der ganze Quatsch."

„Ach, Karl glaubt doch immer, dass er zu kurz kommt, dass er nicht das bekommt, was er glaubt, verdienen zu müssen. Das ist schade. Denn er ist ein echt guter Ermittler."

„Das sind wir doch alle", sagt Andrea.

„Ja, stimmt, das ist kein Argument. Und solange Karl seine politischen Ansichten für sich behält, ist alles gut."

„Warst du schon bei diesem Pfaffinger?"

„Ja. Heute Nachmittag. Er war in seiner Kanzlei in Schwabing. Bevor er zu der Veranstaltung musste."

„Und, was sagt er? War er am Samstag in der Villa?"

„Er hat im Prinzip dasselbe erzählt wie Sattelberger. Strategiesitzung. Nur, dass er eben persönlich dabei war."

„Und die beiden Fahrer?"

„Haben da offenbar Wachdienst gehabt. Die BMB-Leute haben Angst, dass ihre politischen Feinde rauskriegen könnten, dass das Gebäude in Straßlach für Parteiveranstaltungen genutzt wird. Auf den Pfaffinger sind schon ein paar Anschläge verübt worden. Farbbeutelattacken, Schmierereien an der Hauswand, Buttersäure im Briefkasten, aufgestochene Autoreifen und so."

„Was ist der Pfaffinger denn für ein Typ?", fragt Andrea.

„Smarter Rechtsanwalt. Redegewandt, nicht so ölig wie dieser Hinz."

„Das sind alles Wölfe im Schafspelz."

Sie trinken schweigend.

„Was ist mit Christine?", fragt Josef plötzlich.

„Warum fragst du schon wieder? Was soll mit ihr sein? Was meinst du?"

„Hat sie einen Freund?"

„Wie kommst du denn jetzt da drauf?"

„Weiß auch nicht. Also?"

Andrea lacht. „Ich bin nicht befugt, darüber Auskunft zu geben."

Josef nickt. Andrea sieht ihn an, dann die Fotos an der Pinnwand. Josef räuspert sich. „Christine wirkte auf einmal so glücklich. Und jetzt plötzlich nicht mehr, also heute."

Andrea zuckt die Achseln, überlegt. Nein, dazu sagt sie jetzt nichts. Dass Christine mit einem Typen zusammen ist, der irgendwas mit den BMB zu tun hat, ist der blödeste anzunehmende Zufall. – ,Zufall', das Wort arbeitet in ihr. Gibt es solche Zufälle? Dass Christine ihn ausgerechnet jetzt kennenlernt, wenn sie in diesem Umfeld ermitteln. Was, wenn der attraktive Typ nicht zufällig in dem ICE gesessen ist? Saß er überhaupt schon drin? Ist er absichtlich auf Christine zugegangen? Ist er ein Romeo, der sie aushorchen soll, erfahren will, was sie über den überfahrenen Mann von den BMB rausgekriegt haben? Sie wissen ja nicht wirklich etwas über Wiesinger. Und wenn er ein V-Mann war? Und was ist mit Christines neuer Flamme? Ist der vielleicht gar kein Rechter, ist er ebenfalls ein Informant? Und hat er sie tatsächlich ganz zufällig im Zug kennengelernt? Das passt doch nicht ins Gesamtbild. Das ist zu viel Zufall, ausgerechnet jetzt. Nein, das kann nicht sein! Oder? Sie sind doch nur ein paar unbedeutende Kriminalbeamte, die mit dem ganzen politischen Zeugs nichts am Hut haben. Stimmt das? Oder stecken sie schon mittendrin in einer Riesengeschichte?

„Alles klar?", fragt Josef.

Andrea sieht ihn erstaunt an, nickt, trinkt ihren Kaffee aus. „Ich muss los. Kaffee kochen kannst du jedenfalls. Danke. Und schönen Abend noch! Wir sehen uns dann übermorgen."

„Aha?"

„Ich mach morgen blau. Du hast doch gesagt, ich soll es langsam angehen und Überstunden abbauen."

„Hab ich das?"

„Hast du."

„Ja, dann mach das."

„Aber wenn du was Neues hörst wegen der Bombe, rufst du mich an?"

„Eh klar. Ciao."

Als Andrea unten die Haustür öffnet, sucht vor der Tür gerade eine junge Frau nach ihrem Hausschlüssel.

„Josef ist zu Hause", sagt Andrea.

„Ah?"

„Ich bin Andrea, eine Kollegin."

„Ah? Äh, Yvonne."

Sie geben sich die Hand.

„Tut mir leid, ich hab's eilig", sagt Andrea.

Josefs Frau nickt irritiert.

‚Wow!', denkt Andrea, als sie zur Trambahn am Deutschen Museum geht. Hätte sie Josef nicht zugetraut. Yvonne ist noch schöner als auf den Fotos. Jetzt fällt ihr wieder die Sache mit Christines neuem Freund ein, ihre Theorie, wie es zu dem ersten Treffen gekommen sein könnte. Sie holt ihr Handy raus und ruft Christine an, um sie zu fragen, wie genau denn dieses Zusammentreffen war, ob es nicht auch sein könnte, dass es sich eben nicht ganz zufällig ergeben hat.

Privat

Andrea ist immer noch erregt. Sie hat sich mit Christine gestritten, sie haben sich sogar angeschrien. Am Handy. Auf der Straße. Es war schnell eskaliert. ‚Warum sie sich ungefragt in ihr Privatleben einmischt?! Was sie das angeht?!'

„Du hat mir doch von ihm erzählt, mir von ihm vorgeschwärmt", hatte sie gekontert. „Du hast mir von deinen Zweifeln an Thorsten erzählt. Findest du das nicht auch ein bisschen sehr zufällig, dass ausgerechnet du ihn im Zug kennenlernst? Jetzt, ganz zufällig, wenn wir die BMB im Visier haben?"

Das hatte Christine aufgebracht. Und sie hat ja recht. Wie kommt sie dazu, Christine so anzuballern? Aber so viel hatte Christine dann doch gesagt: dass sie sich nicht wirklich erinnern kann, ob Thorsten schon auf dem Platz im Zug gesessen oder er sich zu ihr gesetzt hat. Egal. Das war heute alles ein bisschen viel. Gut, dass sie morgen frei hat.

Andrea sperrt die Wohnungstür auf und hört, dass Paul da ist. Aus seinem Zimmer wummert Musik. Gottseidank! Jetzt allein zu Hause, das wäre nix.

Sie geht in die Küche und sieht das schmutzige Geschirr auf der Ablage, die eingetrockneten Essensreste und revidiert ihre Meinung. „So schwer ist das doch nicht", flucht sie leise und räumt die Sachen in die Spülmaschine. Sie nimmt sich ein Bier aus dem Kühlschrank und lässt sich auf einen Stuhl fallen.

Auftritt Paul. In Schlabber-T-Shirt und Boxershorts.

„Gehst du schon ins Bett?", fragt sie.

„Da komm ich gerade her, Spatzl. Beginne den Tag mit einem Lächeln. Mit Ruhe und Entspannung."

„Bei dem Höllenlärm in deiner Bude?"

„Hey, Baby, chill! Kommst du von der Arbeit?"

„So könnte man es nennen."

„Hast du Hunger?"

„Ja, bisschen."

„Ich mach uns ein spätes Frühstück. Und nachher gehst du mit ins *Ampere*. Ich spiel heute Support für die *Lucky Losers*, eine amerikanische Band."

„Kennt man die?"

„Keine Ahnung. Ist auch egal. Eine Indie-Rockband. Der lokale Support ist krank und die wollten unbedingt noch jemand, der vor ihnen spielt. Chris hat mir das vermittelt. 400 Euro. Gut, was?"

„Du arbeitest doch wieder mit ihm zusammen?"

„Nur, wenn es sich ergibt."

„Indierock ist doch gar nicht sein Musikstil?"

„Ach, was weiß ich denn. 400 Euro – das zählt!"

„Und wann geht es los?"

„Halb zehn."

Andrea sieht auf die Küchenuhr, die kurz nach acht zeigt. „Und da hängst du hier noch rum? Was ist mit Soundcheck?"

„Gitarre einstöpseln, ein Mikro und aus die Maus. Keine Action, ganz entspannt."

„Okay, dann nehm ich noch das Frühstück. Ich mach mich nur schnell frisch."

L-O-V-E

Als sie um halb neun Uhr spiegeleigestärkt zur U-Bahn gehen, ist Andrea besser drauf. Es tut ihr immer noch leid, dass sie Christine den Abend versaut hat. Aber Liebe darf nicht blind machen – oder? Warum ist sie selbst immer so realistisch? Auch bei Tom. Nun gut, es hat nicht gerade die Erde gebebt, als sie sich kennengelernt haben. Es war ein ziemlich holperiger Start, bis sie wirklich ein Paar waren. Aber als das schreckliche Attentat in der U-Bahn passierte und er unter dem Zug lag, da hat sie es ganz tief drinnen gespürt, wie wichtig er ihr ist. Und nicht wegen einem blöden Schuldgefühl. Das tiefe Gefühl ist geblieben, auch wenn es sie nicht wirklich ins Krankenhaus zieht, um ihn zu besuchen. Sie weiß, dass er sich das wünscht. Aber da geht sie nicht gerne hin. Was etwas mit Krankenhäusern generell zu tun hat, nicht mit ihm. Ansonsten würde sie für Tom alles tun. Und er für sie. Das ist doch schon mal sehr viel. Aber wenigstens anrufen muss sie ihn heute. Nachher, bevor das Konzert losgeht.

„Was ist los, Andrea, träumst du?" Paul schubst sie am Hauptbahnhof aus der U-Bahn. Sie steigen um in die S-Bahn zum Rosenheimer Platz. Beim Muffatwerk verdrückt sich Paul hinter die Bühne des *Ampere* und Andrea geht nochmal raus an die Isar. Ein paar Schritte machen und eine rauchen. Von der Kiesbank beim Müllerschen Volksbad aus sieht sie auf die Wassermassen, die sich über das breite Wehr ergießen. Das laute Rauschen schluckt sogar den Autoverkehr auf der Widenmayerstraße. Gut so. Der Abendhimmel glänzt schwarz. Die angestrahlte St. Lukas-Kirche kommt ihr vor wie eine Projektion, ein Hologramm mit glühenden Konturen, überpräsent. Sie wirft ein paar flache Kiesel übers Isarwasser. ‚So ein toller Ort – mitten in der Stadt', denkt sie und geht auf die kleine Brücke. ‚Kabelsteg' ist kein adäquater Name für das schöne Jugendstil-Bauwerk, aber so heißt die Brücke nun mal. Sie sieht die Liebesschlösser am Brückengeländer. Dafür hat sie nichts übrig. Was soll das, was sagt das? Ein Schloss? Und dann ist es vorbei mit der Liebe und der ganze bedeutungsschwangere Romantikschrott hängt noch immer hier rum. Liebe und Schlösser vertragen sich nicht. Aber sie ist neugierig. Sie macht die Handylampe an und studiert die eingravierten Namen: *Peter & Gitti, Sabine & Mark, Yvonne & Tom, Jacques & Madelaine.*

Sie denkt an Pauls Madelaine – eine ungewöhnliche Frau, so eigensinnig, so frei. Und dann doch nicht. Lebt in der Wohnung, die ihr Vater finanziert. Findet sie persönlich ja nicht so tragisch. Niemand bewegt sich im luftleeren Raum. Und Familie ist Familie. Sie teilt ja auch nicht die Ansichten ihres Vaters oder seine politische Einstellung und sie mag ihn trotzdem. Ihrem Vater ist sie durch die abenteuerliche Geschichte letztens auf der Burg bei Tölz wieder nähergekommen. Er hat sein Leben riskiert, um sie zu retten. Andrea zündet sich noch eine Zigarette an. Früher hatte sie mit ihrem Vater andauernd Streit. Sie war sehr auf Krawall gebürstet. Von Paul ganz zu schweigen. Eine spannungsgeladene Familie. Wobei die Zeit damals in Tölz schon schön war. Die Schulzeit, ihr Engagement bei den Grünen, die Partys und natürlich die Natur, die Berge.

Sie wundert sich über sich selbst. Was ist los? Warum ist sie jetzt so rührselig? Das Wasser unter der Brücke glitzert dunkel. Spiegel der Seele? Ja, wo kommen jetzt die komischen Gedanken her? Ah, verdammt, sie wollte doch Tom anrufen. Aber in der Stimmung geht das gar nicht. Außerdem fängt Pauls Konzert gleich an. Paul – ob das noch was wird mit seiner Musikerkarriere? Als zum ersten Mal so etwas wie Karriere überhaupt in Aussicht war, gab es sofort massive Probleme. Dieser blöde Manager. Künstlerischer Ausverkauf – so lautete Madelaines Vorwurf. Ja, will Paul eigentlich Künstler sein oder einfach nur berühmt werden? Sie weiß es nicht. Sie weiß generell nicht, was Paul will. Seine neue Bekanntschaft mit Bert von PIA hat sie jedenfalls überrascht. Mal keiner von seinen schrägen Musikerfreunden, sondern ein politischer Aktivist. Allerdings auch ein merkwürdiger Vogel mit seinem Rauschebart und den Batikklamotten. In politischer Hinsicht hat sie mit Paul offenbar Überschneidungen – die BMB taugen als gemeinsames Feindbild. Warum fallen heute so viele auf diese blöden Populisten rein? Jetzt schlägt die Kirchturmuhr von St. Lukas zwei Mal. Sie beeilt sich, zur Konzerthalle zu kommen.

Paul ist bereits auf der Bühne. Die Akkorde seiner Gitarre perlen aus den Boxen. Pauls dunkle Mähne leuchtet im orangen Bühnenlicht. Jetzt erklingt seine Stimme, rau und weich zugleich:

Meine Liebe teile ich mit allen
Lass mich in eure Arme fallen
Spür auf der Seele eure Hände
Eure Augen sprechen Bände

Singt und tanzt und vergesst sie nie
Larger than life: L-O-V-E.

Andrea ist verblüfft. Sie kennt Pauls Songs. Eigentlich. Den Song kennt sie nicht. Hat ihm die Kitschnummer sein Schlager-Heini Chris auf den Leib geschrieben? Ist das kitschig? Ja klar. Eigentlich ist das Schlager. Mit Bussi-Message. Ja und? Paul – das ist die große Pose, das Naive, das meint er ernst, genauso ist er. Sie hört ihm zu und spürt es mit jedem Wort, mit jeder Zeile – das ist er, so fühlt er. *Ach, Paul!*
Das Publikum applaudiert lautstark, vor allem die Frauen. Andrea platzt vor Stolz. Nicht weil ihr der Song gefällt. Das ist nicht ihr Geschmack. Aber Paul ist trotzdem toll – als Typ. Sie ist so froh, dass Paul bei ihr wohnt, sein Leben mit ihr teilt. Sonst würde sie sicher sonderbar werden. Paul ist der, der die Fenster aufreißt, frische Luft hereinlässt, Wind macht, für Chaos sorgt. Sie blendet auch beim nächsten Song die kitschigen Worte aus, hört vor allem auf die Melodie seiner schönen Stimme und lässt sich in seine Musik fallen.

Bye bye baby
Out love is tumblin' down
I can't be hangin' around
Love on the wrong side of town

(BRUCE SPRINGSTEEN / STEVEN VAN ZANDT)

Gewissen

Er macht sich Gedanken. Wegen Wiesinger. Warum wurde der überfahren? Ein Unfall? Könnte man glatt glauben, wenn nicht am Tag davor exakt dasselbe geschehen wäre, am selben Ort. Wer ist dafür verantwortlich? Die eigenen Leute am Ende? Ist er ebenfalls gefährdet? Naja, Wiesinger hat immer seine eigenen Spielchen gespielt, gefährliche Spielchen. Er steigt am Ostfriedhof aus der Tram und geht die stark befahrene St.-Martin-Straße entlang. Hier war er lange nicht mehr. Rechts liegt der noch verwaiste Fußballplatz von Haidhausen 06. Er sieht einen Ball diesseits des hohen Zauns im Gebüsch. Schnappt ihn sich und lässt ihn zehnmal auf dem rechten Fuß tanzen, um ihn dann mit voller Wucht über den Zaun zu kicken. Na bitte, er kann es noch. Der Ball schlägt im Mittelkreis auf und rollt bis an den gegenüberliegenden Spielfeldrand. Fußball, das ist lange her. Er hätte alle Chancen gehabt, wenn er nicht diesen beschissenen Trümmerbruch in der Ferse gehabt hätte. Das Ende seiner Fußballerkarriere. Tja. Er sieht auf seine Armbanduhr. Er ist ein bisschen zu spät. Er wechselt die Straßenseite und betritt den Friedhof.

In der Aussegnungshalle befinden sich etwa 15 Menschen, die ihn sofort neugierig mustern. Er nickt unverbindlich in die Runde. Von den Parteigranden ist keiner hier. Er hätte mit mehr Leuten gerechnet, unter die er sich unbemerkt mischen kann. Der Pfarrer gibt dem Sarg seinen Segen und vier Friedhofsbedienstete rollen ihn hinaus. Ein älteres Ehepaar folgt dem Sarg zuerst. Wiesingers Eltern? Vermutlich.

„Was machen Sie hier, Subersky?", fragt jemand hinter ihm.

Er dreht sich um, erkennt den hageren Mittvierziger. „Lindner, lange nicht gesehen. Sie dürfen mich ruhig mit meinem bürgerlichen Namen ansprechen."

„Auf keinen Fall. Und Sie sprechen gefälligst leise! Jetzt antworten Sie auf meine Frage. Was machen Sie hier?"

„Dasselbe wie Sie."

„So?"

„Anteil nehmen."

„Erzählen Sie keinen Scheiß, Subersky!"

„Und Sie?"

„Ich will wissen, mit wem Wiesinger zu tun hatte, ob es persönliche Verbindungen gibt, von denen wir nichts wissen."

„Gibt es Dinge, von denen wir nichts wissen?"

„Jede Menge, leider."

„War das ein Unfall mit Wiesinger?"

„Wir wissen es nicht. Nein, ich glaube nicht."

„Vielleicht war Wiesinger kurz davor aufzufliegen?"

Jetzt zischt sie einer der Trauergäste an.

„Subersky, räumen Sie das Feld, ich hab das hier im Blick."

„Da bin ich mir sicher."

„Vorsicht! Da ist schon genug schiefgelaufen. Machen Sie einfach das, was Ihnen gesagt wird. Und jetzt sage ich Ihnen: Verschwinden Sie von hier!"

Er bleibt an der Wegabzweigung stehen und sieht dem Trauerzug hinterher. Ja, das hier haben die vielleicht im Blick, aber vieles andere nicht. Er fühlt sich ungut. Eigentlich ist er in der Hoffnung hergekommen, Hinweise darauf zu finden, wer oder was hinter Wiesingers Tod steckt. Aber das sind ganz normale Trauergäste. Wenn man von Lindner absieht. Der hat schon recht – blöd, wenn sie beide zusammen auftauchen. Sein Blick geht durch die Reihen der Grabsteine, in die Wipfel der fast entlaubten Bäume. Die weitverzweigten Äste greifen in das kalte Blau des Himmels. Gibt es ein Leben nach dem Tod? Hoffentlich. Die klare Luft, das strahlende Licht. Eine schöne Stimmung. Eigentlich. Aber er will mal nicht romantisch werden, dafür hat er noch ein paar Jahrzehnte Zeit. Wenn er rechtzeitig aus dem Job rauskommt.

Eine Kirchturmuhr schlägt. Es ist drei Uhr nachmittags. Keine Eile. Hinz will sich um 16 Uhr mit Pfaffinger, Sattelberger und ihm treffen wegen der neuen Büroräume. Er tritt hinaus auf den Platz mit dem klassizistischen Friedhofsportal. Die Sonne steht tief und legt sich an die Fassade und den Säulengang. Er lächelt. Vom Fußballplatz hört er jetzt Kinderstimmen. Er lächelt noch mehr. Das Training hat begonnen. Was, wenn er einen ganz normalen Job hätte, Frau, Familie? Und ehrenamtlicher Jugendtrainer wäre in einem Fußballverein. Das wäre toll. Der Zug ist noch nicht abgefahren.

Zufall

Der weitere Verlauf der Bestattung ist absehbar, Karl entscheidet sich, dem Typen zu folgen, der die Trauergemeinschaft vorzeitig verlässt. Die zwei Männer haben nicht zu den übrigen Trauergästen gepasst. Das hat er gleich gesehen. Die kennen sich. Und der eine musste gehen, hat Anweisungen bekommen. Da ist er sich sicher. Chef und Angestellter. Eigentlich wollte Karl vor allem wissen, ob Parteimitglieder an der Trauerfeier teilnehmen. Aber er hätte eh nur Sattelberger, Hinz und Pfaffinger erkannt. Jetzt sieht er den Mann unter den Säulen im Ausgangsbereich stehen und telefonieren. Karl wartet, bis er sich in Bewegung setzt. Trambahn? Karl riskiert es und schneidet ihm den Weg ab, überquert als erster den Vorplatz des Friedhofs und kommt vor dem Mann an der Haltestelle an. Damit der erst gar nicht auf die Idee kommt, dass ihn jemand beschattet.

Der Mann stellt sich ebenfalls an die Haltestelle stadteinwärts. Gemeinsam warten sie auf die Trambahn. Mit ein paar anderen Leuten. Die Tram kommt. Karl lässt die anderen zuerst einsteigen, stellt sich an die hintere Tür, beobachtet den Mann. Der liest Nachrichten auf seinem Handy. Soll er sich unauffällig hinter den Mann stellen und versuchen, einen Blick auf sein Handydisplay zu werfen? Nein, viel zu riskant. Am Stachus steigt der Mann um, wechselt zur Tram 19 in Richtung Berg am Laim. An der Theatinerstraße steigt er aber schon wieder aus und verschwindet im Gewühl. Karl flucht. Auf gut Glück geht er die Straße in Richtung Odeonsplatz weiter. Fehlanzeige. Er geht bis zur Feldherrnhalle und sieht sich um. Nein, er hat ihn verloren.

Karl steigt die Stufen der Feldherrnhalle hoch und sieht über den Platz. Der Verkaufsstand für Weihnachtsbäume, die Maroni-Hütte, die vielen Menschen mit den großen Einkaufstüten. Sein Blick geht zur Theatinerkirche, deren Türme in der Nachmittagssonne leuchten. Er überlegt. Was ist das für ein Typ? Von den BMB? Vielleicht hat er sich auch getäuscht und der Mann ist doch nur ein Angehöriger von diesem Wiesinger, der unter Zeitdruck stand und deswegen die Trauerzeremonie schon eher verlassen musste? „Tja, das werd ich nicht herauskriegen", murmelt Karl und schnalzt enttäuscht mit der Zunge. Er geht in Richtung U-Bahn.

Am Taxistand fährt gerade ein Taxi vor und ein korpulenter Fahrgast schält sich gemächlich aus dem Fond. Das ist … Sattelberger, der Speditionsunternehmer! Zufall? Karl glaubt nicht an Zufälle. Ob Sattelberger ihn erkennt? Nein, glaubt er nicht, der ist so von sich eingenommen, dass er sich nach dem kurzen Besuch bei ihm sicher kaum an sein Gesicht erinnert. Trotzdem bleibt Karl auf Distanz.

Der dicke Sattelberger überquert mit erstaunlich flotten Schritten das Pflaster vor der Feldherrnhalle und steuert die Theatinerstraße an. Stößt bei der Viscardigasse auf eine Gruppe Männer, von denen Karl einen bereits kennt: den Mann vom Friedhof! Ein breites Grinsen schleicht sich in Karls Gesicht. Geht doch! Und da ist auch Pfaffinger. Und Hinz. Die haben offenbar Besseres zu tun, als auf die Bestattung ihres Parteifreundes zu gehen. Sie verschwinden in einem Hauseingang an der Ecke Theatinerstraße und Viscardigasse.

Karl stellt sich auf die andere Seite der Theatinerstraße und mustert das Gebäude. Im Erdgeschoss ist ein Klamottenladen, in den oberen Etagen sind offenbar Büros. Karl wartet, ob irgendwo Licht angeht, einer der Männer am Fenster erscheint. Nichts. Wie lange werden sie in dem Haus bleiben, was machen die da? Klar, wenn Sattelberger und Pfaffinger dabei sind, dann geht es um die Partei. Also muss der Mann vom Friedhof was mit den BMB zu tun haben. Und der andere, der mit ihm gesprochen, ihn von der

Beerdigung weggeschickt hat, vermutlich ebenfalls. Warum haben sie nicht alle gemeinsam ihren Kameraden verabschiedet? Oder hatten sie Wiesinger im Verdacht, ein V-Mann zu sein? Wollten die zwei Männer am Friedhof nur sichergehen, dass Wiesinger auch wirklich unter die Erde kommt? Von wegen: *Man lebt nur zweimal.* Quatsch! James Bond gibt's nur im Kino.

Die Sonne taucht unter die Dächer und es wird schlagartig kühl. Karl friert und sieht sehnsüchtig zu der Maroni-Bude. Jetzt ein paar heiße Kastanien! ,So schnell werden die Typen nicht wieder aus dem Gebäude kommen', denkt er und geht rüber, um sich eine Tüte zu kaufen. Als er wieder an der Fassade hochschaut, sieht er, dass in den meisten Büros jetzt Licht brennt. Allerdings ist an den Fenstern niemand zu sehen. Er wärmt sich die Finger an den Maroni und lässt sich beim Essen viel Zeit, um beschäftigt zu sein. Die Passanten mit ihren Einkaufstüten schweben an ihm vorbei. In den Schaufenstern blinkt und leuchtet die Weihnachtsdeko. Klar. Ist schon seit Tagen so, auch wenn er es bislang erfolgreich ignoriert hat. Winter-Tollwood, Christkindlesmarkt, all die schlimmen Sachen. Aus der kleinen Passage hinter der Feldherrn-halle erklingt ein Akkordeon. Eine russische Volksweise. Karl stellt sich vor, dass der Akkordeonspieler Fingerlinge und eine Fellmütze trägt und eine wodkarote Nase hat. Das wird er nicht überprüfen, denn er muss den Hauseingang im Blick behalten. Endlich tauchen die Männer wieder auf, geben sich die Hände, gehen in verschiedene Richtungen auseinander. Karl folgt dem Mann vom Friedhof. Der geht zum Salvatorplatz und verschwindet in der Brasserie *Oskar Maria* im Literaturhaus. Mit etwas Sicher-heitsabstand geht auch Karl hinein, scannt den Raum, sieht ihn rechts an der Fensterfront sitzen. Karl steigt die Treppe hoch auf die Galerie und sucht sich einen Tisch mit gutem Blick nach unten. Er ist durchgefroren und bestellt sich einen schwarzen Tee. Mit Rum wäre super, aber er ist im Dienst. Wobei das eine lässliche Sünde wäre. Doch er muss aufmerksam bleiben. Der Mann unten hat sich ein Glas Rotwein bestellt und liest Zeitung. Wartet er auf jemanden? Nach einiger Zeit tritt eine Frau an seinen Tisch. Karl hat sie nicht hereinkommen sehen, sieht sie jetzt nur von hinten. Langes blondes Haar, schlank, groß. Als sie sich hinsetzt, verschluckt sich Karl an seinem Tee, hustet, röchelt, duckt sich hinter das Geländer. Verdammt, was ist das, was soll das?

Eine sehr gepflegte mittelalterliche Dame in bordeauxfarbenem Angora-Twinset am Nachbartisch spricht ihn an: „Soll ich Ihnen auf den Rücken klopfen?"

Er nickt stumm. Sie klopft mehrmals. Karl beruhigt sich. „Danke, herzlichen Dank, geht schon wieder."

„Haben Sie sich verschluckt?"

„Sieht ganz so aus, danke."

„Kommen Sie öfters her?", fragt die Frau und lächelt hoffnungsvoll.

„Danke, nein, ich, äh, dafür hab ich jetzt keine Zeit." Unwirsch dreht er sich weg und starrt nach unten. Die Angora-Dame wendet sich beleidigt ab.

In Karls Kopf rauscht es. Was zur Hölle hat Christine mit diesem Typen dort unten zu tun? Warum fällt sie ihm um den Hals? Warum hält sie jetzt seine Hand? Er könnte im Boden versinken. Es ist ihm so peinlich, er kommt sich vor wie ein Spanner. Aber warum eigentlich? Er ist dienstlich hier, er dringt nicht in Christines Privatsphäre ein. Doch, natürlich tut er das. Er muss sie warnen. Sie hat doch keinen Schimmer, mit wem sie es da zu tun hat! Mit einem rechten Typen! Er hält inne. Geht ihn das was an? Ist die politische Einstellung nicht Privatsache? Aber wie passt das zu Christine? Die hat ja in letzter Zeit auch immer die Stirn gerunzelt, wenn er Harry in die Parade gefahren ist, sobald dieser seine Gutmenschenfantasien verbreitet hat. Ist das jetzt alles nur ein dummer Zufall, dass ausgerechnet Christine mit einem Typen zugange ist, der auf Wiesingers Beerdigung war und Umgang mit führenden Leuten bei den BMB hat?

Die Dame am Nachbartisch zahlt und geht, ohne ihn auch nur eines Blickes zu würdigen. ‚Hat ja recht', denkt Karl, ‚aber ich bin nicht zum Flirten hier.' Unten hingegen wird aufs Heftigste geflirtet. Als Christine und der Mann zahlen, macht sich auch Karl abmarschbereit, drückt dem Kellner im Vorbeigehen einen Fünfeuroschein in die Hand. Er folgt dem Liebespaar zurück in die Theatinerstraße. Was will der Typ Christine da zeigen? Wo er vorhin mit den BMB-Leuten war? Nein, sie gehen in die Theatinerpassage und verschwinden im *Theatiner Filmtheater*. Kurz spielt Karl mit dem Gedanken, sich auch eine Kinokarte zu kaufen und sich im Dunklen hinter die beiden zu setzen und sie zu belauschen. Unsinn! Nein, das ist es für heute.

Er überlegt, wie er mit dieser Neuigkeit umgehen soll. Soll er Christine warnen? Geht ihn das was an? Geht das seine Kollegen was an? Er weiß es nicht.

Anlauf

Teambesprechung. Andrea hat ein bisschen Anlaufschwierigkeiten. Gestern hatte sie Paul an ihrem freien Tag noch zu einem kleinen Gig nach Wasserburg begleitet. Nach dem großen Erfolg im ausverkauften *Ampere* – das natürlich nicht wegen ihm so voll war –, hatte er in einem kleinen Café vor 20 Leuten auf Hut gespielt. Gesamteinnahmen 87 Euro. Aber Paul war in Hochform gewesen und hatte sich so gefreut, dass sie mitgekommen war. Und hinterher waren sie noch lange in der Küche zusammengesessen. Dementsprechend platt ist sie heute. Trotzdem muss sie arbeiten.

Josef informiert sein Team über den aktuellen Ermittlungsstand zu dem Attentat auf die Wahlkampfveranstaltung der BMB. Auch Harry ist dabei, der sich offenbar schnell erholt hat.

„Der Sprengstoff ist noch in der KTU", erklärt Josef. „Die Wirkung war nur deswegen so gering, weil zwei von den drei Sprengsätzen nicht gezündet haben. Die waren falsch verdrahtet. Nur der kleine Sprengsatz ist detoniert."

„Keine Profis also?", meint Karl.

„Oder Absicht", sagt Harry.

„Wie meinst du das?", fragt Josef.

„Vielleicht haben die sich die Bombe ja selbst gelegt. Und dafür gesorgt, dass nicht zu viel kaputt geht. Das ist doch eine Riesenstory für die Medien. So von wegen: die armen Opfer."

Josef schüttelt den Kopf. „Ach komm, das ist schon sehr riskant."

„Nicht, wenn es jemand macht, der sich mit so was gut auskennt." Karl hält es kaum auf seinem Stuhl. „Harry, du glaubst doch nicht im Ernst, dass die das absichtlich machen und sich in dem Raum aufhalten, wo durch die Explosion diese große Fensterfront in tausend Stücke fliegt. Das riskiert doch kein Mensch!"

„Naja, die Druckwelle geht nach draußen", sagt Harry.

Karl schüttelt genervt den Kopf. „Ja genau. So einfach ist das. Außerdem ist die Bombe in dem kleinen Nebenraum detoniert."

„Vielleicht sind die auch gar kein Risiko eingegangen. Alles eine Frage des Timings: Die zünden ihren Sprengsatz in der Abstellkammer, Tür und Scheiben fliegen raus und erst dann betreten sie den Raum."

„Ja klar, Harry. Und die anderen beiden Sprengsätze hätten dabei nicht hochgehen können?"

„Die haben sie vielleicht erst hinterher da deponiert."

„Und malen sich noch ein paar Rußstreifen ins Gesicht, machen sich die Hosen kaputt und bringen sich selbst ein paar Platzwunden bei, bevor Polizei und Sanitäter eintreffen?" Karl tippt sich an die Stirn.

„Das sind keine Opfer!", sagt Harry. „Das sind Täter!"

„Harry, jetzt hör mal auf mit deinen Verschwörungstheorien", sagt Josef. „Außerdem ist das eh nicht unser Job, sondern der vom Staatsschutz."

„Wir bräuchten einen Insider, der uns sagt, was die BMB-Leute wirklich so alles treiben."

Christine knibbelt nervös an ihren Fingernägeln. Andrea sieht sie nachdenklich an. Christine schüttelt unmerklich den Kopf. Auch Karl sieht Christine an. Was sie ziemlich irritiert. „Was schaust du denn so blöd?", pampt sie Karl an.

„Hey, hör mal, was soll denn das? Und beim Thema BMB bist du lieber mal ganz still."

„Was meinst du damit?!"

Bevor jemand etwas sagen kann, betritt Aschenbrenner den Raum. Mit düsterer Miene. Er wendet sich an Josef: „Ich geh mal davon aus, dass Sie nicht ganz zufällig an dem Tatort waren?"

„Sie werden lachen – es war Zufall."

„Ich lache aber nicht. Also?"

„Ich wohne dort. Ich habe die Explosion gehört."

„Das mag schon sein. Und deswegen war auch Frau Mangfall gleich zur Stelle. Mann, Hirmer, erzählen Sie mir doch nichts. Halten Sie sich aus der Sache raus! Da verbrennen wir uns nur die Finger. Sie zumindest. Nein, ich auch. Ich bin eh schon einbestellt worden."

„Von wem denn?"

„Das tut jetzt nichts zur Sache. Haben Sie denn sonst gar nichts zu tun? Es wird doch bestimmt auch noch ganz normal gemordet in unserer schönen Stadt?"

„Wäre das so, würden wir uns kümmern. Aktuell haben wir nichts. Aber wir sind hier auch nicht in New York oder in Rio."

„Aber alte ungelöste Fälle gibt es immer."

Josef nickt langsam. „Ist ja gut, ich habe verstanden."

„Das ist schön. Lassen Sie die Finger von dieser sonderbaren Partei, da kümmern sich andere Leute drum. Wiederschaun!"

Und weg ist er.

„Wir ermitteln also nicht?", fragt Andrea.

Josef zuckt mit den Achseln. „Ach. Asche hat ja durchaus recht. Kümmern wir uns um ungelöste Fälle."

„Boh", stöhnt Andrea.

Josef grinst. „Zum Beispiel um die Sache mit der Fahrerflucht. Also um den ersten Fall. Und da es wahrscheinlich derselbe Täter ist wie beim zweiten Fall, reicht es vielleicht, wenn wir uns mit Nummer eins befassen."

„Du sprichst in Rätseln."

„Naja, der erste Fall führt uns zum zweiten. Nur, dass wir uns nicht zu offensiv um das zweite Opfer kümmern. Also offiziell.

Sonst haben wir gleich wieder die Typen vom Staatsschutz auf der Pelle."

„Als ob Asche das nicht kapiert?"

„Logisch kapiert er das. Er will nur nicht, dass wir viel Wind machen. Und das machen wir auch nicht. Ist das klar?"

Aktion

„Warum hast du Karl von Thorsten und mir erzählt?", fragt Christine Andrea bei einer Zigarette im Innenhof des Präsidiums.

„Ich hab ihm nichts erzählt."

„Wer denn sonst? Das hab ich nur dir gesagt."

„Klar, und ich erzähl ausgerechnet meinem Lieblingsmacho von deiner Amour fou mit einem Parteimitglied der BMB."

„Red nicht so blöd daher."

„Wieso blöd, das ist doch eine Liebe gegen alle Wahrscheinlichkeiten. Oder seh ich das falsch? Hey, Chrissie, du brennst doch lichterloh!"

„Das weiß ich selbst. Aber woher weiß Karl das?"

„Der weiß doch nichts. Der schaut und provoziert nur."

„Klar, deswegen labert er hier so komisch rum. Du hast ihm echt nichts erzählt?"

„Nein, das würde ich nie machen."

„Dann frag ich ihn. Und dann sag ich ihm endlich mal die Meinung, was ich von seiner Scheiß-Machoart halte."

„Mann, du bist vielleicht angespitzt."

„Ja, das bin ich. Das ist auch nicht leicht. Das alles überfordert mich."

Andrea nimmt einen tiefen Zug aus ihrer Zigarette. „Weißt du mittlerweile, ob dein Lover eine besondere Rolle in dem Verein spielt?"

„Nein, das weiß ich nicht."

„Vielleicht kann er uns helfen?"

„Und ich soll ihn fragen? Wie klingt das denn? Dass ich ihn als Informant missbrauchen will? Dass ich ihm nicht traue?"

„Tust du das denn? Oder andersherum: Kennst du ihn schon gut genug, um ihm überhaupt zu trauen?"

„Du weißt auch nicht, wann Schluss ist!" Christine geht wutschnaubend ins Gebäude.

Andrea steckt sich noch eine Zigarette an. Überlegt, ob sie schon wieder zu weit gegangen ist. Ja, kann schon sein. Gibt sie zu viel Gas, stresst sie rum? Ist sie gereizt? Ja, und wie sie gereizt ist. Das ist ja kein Wunder! Alle pflegen ihre Persönlichkeitsneurosen und sie muss sich das anhören. Sie will sich auch mal eine Neurose leisten. Dann würde es hier richtig scheppern im Karton! Oder ist ihr Nervenkostüm doch ein bisschen angegriffen? Natürlich ist es das! Apropos – morgen muss sie zur Polizeipsychologin. Die will mit ihr darüber sprechen, warum sie auf die Posttrauma-Therapie verzichtet. Das ist ganz einfach: Weil sie kein Scheiß-Trauma hat! Weil sie die Ruhe selbst ist! Ein paar Stunden Geiselnahme steckt sie weg wie nix! Mann, sie will nicht alles bequatschen! Sie schnippt ihre Kippe durch die Luft und trifft genau in den Gulli. „Yes!", zischt sie.

Engagement

Christine stellt Karl in der Küche, als er sich gerade einen Kaffee holt. „Karl, was war das vorhin in der Sitzung für eine Aktion? Warum hast du mich so angeschaut? Was sollte das?"

Er mustert sie erstaunt.

„Na los, sag was", insistiert sie.

Karl räuspert sich. „Ich hab dich gesehen. Gestern. Mit einem Typen. Im Café vom Literaturhaus."

„Und?"

„Vorher hab ich den schon auf dem Friedhof gesehen, bei Wiesingers Beerdigung. Und dann hat er seine Freunde von den BMB in der Theatinerstraße getroffen, bevor er in das Café gegangen ist. Woher kennst du ihn?"

„Das geht dich nichts an."

„Weißt du, dass er mit den BMB zu tun hat?"

„Ja! Und, was soll ich machen? Ich bin nicht deswegen mit ihm zusammen, sondern trotz seiner Mitgliedschaft in dieser Scheiß-Partei."

„Was Ernstes?"

„Ja, was Ernstes."

„Scheiße."

„Karl, halt dich da raus. Ich will nicht, dass es die anderen wissen."

„Andrea weiß es."

„Wie kommst du da drauf?"

„Ich hab doch Augen im Kopf. Wie sie dich vorhin angeschaut hat."

„Behalt's für dich, bitte!"

Hölle

Nachmittag. Endlich gibt es Fortschritte bei den Ermittlungen zu den Unfällen. Josef hat neue Informationen zu der Tatnacht mit dem zweiten Unfallopfer bekommen. Aus ungeahnter Richtung: von der Verkehrsüberwachung. Zur angenommenen Tatzeit kurz vor Mitternacht wurde in Neuperlach ein weißer Toyota mit kaputter Windschutzscheibe gesehen. Genau so einer ist wenig später im Industriegebiet von Aschheim in eine Radarfalle geraten. Nur unwesentlich zu schnell, aber zu schnell. Das Radarfoto ist allerdings wenig hilfreich. Die zwei Personen im Auto sind wegen Spiegelungen und den Sprüngen in der Scheibe kaum zu erkennen. Die Nummernschilder wurden bereits überprüft. Sie gehören nicht zu dem Wagen. Sie sind in Trudering von einem blauen VW Passat gestohlen worden. Josef hat Harry und Karl nach Aschheim geschickt, damit sie sich dort einmal umsehen.

„Trostlos das alles", meint Harry, als sie durch die gleichförmigen Vorortstraßen fahren.

Karl lässt seinen Blick über die Reihenhäuser wandern und meint: „Ach, da gibt's wirklich Schlimmeres."

„Gibt es nicht", meint Harry. „Das ist der Vorhof zur Hölle. Nein, stimmt nicht. Das ist der Hinterhof der Hölle. Da wirst du ein

Zombie, wenn du hier landest. Da sitzt du dann und schaust, ob in deinem Handtuchgarten auch all deine Baumarktpflanzen schön blühen und ob die Grashalme deines Rollrasens überall exakt die gleiche Länge haben. Im Sommer grillst du mit den Nachbarn, im Winter blinken Lichterketten und Leuchtbambis im verschneiten Garten. Boh!"

„Vorurteile hast du keine?", fragt Karl.

„Ich? Niemals! Aber eine Frage: Ist das hier wirklich die betrogene Mitte jenseits allen Wohlstands? Karl, weißt du, was ein Haus hier draußen kostet?"

„Einen Haufen Geld."

„Ja, und viele können es sich dann doch leisten."

„Wir nicht."

„Und wenn, was hast du davon?"

„Naja. Eigentum. Für später, wenn die Rente knapp ist."

„Nein. Einen miesen Kreditvertrag mit deiner Bank hast du. 30, 40 Jahre lang zahlst du ein Haus ab in einer Geisterstadt. Und wenn du alt bist und dir die Bude gehört, merkst du, dass der Weg zu Aldi und Edeka ganz schön weit ist. Und dann willst du wieder in die Stadt, wo alles so schön nah war, aber erst musst du dein Haus verkaufen. Und das wollen viele andere auch. Und deswegen kriegst du nicht so viel für dein Haus, wie du geglaubt hast. Und in der Stadt, da ist eigentlich kein Platz mehr für dich, weil da nicht mehr gebaut wurde, weil ja jeder ins Umland ziehen wollte ..." – „Harry, hör auf! Du bist ein verdammter Schwarzmaler!"

„Aber du träumst von eine Hütte hier draußen?"

„Nicht ich, meine Frau."

„Na dann."

„Wir können es uns eh nicht leisten, also lass ich sie träumen. – So, wie sollen wir denn jetzt die Karre finden? Die geklauten Nummernschilder sind sicher nicht mehr dran."

„Schau mal, da vorne ist ein Schrottplatz. Also, wenn ich ein Auto entsorgen müsste ..."

Karl hält am Zufahrtstor zum Schrottplatz und steigt aus. Er besieht sich das Vorhängeschloss. Dann geht er zu dem Wohnhaus und klingelt. Nichts passiert.

„Was machen wir?", fragt Karl.

„Gefahr im Verzug. Gut, dass ich mein Spezialwerkzeug dabei hab." Harry holt einen Leatherman aus der Jackentasche und öffnet damit das Schloss der Haustür.

„Nicht schlecht", staunt Karl. „Wo hast du das gelernt?"

„Mein süßes Geheimnis." Harry grinst. „Aber wenn du mich nett bittest, zeig ich dir, wie das geht und was du dafür brauchst."

„Sehr gern." Karl zieht die Waffe.

„Meinst du, wir brauchen die?"

„Sicher ist sicher."

Sie betreten das Haus.

„Hallo? Polizei!", ruft Karl laut. Keine Antwort.

Sie schleichen durchs Erdgeschoss. Sehen durch die große Terrassentür nach draußen. Der Blick geht auf den See, das aufgelassene Kieswerk und den Steinbruch.

„Nicht schlecht", findet Harry, „so als Swimmingpool. Sag mal, bei einem Steinbruch braucht man doch Sprengstoff?"

„Du meinst, wegen dem Bombenattentat auf die BMB?"

„So ein Sprengmeister kennt sich jedenfalls aus, wie man das Zeug dosiert."

Im Wohnzimmer entdecken sie ein Foto von Augustin und Franz mit ihren Eltern.

Harry stöhnt auf. „Das sind die Fahrer von diesem Pfaffinger! Die ich nach Straßlach verfolgt hab."

„Na, dann wär das hier ja ein echter Volltreffer. Das hängt alles zusammen!"

Sie suchen das ganze Haus ab. Von den Bewohnern keine Spur. Unten im Keller finden sie einen Stahlschrank, abgeschlossen. Den Harry aber sogleich geöffnet hat. „Hui, damit kannst du ein ganzes Stadtviertel in die Luft jagen", meint er, als er die Sprengstoffvorräte begutachtet.

„Kriegen die Leute von der KTU raus, ob der Sprengstoff in dem Saal aus denselben Beständen ist?"

„Keine Ahnung, müssen wir sehen."

Sie gehen in die Werkstatt und finden dort auf einer Palette einen Toyota-Motor. In einem der Container steckt ein Kubikmeter gepresstes Auto.

„Wird erst am letzten Donnerstag im Monat geholt", sagt Harry.

„Hä?"

„Haben die Typen in der Kneipe gesagt. Na, vielleicht vollbringt unsere KTU mal wieder ein Wunder und stellt Spuren an dem Wrack sicher, die uns weiterhelfen?"

„Tom ist noch im Krankenhaus."

„Ach, da gibt es noch mehr gute Leute. Die sollen sich den Autolack mal genau anschauen."

„Wir lassen das Haus auf den Kopf stellen", beschließt Karl. „Vielleicht sind die geklauten Nummernschilder auch noch irgendwo, dann haben wir sie am Arsch."

Von der Werkstatt aus gehen sie in den Hof und weiter in den Garten.

„Hey, schau mal hier!", ruft Harry.

„Ach du Scheiße!" Karl schluckt, als er den Erdhügel sieht. Ein Grab?

Loch

Eine Stunde später stehen sie mit Josef und Christine um das Team der KTU herum und schauen zu, wie die Kollegen das Grab öffnen. Die Arbeiten leitet Martin Fellmann, ein Kollege von Tom. Fellmann ist einen guten Tick älter als Tom und ganz von der alten Schule.

Christine ist ganz froh, dass Andrea nicht vor Ort ist, denn die ist mit Fellmann schon einmal zusammengerumpelt, als sie gemeinsam an einem Fall gearbeitet haben. Er hatte sich geweigert, ohne richterlichen Beschluss die DNA eines Verdächtigen auszuwerten, worauf Andrea den „Korinthenkacker" ausgepackt hatte. Und

Fellmann hatte am Ende recht behalten, denn der Verdächtige hatte nichts mit dem Gewaltverbrechen zu tun. „Genau das hätten wir mit seiner DNA auch klären können", hatte Andrea gemeint. „Darum geht es nicht", war Fellmanns Antwort gewesen, „denn dann können wir ja gleich immer einen Massentest veranlassen." Womit er zweifelsfrei schon wieder recht hatte, wie sich auch Andrea eingestehen musste.

‚Keine Frage', denkt Christine mit Blick auf die Grabungsarbeiten, ‚Fellmann wird das hier sehr ordentlich machen.'

Sie stöhnt leise auf, als eine haarige Hand aus dem Erdreich auftaucht. Dann Aufatmen – es ist die Pfote eines Schäferhunds. Und dann doch Irritation, als sich herausstellt, dass der Hund in der Stirn ein Einschussloch hat. Genau zwischen den Augen.

„Da wird unsere Rechtsmedizin aber Spaß haben", meint Karl.

Christine hat sich ein paar Schritte entfernt und entdeckt gerade das Einschussloch im Kellerfenster. „Verdammt, was ist hier passiert?" Sie dreht sich vom Fenster weg und sieht auf den Baggersee. Der ruht still und starr. Sie überlegt: ‚Von irgendwo da drüben? Vom anderen Ufer?' Während die anderen nochmal das Haus durchsuchen, geht Christine am Seeufer entlang zur gegenüberliegenden Böschung, sieht die entwurzelten Büsche und den Hangrutsch. Mühsam erklimmt sie die Böschung und folgt dem Zaun um das Grundstück. Ein ungeteerter Weg. Sie klettert über den Zaun und nimmt einen Trampelpfad. Hinter einem Gebüsch entdeckt sie einen VW Golf. Sie notiert sich die Nummer. Das Auto des Schützen? Wenn er mit dem Wagen gekommen ist, wo ist er jetzt? Wenn der Wagen noch da ist. Der Hangrutsch?

Das Handy unterbricht ihre Gedanken. Sie geht dran: „Oh, Thorsten. Nein, du störst gar nicht. Was? Heute Abend? Ja gerne, wenn du Zeit hast. Ja, bei mir, ich freu mich." Sie strahlt. Thorsten. Endlich meldet er sich. Sie hat ein schlechtes Gewissen gehabt, weil sie ihn das letzte Mal so angegangen ist. Nach dem schönen Kinoabend waren sie auf dem Heimweg in Streit geraten wegen einem Plakat der BMB an einem Laternenmast. Hätte sie mal

134

besser den Mund gehalten. Hat sie nicht. Kann sie nicht. Die aktuelle Situation überfordert sie. Warum ist er in dieser Partei? – Wo war sie stehengeblieben? Sie sieht sich um. Der Hangrutsch? Vielleicht ist der dem Schützen zum Verhängnis geworden? Ihr Handy klingelt wieder. „Thorsten?"

„Nein, ich bin's, Josef. Wo bleibst du? Wir wollen los."

„Wohin?"

„Ins Präsidium. Rausfinden, wo die zwei Brüder sein könnten, denen der Laden hier gehört. Personendaten, Vorstrafen, Punkte in Flensburg, diese Sachen."

„Habt ihr die Nummernschilder gefunden?"

„Leider nein. Hast du was?"

Sie berichtet ihm von dem VW Golf und gibt anschließend die Nummer an die Kollegen durch.

Täter oder Opfer

Im Präsidium gehen sie am Nachmittag die Fakten durch. Die Reitberger-Brüder haben keine Vorstrafen, saubere Führungszeugnisse, nur ein paar Punkte in Flensburg. Jetzt sind sie spurlos verschwunden.

Plötzlich steht Andrea in der Tür: „Gibt's was Neues?"

„Ist Frau Dr. Saalfeld schon fertig mit dir?", fragt Josef.

„Wir haben das ein bisschen abgekürzt. War ja nur eine Beratung."

„Du musst das schon ernst nehmen. Eine posttraumatische Belastungsstörung ist kein Spaß!"

„Ich habe kein Trauma und auch sonst keine Störung. Das Psychozeugs ist nichts für mich. Frau Saalfeld hat gesagt, dass ich das selber wollen muss. Und ich will nicht. Also, was gibt es Neues?"

Josef bringt Andrea auf den Stand. Dass die Spur des Unfallwagens zu dem Schrottplatz geführt hat. Und dass dort neben einem toten Hund auch ein ansehnlicher Vorrat an Dynamit zu finden war.

Andrea ist platt. Kaum ist sie ein paar Stunden nicht an Bord, überschlagen sich schon die Ereignisse. Vielleicht sollte sie öfter mal nicht da sein. Dann geht was vorwärts.

„Und, stimmt der Sprengstoff mit dem von der BMB-Veranstaltung überein?", fragt sie.

„Ist noch in der KTU. Aber so als allererster Zwischenbericht: Ja, es ist wohl der gleiche Sprengstoff wie die nicht detonierten Dynamitstangen aus dem BMB-Sprengsatz. Die KTU sagt, dass es sich dabei aber um handelsübliche Ware handelt. Also nix Spezielles, sodass wir jetzt eindeutig sagen könnten: Ja, aus diesen Beständen stammt der Sprengstoff, der auf der Wahlkampfveranstaltung zum Einsatz kam."

„Und die Autoreste aus der Schrottpresse?"

„Kann man auch noch nichts Endgültiges sagen. Der Lack passt. Aber weiß ist eine beliebte Farbe bei Toyota. Bei dem Autotyp handelt es sich um einen Toyota Prius. Das würde zumindest erklären, warum die Opfer so kalt erwischt wurden. Bis 50 Stundenkilometer fahren die Hybridkisten ja elektrisch, das hört man kaum. Wir müssen die Typen finden. Wir ermitteln bei den beiden Schrottplatzbesitzern mit Verdacht auf ein Kapitalverbrechen."

„Als Täter oder als Opfer?", fragt Andrea.

„Gute Frage. Beides. Offiziell erst mal als Opfer. Wegen der Einschusslöcher im Kellerfenster und im Hund."

„Haben wir denn was zu den Projektilen?", fragt Harry.

„Offenbar aus einer Präzisionswaffe. Mehr Informationen haben wir nicht. Kein Vergleichswert in der Datenbank. Am Ufer des Sees, von dem maßgeblich geschossen wurde, gab es einen Hangrutsch."

„Und was machen wir? Bagger?"

„Nein. Jetzt auch noch den Bagger zu schicken, wäre schon sehr auffällig."

„Ach komm", sagt Christine, „wenn da schon die KTU mit dem großen Besteck dran war, dann weiß das doch eh jeder im Präsidium. Und wenn der Staatsschutz da einen Zusammenhang mit der BMB-Geschichte sehen würde, hätten wir die Jungs schon längst auf der Pelle. Dann können wir auch gleich den Bagger anrollen lassen."

Josef schüttelt den Kopf. „Immer schön langsam. Noch hat sich keiner von der Truppe gemeldet. Ich will vermeiden, dass sie uns den Fall wegnehmen, bevor wir etwas mehr wissen."

„Was ist denn mit dem Autobesitzer? Von dem hinterm Schrottplatz geparkten Golf?"

„Werner Stadler, wohnhaft in Altperlach", sagt Christine.

„Hast du den gecheckt?"

„Unsere Datenbank hat nichts."

„Check den bitte genau."

„Müssen wir denn die Kollegen vom Staatsschutz nicht informieren?", fragt Karl. „So generell?"

„Ja, aber nicht gleich. Woher sollen wir denn wissen, dass die Herren Reitberger für die BMB arbeiten?"

„Hey, Josef, die Zeugenaussage mit dem Auto bezog sich auf die Nacht, in der Wiesinger überfahren wurde. Erst so sind wir auf ihre Spur gekommen. Harry hat gesagt, dass das die Fahrer von diesem Pfaffinger sind. Also hängt das alles zusammen."

„Ach so, ja." Josef grinst. „Das finden wir erst noch raus. Nur ein bisschen Vorsprung für uns. Mehr nicht."

„Wir brauchen diese Typen", sagt Harry. „Falls sie die Attentate in der Quiddestraße mit dem Auto begangen haben, müssen wir wissen, warum. Und vor allem, wer ihnen den Auftrag dazu erteilt hat."

„Was gibt es denn für mögliche Motive?", fragt Andrea.

„Vielleicht war dieser Wiesinger den BMB-Leuten im Weg?", meint Harry. „Vielleicht wusste er was, was er nicht wissen sollte."

„Vielleicht gibt es ein ganz konkretes Motiv", sagt Andrea. „Wer profitiert denn von Wiesingers Ableben?"

„Denkst du an jemanden bestimmten?"

„Was ist zum Beispiel mit Thomas Wimmer?"

„Wie kommst du jetzt plötzlich auf den?", fragt Josef irritiert.

„Naja, ich hab überlegt. Was es für größere Zusammenhänge geben könnte. Jenseits der Politik. Wimmer puzzelt an so einer Sicherheits-App und die Politiker schreien alle nach mehr Sicherheit.

Mal ganz nüchtern wirtschaftlich betrachtet: Ist das nicht eine ziemlich geile Geschäftsidee, die verdammt viel Geld abwerfen kann? Wimmers App ist wie eine Lizenz zum Gelddrucken. Überleg mal: Du hörst ständig von Bombenanschlägen, Attentaten und dem Krempel, aber keine Angst – ein schneller Blick aufs Handy und du weißt, ob du dir wirklich Sorgen machen musst. Und dann erhöhst du die Attraktivität des Produkts, indem du die Sicherheitslage verschärfst. Für die BMB passt das super ins politische Konzept. Wimmer kooperiert mit den BMB. Das ist kein Geheimnis, das kann man im Internet nachlesen. Eine Win-win-Situation für die BMB und für Wimmer. Der verkauft mehr Apps, die Leute starren ständig drauf, gleichzeitig sammelt Wimmer auch noch Daten über das Nutzungsverhalten der Leute, weil die App ja nur über eine Standortfreigabe funktioniert. Er weiß genau, bei welchen Personen an welchen Orten das Interesse an Sicherheit am größten ist, wo die Leute eher weniger Angst haben ... Das ist doch ein Riesending."

Harry grübelt. „Dann sind die BMB quasi die Vertretermannschaft für Wimmers Sicherheitsprodukt?"

„Überspitzt ausgedrückt. Und für ihre politischen Ziele ist das natürlich auch hilfreich."

„Ich könnt kotzen", zischt Harry. „Wenn das alles stimmt."

Andrea nickt. „Nur mal so: Wimmer hat die Technik, er hat die App, er hat die Forschungsgelder für sein Projekt bekommen. Stellt euch mal vor, der V-Mann, der die BMB im Blick behalten soll, weiß, dass da mit gefälschten Daten gearbeitet wird. Dieses Wissen ist gefährlich. Dann fliegt der V-Mann auf, muss zum Schweigen gebracht werden, weil er das Projekt zum Scheitern bringen kann. Die zwei Typen vom Schrottplatz bekommen den Auftrag, ihn auszuschalten. Und erwischen im ersten Anlauf den Falschen."

„Nein", sagt Josef. „Dieser Wimmer ist vielleicht ein Ungustl, aber der erteilt doch keine Mordaufträge."

„Aber ein Killer ist da draußen definitiv unterwegs", sagt Harry. „Beim Haus der Schrottplatztypen ist geschossen worden. Die beiden Jungs haben Verbindungen zu den BMB, die fahren den Spitzenkandidaten, die haben Sprengstoff zu Hause. Das klingt nach jeder Menge krimineller Energie. Nehmen wir mal an, dass sie von irgendwem den Auftrag bekommen haben, den Mann in der Quiddestraße umzunieten. Doch den Job vermasseln sie, weil sie den Falschen erwischen. Im zweiten Anlauf klappt es, aber inzwischen wissen sie zu viel, sodass sie ebenfalls aus dem Weg geräumt werden müssen. Deswegen die Schüsse auf ihr Haus, auf ihren Hund. Und jetzt sind sie weg. Vielleicht sind sie bereits tot? Der Hang bei dem Baggersee ist doch runtergekommen. Wir sollten das Teil ausbuddeln und schauen, ob da nicht zwei Leichen im Schlamm stecken."

Josef grübelt. „Ich weiß nicht, das klingt alles so over the top. Wie in einem Spionagefilm. Nein, das Seeufer graben wir erst bei einem konkreten Tatverdacht auf."

„Und wann haben wir den?", fragt Harry.

„Lasst uns erst mal rauskriegen, ob die beiden Typen wirklich in die beiden Unfälle in Neuperlach verwickelt waren. Vielleicht kriegt die KTU aus den Überresten des Autos doch noch was Belastbares raus. Spuren der Opfer."

Andrea ist sauer, weil Josef so zögerlich ist. Harry hat ihren Gedanken gut zu Ende gedacht. Klar, Josef geht davon aus, dass das vor allem ihrer politischen Ablehnung der BMB geschuldet ist. Ihr erscheint die Theorie aber ziemlich plausibel. Wiesinger ist gestorben, weil er zu viel wusste. Was immer er mit seinem Wissen auch vorhatte. Wollte er den Laden auffliegen lassen? Oder ging es um Erpressung?

Den restlichen Tag verbringt Andrea mit Grübeln. Sie muss noch mehr über mögliche Motive für Wiesingers Tod herausfinden. Und über diese Sicherheits-App. Sie studiert noch einmal die Homepage von Thomas Wimmer. Unter „Termine" findet sie eine Abendveranstaltung zum Thema „Mobile Security" im *Bayerischen Hof*. Morgen. „Das sehe ich mir mal an", murmelt sie.

We can dance, we can dance
Everybody's taking the chance
Oh well, the safety dance
Ah yes, the safety dance

(IVAN DOROSCHUK)

Safety First

„Mobile Security ist unerlässlich in einer unsicheren Welt. Wer möchte sich heutzutage allein auf die Arbeit der chronisch unterbesetzten und leider oft ungenügend ausgestatteten Polizei verlassen? Auf die Wahlkampfversprechen von Politikern oder auf plumpe Sicherheitsmaßnahmen wie Handwaffen oder Pfefferspray? In Zeiten von bargeldlosem Geldverkehr, Wifi, Cyberspace reagieren wir auf Bedrohungen in unserer direkten Umwelt oft noch mit Mitteln aus der guten alten Zeit. Nicht, dass klassische Sicherheitsmaßnahmen hinfällig wären, aber Sicherheit ist vor allem eine Frage der Prophylaxe. Es geht um die richtige Lagebeurteilung und das Vermeiden gefährlicher Situationen. Eine verlässliche Einschätzung des individuellen Risikopotenzials zu jeder Zeit an jedem Ort ist der Schlüssel zu tatsächlicher, echter Sicherheit.

Unsere Datenauswertungen, die bisher hochkompliziert und auf Personen mit hohem Gefährdungspotenzial ausgerichtet waren, haben wir so perfektioniert, dass wir diese jetzt für jedermann zu einem erschwinglichen Preis anbieten können. Alles, was Sie dafür brauchen, ist ein Smartphone und die Bereitschaft, 19 Euro im Monat in Ihre Sicherheit zu investieren. Ja, das mag beim ersten Hören auf einen längeren Zeitraum gerechnet teuer klingen, aber überlegen Sie mal, wie viel Sie jeden Monat für Ihren Mobilfunkvertrag zahlen. Unsere App ist zu jedem Zeitpunkt an jedem Ort auf dem aktuellen Stand. Mobile Sicherheitsbewertungen in Echtzeit – das ist unser Angebot. Selbst im vermeintlich sicheren München werden Sie froh sein, wenn Sie zu später Stunde in der Stadt unterwegs sind und ihre Sicherheitslage unmittelbar checken können. Aktuell deckt unsere App den Großraum München ab. Nächstes Jahr ist ganz Deutschland verfügbar. Und wir denken größer: So schön Urlaub im Ausland ist, so unsicher fühlt man sich häufig in Regionen, die man nicht so gut kennt, wo man die Sprache nur unzureichend beherrscht. In Italien, Spanien, Tunesien oder in der Türkei werden Sie froh sein über diese App auf

Ihrem Smartphone. Stellen Sie sich vor, Sie landen irgendwo in den Außenbezirken Roms oder Londons und haben ein mulmiges Gefühl – keine Leute mehr auf der Straße, Glasscherben, unangenehme Gerüche. Eine verlässliche Lageanalyse ist da Gold wert. Mit vielen ausländischen Netzbetreibern sind wir bereits in regem Austausch, auch hinsichtlich der Preisstruktur. Für einen geringen Aufpreis können Sie unsere App sehr bald auch international nutzen. Das ist noch ein bisschen Zukunftsmusik, unsere *Mobile Security*-App für München befindet sich aber bereits im realistischen Alltagstest. Unter anderem in ausgewählten Abteilungen der Münchner Polizei. Gerne stellen meine Mitarbeiter allen Interessierten heute Abend einen kostenfreien Zehn-Tage-Testzugang für den Großraum München zur Verfügung, damit Sie sich von der Leistungsfähigkeit unseres Produkts überzeugen können."

Heftiger Applaus im Saal. Begeisterung. ‚Geiles Produkt!' Das scheint die einhellige Meinung im Publikum zu sein.

Thomas Wimmer strahlt immer noch, als der Applaus verebbt ist. Die Veranstaltung zu *Mobile Security* im *Bayerischen Hof* ist sehr gut besucht. Zahlreiche Zuhörer, so auch Andrea, müssen stehen. Wimmer wirbt ganz offensiv um potente Sponsoren, Geschäftspartner und Kunden. Er hat seinen Fünfjahresplan skizziert, der auf einen internationalen Einsatz seines Produkts abzielt. Das alles sind keine vertraulichen Informationen, sie werden präsentiert in einer Mischung aus Roadshow und Kongress mit einer illustren Auswahl von Sicherheitsdienstleistern, Polizeichefs, Vertretern des Militärs, Politikern und vor allem Investoren.

Andrea klingeln die Ohren. Und sie kann es nicht leugnen, das ist definitiv ein geiles Produkt. In der Theorie. Sie versteht nicht nur dessen Funktionalität, sondern hauptsächlich die perfide Strategie dahinter. Perfekt. Beziehungsweise tückisch. Die App wird geradezu wie eine Lebensversicherung angepriesen. Sicherheit zum Kaufen. Oder: käufliche Sicherheit. Und was sie noch mehr stört: dass die Polizei in diese Testläufe involviert ist. Unter den Anwesenden hat sie auch Dezernatsleiter Dr. Aschenbrenner entdeckt, der sich jetzt, nach dem Vortrag, angeregt mit Thomas Wimmer unterhält. Was soll das? Will Asche die App für das Dezernat anschaffen? Damit sie dann wie ferngelenkt durch die Stadt fahren und die angeblichen Gefährdungs-Hotspots abgrasen? Warten sie dann dort auf den Mörder, wo es passieren soll, weil die App für diesen Ort gerade ein besonders hohes Gefährdungspotenzial anzeigt? Was für eine grauenhafte Vorstellung! Dieses offensive Werben um käufliche Sicherheit bestärkt sie in ihrer Theorie, dass Wimmer ein plausibles Motiv für die Beseitigung eines Mitwissers haben könnte. Zum Kotzen.

Schon die Tatsache, dass das hier eine öffentliche Veranstaltung ist, zeigt, wie sicher sich Wimmer seiner Sache ist. Von den BMB-Typen entdeckt sie keinen. Naja, sie kennt ja auch nur ein paar von denen und das nicht einmal persönlich. Deren Anwesenheit hier wäre vermutlich auch kontraproduktiv für Wimmer, der ja offenbar eine sehr umfassende Vermarktung seines Produkts im Sinn hat. Da stören Extremisten nur. Allerdings fungiert er ja ganz offiziell als Sicherheitsberater der BMB. Sind ihre Bedenken gegenüber den BMB berechtigt? Was sie für extrem hält, ist für andere vielleicht einfach „konservativ" oder „gut bürgerlich" oder wie man das krude Heimatkonzept der BMB sonst missverstehen kann.

PIN

Bert und Paul lösen sich aus dem Schatten eines Mauervorsprungs im Hinterhof eines Gebäudes am Thomas-Wimmer-Ring. *Nomen est omen.* Sie stehen an der rückwärtigen Hauswand von Thomas Wimmers Sicherheitsfirma. Das Ganze ist Berts Plan. Jetzt deutet er auf die Videokamera, die auf die Hintertür gerichtet ist.
„Räuberleiter", flüstert Paul und schiebt Bert vor sich her.
Sie drücken sich an der Hauswand entlang und Paul steigt in Berts Handflächen. Vorsichtig dreht Paul die Kamera in einen flacheren Winkel, sodass der Boden unmittelbar vor dem Hintereingang nicht mehr im Fokus der Kamera ist. Er steigt wieder runter.

Während Bert das Türschloss begutachtet, lässt sich Paul nochmal die vergangene Stunde im Zeitraffer durch den Kopf gehen.

Bayerischer Hof. *Garderobe. Während Wimmer im Saal nebenan seinen Vortrag hält, verwickel ich die nette junge Dame an der Garderobe in ein Gespräch. Dann taucht Bert auf. Ganz zufällig natürlich. Ob die Garderobiere denn so freundlich wäre, die Plakat-Rolle noch zu den Sachen der Leute von* Safety Solutions *zu stellen? Die Kollegen nähmen sie dann mit. Was die Garderobiere auch macht. Bert zieht ab. Okay, da hängen also die Mäntel und Jacken von Wimmers Leuten. Ich flirte mit der Garderobiere. Bert kommt zurück. Nur nicht zu ihm starren, wie er jetzt ganz cool von der Seite den hinteren Garderobenbereich betritt und die Taschen der dort hängenden Jacken durchforstet. Charme-Turbo anschalten, um die Aufmerksamkeit der Garderobendame ganz auf mich zu ziehen.*

Jetzt ist er eine Handynummer reicher, die er nie wählen wird. Und Bert ist im Besitz eines Tokens von *SecurID*. Mit dem wollen sie durch die zahlenschlossgesicherte Hintertür in die Büroräume von *Safety Solutions* gelangen, nachdem sie in den letzten Tagen das Gebäude von außen ausgekundschaftet haben. Paul betrachtet Bert, der auf das Display des Tokens starrt. Er überlegt: Ist Bert nur ein Computernerd oder ein gewiefter Kleinkrimineller? Korrekt ist das nicht. Aber sie kämpfen ja für eine gute Sache.
Bert deutet auf den Token. „Man muss schnell sein, der Code wechselt alle 20 Sekunden. Und es funktioniert nur, wenn du die vierstellige PIN vorab eintippst."
„Und haben wir die?"
„Die legt man persönlich fest."
„Na super."
„Moment: Der Typ ist am 19.11.1975 geboren. Steht in seinem Ausweis."
„Hast du den auch …?"
„Natürlich nicht. Nur geguckt. Wetten, dass es 1911 ist oder 1975?"

„Und wenn nicht?"
„Haben wir Pech gehabt. Der Laden ist jetzt sicher leer."
„Ich schätz mal, die wichtigen Leute sind heute alle auf der Konferenz. Aber der Newsroom ist immer besetzt, hat Andrea gesagt. Die war hier mal drin. Wimmer hat ihr alles gezeigt."
„Wieso das denn?"
„Musst du sie selbst fragen. Ist schon länger her."
Bert sieht auf den Token und tippt *19-11-26-08-56-52* ins Zahlendisplay am Schloss. Die Tür springt auf. „Na bitte, geht doch", murmelt er.
Paul schüttelt wieder den Kopf. Wahrscheinlich ist Bert nebenberuflich Einbrecher.
Sie betreten ein dunkles Warenlager. Im Handylicht erkennen sie ausrangierte Computer, Bildschirme und zahlreiche Kisten mit neuen PCs und Computerzubehör.
„Cool, könnte ich mich neu eindecken."
„Bloß nicht, Bert!"
„Hey, nur Spaß, Paul. Entspann dich!"
„Ich bin immer entspannt. Also, fast immer. Wäre mir trotzdem lieber, wenn wir an die Daten von dem Laden übers Netz kommen würden."
„Die sind brutal gut gesichert. Ich hab mir das näher angesehen, ein paar Tricks probiert. Keine Chance."
„Und hier drinnen sind die Daten nicht so gut gesichert?"
„Ich weiß nicht. Einbruch ist so oldschool, das haben die sicher nicht auf dem Schirm. Wir brauchen einen direkten Zugang zu Wimmers Netzwerk."
Sie leuchten sich mit den Handys den Weg bis zu einer geschlossenen Tür. Plötzlich hören sie Schritte auf der anderen Seite. Paul macht die Handylampe aus, sie drücken sich hinter ein Regal. Die Tür fliegt auf, zwei Körper stürzen herein. Kämpfen.
„Ahh, ich mach dich fertig!"
„Trau dich!"
„Und wie ich mich trau!"

„Na los, fick mich bis zum Anschlag! – Hey, was ist?"

„Die Scheiß-Hose geht nicht auf!"

„Fickmichfickmichfickmich!"

„Ja, ich komm ja schon."

„Noch nicht!"

„Jetzt!"

„Tiefer! Tiefer!!"

„Ahhhh!"

„Grnz ..."

„Bohhh"

Stille.

„Ich muss zurück. Wir sehen uns um zwei."

Er lacht.

„Wieso lachst du?"

„Also, ich seh nix."

„Hä?"

„Wir ,sehen' uns um zwei. Brauchst du Nachhilfe?"

„Haha. Lass stecken."

„Du Sau! Hättste wohl gern! Na los, zurück an die Arbeit. Die Nachtschicht ruft."

Als die Tür zufällt, meint Paul leise: „Hui, das sind ja lose Sitten hier. Naja, den ganzen Tag nur vor dem Bildschirm hängen, da brauchst du schon mal Abwechslung."

„Wie meinst du das?", fragt Bert.

„So wie ich es sage, Bert. Es gibt noch was anderes im Leben als im digitalen Nirwana rumzusandeln."

„Das erzählst du mir später mal."

Paul öffnet vorsichtig die Tür. Im Gang ist niemand zu sehen. Sie verlassen das Lager, schleichen den Gang entlang. Sie hören leise Stimmen. Der Sound kommt vom Newsroom. Bert späht hinein. Tastaturklappern. Lauter Computernerds vor großen Bildschirmen mit Grafiken, Balkendiagrammen, Newskanälen und Bildern von Überwachungskameras. Dauerfeuer aus aller Welt, aus jedem Winkel der Stadt.

146

„Du setzt dich da hin", flüstert Bert und deutet auf die Lounge-Ecke neben der Tür. Paul tut, wie ihm geheißen. Er sieht zu, wie Bert ganz cool zu den Arbeitsplätzen geht. Er sieht aus wie alle Männer hier. Mitteljung, Schlabberklamotten, etwas übergewichtig und mit Bart. Ein paar der Computerheinis blicken kurz auf, vertiefen sich aber sofort wieder in ihre Bildschirme und Tastaturen. Bert setzt sich an einen freien Arbeitsplatz. Holt seinen Laptop aus dem Rucksack, klappt ihn auf und trennt das Internetkabel von der Dockingstation für Laptops. Steckt es an seinen Rechnerport und vertieft sich in die Arbeit.

‚Bingo!', denkt Bert, als die Laufwerke auf seinem Bildschirm erscheinen. Er klickt ein paar Dateibäume auf. Für einige Laufwerke hat er keine Zugriffsrechte. Die anderen Volumes kopiert er. Holt sich *Spiegel online* auf den Bildschirm, damit man die Fenster mit den volllaufenden Statusbalken nicht sieht. Er liest einen Sportartikel, spielt mit seinem Feuerzeug herum, dann steht er auf, geht zu seinem Nachbarn zwei Tische weiter und deutet auf die Chipstüte. „Darf ich?"

„Logo, nimm dir. Bist du neu?"

„Nein, wieso?"

„Hab dich noch nie hier gesehen."

„Ich mach sonst für Wimmer Außendienst."

„Aha. Und wie ist das?"

„Außendienst? Muss man mögen. Nächtelang im Auto. Also, ich sitz lieber vor meiner Kiste."

„Ich auch."

Bert nimmt sich noch eine Handvoll Chips und geht mampfend an seinen Platz zurück. Sieht zu Paul. Der tippt sich aufs Handgelenk. Zeit, zu verschwinden.

„Hast du alles?", fragt Paul, als Bert den Laptop im Rucksack verstaut hat.

Bert nickt. „Genug. Sag ich mal. Also ich hoffe, dass was dabei ist."

Als sie wieder den Lagerraum betreten, geht plötzlich das Licht an. Vier uniformierte Schränke haben sie dort erwartet. Widerstand zwecklos. Die Überwachung funktioniert offenbar auch innerhalb des Gebäudes. Pech für die beiden. Sie müssen Handys und Laptop abgeben und werden in einem fensterlosen Konferenzraum geparkt.

Sie warten dort eine endlose Stunde lang, bis Wimmer persönlich erscheint. *Not amused*. Und wohlinformiert. Ohne dass sie ein Wort gesagt haben, nennt er sie beim Namen und konfrontiert sie mit ihrer polizeilichen Festnahme wegen ihrer politischen Aktivitäten im Hofbräuhaus. Er weiß sogar von Pauls Untersuchungshaft wegen des Tötungsdelikts in Neufahrn. Paul verkneift es sich zu erklären, dass er damals mit dem Tod von Lisa Furtlers Ehemann rein gar nichts zu tun hatte. Allein die Tatsache, dass Wimmer davon weiß, schüchtert ihn ein.

Bert stürzt sich in einen Vortrag über Datenschutz, den Wimmer aber mit einem kalten Lächeln schnell beendet. „Schluss! Ihr brecht hier ein, loggt euch in unser Netzwerk, kopiert unsere Daten und wollt mir etwas über Datenschutz erzählen? Ein Anruf bei der Polizei und ihr wandert für zwei Jahre in den Bau. Alle beide!"

„Und warum machen Sie das nicht?", fragt Bert erregt. „Warum rufen Sie nicht die Polizei? Haben Sie Angst, dass mal jemand einen näheren Blick auf die Daten wirft, die Sie hier ohne rechtliche Grundlage sammeln? Es ist höchste Zeit, dass jemand Ihnen mal auf die Finger schaut!"

Wimmer lächelt immer noch kalt. „Ich habe nichts zu verbergen. Von euch möchte ich wissen, was ihr mit meinen Daten vorhattet, für wen ihr arbeitet, wem ihr meine Daten verkaufen wolltet. Also?"

„Wir sind nicht käuflich", sagt Bert.

„Jeder ist käuflich."

„Nein!"

„Ihr wollt doch nicht ins Gefängnis, oder?"

Denkpause.

Schließlich sagt Paul: „Ich will nicht ins Gefängnis."

„Dann ruf deine Schwester an."

„Wer, ich?"

„Ja, du. Ruf deine Schwester an."

„Was hat die damit zu tun?"

„Ich will ein paar Worte mit ihr wechseln." Wimmer reicht Paul sein Handy.

Arsch offen

„Ihr habt so was von den Arsch offen", sagt Andrea, als sie schließlich vor dem Eingang von *Safety Solutions* stehen. „Paul, jetzt bin ich dem Arschloch was schuldig. Nur wegen dir, du Depp."

„Aber Bert ist doch auch …"

„Bert ist nicht mein Bruder. Und eigentlich seid ihr beide erwachsen. Sollte man meinen. Aber das ist wohl ein Irrtum! Ihr leidet unter einem Scheiß-Robin-Hood-Syndrom. Wer seid ihr? Die *Rächer der Enterbten?* Was interessieren euch Gesetze? Mann!"

„Hör mal, Andrea, der Typ ist ein Verbrecher!"

„Ist er das? Wisst ihr das? Wenn ihr keine Beweise habt, dann ist das einfach nur ein Geschäftsmann mit einer ziemlich cleveren Geschäftsidee, die sogar die Polizei gut findet."

„Naja, was die Bullen gut finden …", murmelt Bert.

„Dir geb ich gleich ‚was die Bullen gut finden'!", faucht Andrea ihn an. „Nämlich eins auf die Mütze."

„Reg dich nicht auf, Andrea", meint Paul. „Mal ehrlich – findet ihr das gut, was Wimmer macht?"

„Nein, ich finde das gar nicht gut. Aber unser Oberchef ist sehr angetan von dieser Sicherheits-App."

„Und deswegen glaubt ihr, der Typ ist sauber?"

„Ich glaub gar nichts. Ich wüsste nichts Besseres, als den Typen endlich dranzukriegen. Aber dafür brauchen wir was Handfestes, da müssen Profis ran, nicht zwei windige Hobby-Einbrecher."

„Na danke", sagt Bert.

„Bitte gerne."

„Und wie krieg ich jetzt meinen Rechner zurück?", fragt Bert tonlos.

„Ganz ehrlich, Bert – das ist dein Problem. Wenn du Glück hast, werden die nur deine Festplatte plattmachen und du kriegst das Ding dann zurück."

„Aber da sind auch meine ganzen privaten Sachen drauf!"

„Bert, das hättest du dir vorher überlegen müssen. Heul nicht rum. Ihr seid klar in der Defensive. Du hast doch sicher zu Hause eine Sicherung auf einer externen Platte, oder? Komm, Paul, wir gehen heim."

Paul schmollt auf der Heimfahrt und verschwindet zu Hause grußlos in seinem Zimmer.

Andrea sitzt erschöpft in der Küche. Raucht. Macht sie eigentlich nie in der Wohnung, nur auf dem Balkon oder mal am Fenster. Ist ihr jetzt egal. Oder? Nein. Sie öffnet das Küchenfenster und raucht nach draußen. Schaut über die Straße, auf die Fassaden der Nachbarhäuser. Die beleuchteten Fenster. Da wohnen Menschen mit ähnlich komplexen Leben. Ist das so? Bestimmt. Warum sollten es andere leichter haben als sie? Mann, immer wieder diese Aktionen von Paul! Sie versteht ihn ja, er will etwas tun, seinem Ärger über die Zustände Ausdruck verleihen, er will etwas ändern, gegen diese Datendiebe und Scharfmacher vorgehen. Sie versteht, dass er der allgemeinen Tatenlosigkeit gegenüber unseriösen Politikern, die die Ängste der Bürger ausnutzen, etwas entgegensetzen möchte. Dann denkt sie wieder: ‚Und ich häng da voll mit drin. Was geht das alles mich an? Ich bin Kriminalpolizistin, ich arbeite in der Mordkommission. Ich bin zuständig für die Aufklärung von Gewaltverbrechen, etwa für den Tod der beiden Typen, die in Neuperlach überfahren wurden.' Sie müssen die zwei vom Schrottplatz finden. Die stecken da drin. Garantiert. Die haben das Unfallauto gesteuert. Aber warum? In wessen Auftrag? Solche Typen haben kein eigenes Motiv. Die heuert man an. Die machen alles für Geld. Wimmer steht als möglicher Auftraggeber immer noch ganz oben auf der Liste. Und jetzt ist sie ihm was schuldig. Paul erscheint in der Küche. Setzt sich zu ihr. „Du rauchst in der Wohnung?"

Sie sieht erstaunt auf ihre zweite Zigarette. Hat sie gar nicht gemerkt, dass sie sich wieder an den Tisch gesetzt und sich noch eine angesteckt hat. „Ausnahme", murmelt sie und drückt die Zigarette aus.

„Andrea, tut mir leid wegen vorhin."

„Schon gut."

„Ich hab dich in eine blöde Situation gebracht."

„Passt schon."

„Hey, Andrea, ich ..."

„Paul, jetzt hör mal zu. Hin oder her, ob du mich in komische Situationen bringst – das geht gar nicht. Einbrechen, in ein Sicherheitsunternehmen? Wie blöd muss man denn sein? Und es geht nicht um mich, es geht um dich. Schau, du hast keinen festen Job, kein geregeltes Einkommen, du warst schon mal in U-Haft."

„Zu Unrecht!"

„Ja, von mir aus. Aber erst vor ein paar Tagen bist du festgenommen worden, weil du eine politische Veranstaltung gestört hast, und ich musste dich von der Wache abholen. Die nächsten Tage bekommen wir das noch schriftlich als Anzeige. Und nach dieser Aktion steigt ihr tatsächlich umgehend bei dem Wimmer ein. Habt ihr sie denn noch alle? So glimpflich geht das nicht nochmal aus. Soll das jetzt immer so weitergehen? Wenn du irgendwann mal einen echten Job anfängst und die wollen ein Führungszeugnis von dir, dann hast du ein Problem."

„Ich brauch kein Führungszeugnis, ich bin Songwriter."

„Klar, ein Songwriter, der von seinen Songs leben kann. Ohne dir zu nahe treten zu wollen: Auch du brauchst irgendwann einen ganz normalen Job, einen Brotjob."

Paul sagt nichts.

„Tschuldigung", sagt Andrea.

„Passt schon", murmelt er. „Hier." Er schiebt etwas über den Küchentisch. Andrea sieht irritiert das kleine Feuerzeug an. „Und?"

„Nichts ‚und'. Für dich. Ich geh nochmal eine Runde um den Block. Bis nachher."

Andrea nimmt das Feuerzeug. Dreht es in den Fingern. Ein Feuerzeug? Was soll das schon wieder? Sie spielt damit rum, zündet sich damit noch eine Zigarette an, merkt, dass der Boden des Feuerzeugs locker ist. Eine Kappe. Sie zieht sie ab. Paul – dieses Aas! Ein USB-Stick. Hat er den von Bert? Haben sie den rausgeschmuggelt? Ja klar, was denn sonst?

Zwei Stunden später sitzt sie mit Paul und Bert vor ihrem Laptop am Küchentisch, schaut zu, wie Berts Finger über Tastatur und Touchpad flitzen. Er grummelt die ganze Zeit in seinen Bart hinein, macht sich hin und wieder ein paar Notizen auf ein Blatt Papier. Andrea ist ungeduldig: „Jetzt erzähl schon: Was sagen die Daten?"

Bert setzt sofort dazu an, Andrea im Detail zu erklären, was Thomas Wimmer so genau macht, der smarte Chef der Sicherheitsfirma am Altstadtring: „Der hat sein Portfolio erweitert. Ursprünglich hat er ja vor allem Sicherheitsanalysen für hochstehende Personen und Politiker angeboten. Er arbeitet im Moment mit Hochdruck an einer Panik-App für ein breites Publikum, das ..." – „Das ist kein Geheimnis mehr, das hat er auf dem Kongress auch schon gesagt", unterbricht ihn Andrea.

„Soll ich's jetzt erklären oder nicht?"

„Logisch. Bitte!"

„Bei den Daten ist auch eine hübsche interne Präsentation dabei, die das Produkt ganz gut auf den Punkt bringt. Durch Selbstmordattentate und Amokläufe ist das Sicherheitsbedürfnis der Bürger stark gestiegen, auch durch die widersprüchliche Nachrichtenlage in den Sozialen Netzwerken bei solchen Ereignissen. Vorbild für Wimmers App ist passenderweise eine App von *Amnesty International* namens *Fogo Cruzado*, also ,Kreuzfeuer'. Diese App dokumentiert mithilfe von Augenzeugen Schusswechsel und Gewalttaten, vor allem in den Favelas von Rio de Janeiro, und zeigt die aktuelle lokale Sicherheitslage an. Ähnlich funktioniert auch die App *Safeture* von GWS, das ist die Abkürzung für *Global Warning System*. Die lokale Münchner App von Wimmer hat den schönen Namen *SFM – Safety for Munich* oder eben *Sicherheit für München*. Die sicherheitsrelevanten Informationen setzen sich zusammen aus Handy-Daten, Nachrichten, Internet-Traffic, vorrangigen Suchbegriffen im Netz und vor allem den Meldungen in den Sozialen Medien. Über sie werden Gewalttaten wesentlich schneller öffentlich, aber auch viel ungenauer. Die App bewertet nach einem komplexen Kriterienkatalog die tatsächliche Gefährdungslage in Prozentpunkten und ist nach zahlreichen Testläufen offenbar so überzeugend, dass sogar eine Förderung von staatlicher Seite in Millionenhöhe in Aussicht steht."

Andrea nickt. „Ja, so weit bin ich auch schon. Die Politiker wollen den Bürgern damit eine möglichst genaue Einschätzung der persönlichen Sicherheitslage zur Verfügung stellen."

„Das ist noch nicht alles. Da das System nur mithilfe der Standortfreigabe der Handys funktioniert, ist die App zugleich eine Datenkrake, die ein perfektes Bewegungsprofil des jeweiligen Nutzers liefert. Das ist den meisten Leuten allerdings ziemlich egal, da ein Großteil der Handybesitzer sowieso ihren Standort meldet, allerdings bisher vor allem an Google und Apple, die diese Daten nicht extern auswerten lassen. Der Betreiber der *SFM*-App profitiert doppelt: staatliche Fördergelder und er hat Zugriff auf alle erhobenen Daten der Teilnehmer. Damit das Ganze attraktiv ist und jedem klar wird, wie relevant die App für die User ist, braucht Wimmer natürlich auch eine gewisse Gefährdungslage. Fühlt man sich sicher, wird man sich nicht für seinen Service anmelden."

Andrea hat konzentriert zugehört. „So was wie eine *Selffulfilling Prophecy*. Eine Zukunftsprognose, die selbst für das Eintreffen des Vorausgesagten sorgt: Angst verbreiten, die Leute fühlen sich bestätigt und zahlen für den Service Geld."

„Nicht nur. Hier treffen sich unterschiedliche Interessen, die wirtschaftlichen der Sicherheitsbranche und die politischen der rechten Parteien, denen es darum geht, bei den Bürgern ein Gefühl der Verunsicherung zu erzeugen, um sich damit politischen Einfluss zu verschaffen."

Andrea nickt wieder nachdenklich. „Die wichtige Frage wäre jetzt, ob es möglich ist, gezielte Fehlinformationen zu verbreiten."

„Natürlich ist das möglich. Fakenews im Netz, vor allem in den Sozialen Netzen, sind ja schon lange ein Riesenthema. Wenn Wimmer jetzt aber die Polizei bei dem Projekt an Bord holt, sieht die Lage schon anders aus. Damit bekommt er ein Gütesiegel für sein Produkt. Thomas Wimmer kann die steigende Verunsicherung im öffentlichen Leben mehrfach nutzen, zum einen mit der Entwicklung und dem Vertrieb der App, zum anderen sammelt er Daten über das Sicherheitsbedürfnis der Kunden und schließlich baut er mit diesem Wissen sein konventionelles Produktportfolio aus: Personenschutz, Sicherheitsdienste, Selbstverteidigungskurse. Laut der Präsentation laufen die Geschäfte auch hier blendend. Genauso interessant wie die Inhalte sind in diesen Datensätzen die Strukturen, also vor allem die Vertriebsstrukturen. Wimmer hat unterschiedliche Konzepte für die jeweiligen Kunden – Privatkunden, Promis, Politiker, internationale Kunden oder das BMI."

„Das Bundesministerium des Inneren?"

„Genau. Das ist keine Zukunftsmusik, da stehen bereits Verbindlichkeiten dahinter. Das hatte ich schon vorher recherchiert. Der Wimmer hat einen hochdotierten Start-Up-Preis bekommen für sein Unternehmen. An seinem Produkt sind die staatlichen Sicherheitsbehörden sehr interessiert."

„Und was sagt uns das alles?", fragt Paul. „Ist da was dabei, das auch strafrechtlich relevant ist?"

„Nein", meint Andrea. „Außer wir kriegen raus, dass bei der Datenbeschaffung oder deren Auswertung etwas nicht mit rechten Dingen zugeht."

„Wir müssten wissen, ob Daten manipuliert, vorsätzlich falsch interpretiert werden. Wenn es Belege dafür gibt, könnte das Wimmers Millionengeschäft gefährden. Also, falls solche Belege in die falschen Hände geraten." Bert schaut fiebrig in die Runde.

„Hm, ist das etwas, wofür man andere umbringt?", fragt Andrea.

„Wie meinst du das?"

154

„Ähm, nur mal so theoretisch. Ist das eine ganz große Nummer mit diesen Daten? Wenn man da zu viel weiß und es nicht wissen sollte, könnte das gefährlich sein?"

„Keine Ahnung, aber generell ist das ein wahnsinniger Zukunftsmarkt. Und Wimmers Firma ist eine enorme Datenkrake, wie Google. Hier steht es schwarz auf weiß."

„Tja, schade nur, dass wir diese Daten hier nicht offiziell verwenden können. Wir würden ja selbst eine Straftat zugeben. Also euren Einbruch und den Datendiebstahl. Aber es ist schon mal gut zu wissen, mit wem Wimmer alles im Geschäft ist. Der dreht offenbar das ganz große Rad. Jungs, ihr behaltet das alles für euch. Ist das klar?"

„PIA könnten damit eine Riesenkampagne gegen Wimmer aufziehen!"

„Nein, Bert, das werdet ihr nicht. Überlasst das der Polizei. Ich versprech euch: Wenn wir bei dem Wimmer etwas finden, das gegen geltendes Recht verstößt, dann nehmen wir ihn so richtig auseinander."

Als Andrea schließlich ins Bett geht, überlegt sie nochmal, was das alles jetzt bedeutet. Hier geht es um so viel Geld und Einfluss und Verbindungen, dass ihr selbst Mord nicht abwegig erscheint. Vor allem, wenn die Geheimhaltung des Ganzen gefährdet scheint. Das wäre ein plausibles Motiv. Wobei sich Wimmer doch niemals selbst die Hände schmutzig machen würde. Oder? Die von den BMB vielleicht? Musste dieser Wiesinger sterben, weil er zu viel wusste über ihre politischen Pläne mit manipulierten Sicherheitsanalysen? Oder hat er die Partei mit seinem Wissen erpresst? War er ein Sicherheitsrisiko? Der U-Bahnschubser, da ist sie sich inzwischen sicher, kann nur einer Verwechslung zum Opfer gefallen sein. Der Typ hatte weder mit Wimmer noch mit den BMB etwas zu tun.

Verlass

‚Auf die Typen ist kein Verlass‘, denkt Dr. Albert Pfaffinger, als er am Morgen vergeblich auf seine beiden Fahrer und Bodyguards wartet. Er steht am Küchenfenster seines Eigenheims in Harlaching und hat trübsinnige Gedanken. Der Vorgarten hat schon bessere Tage gesehen. Aber was soll's. Ärgerlich ist vor allem die Schmiererei an der Betoneinfassung der Garageneinfahrt. Die Inschrift *Rechte Sau* kämpft sich wieder durch die Abdeckfarbe. Eine Woche lang war sie ganz verschwunden, dann zumindest als Ahnung wieder aufgetaucht und jetzt ist sie so deutlich lesbar, als würde die Schrift leuchten.

„Diese Arschlöcher!", murmelt er. „Nehmen am Ende noch Spezialfarben."

Er muss an das Zimmer seines Vaters denken, in dem sie ihn bis zum Schluss gepflegt hatten. Daran, wie sie es nach seinem Tod gestrichen haben. Vergeblich, es blieb kein Weiß, es wurde immer wieder ein zähes Grau-Ocker – das Nikotin ließ sich nicht dauerhaft übertünchen. Nichts half. Jetzt strahlt das Zimmer unten in kräftigem, fröhlichem Orange. Fand seine Frau Susanne einen guten Kompromiss für ihr Arbeitszimmer. Das jetzt verlassen und unfröhlich vor sich hinstaubt. Wie die Kinderzimmer. Vor einem Monat sind sie ausgezogen, seine Frau und die Kinder. Kommt ihm vor, als wäre das alles eine Ewigkeit her.

„Weil ich den Wahnsinn nicht mehr mitmach!" Das waren ihre Worte. Und sie meinte damit nicht mal die Schmierereien da draußen. „Ich bin Lehrerin. Ich soll den Kindern Werte vermitteln. Wie kann ich da mit jemandem zusammenleben, der Spitzenkandidat einer rechtsradikalen Partei ist?" „Die BMB sind nicht rechtsradikal!", war seine Antwort gewesen. Er hat ihre Stimme genau im Kopf, Wort für Wort: „Nenn es national, nenn es Heimatpartei, sprich von Patrioten und Vaterland – das ist mir egal. Ich weiß, was es ist, ich weiß, was in eurem Parteiprogramm drinsteht. Im Unterschied zu vielen da draußen hab ich es nämlich gelesen und es stößt mich ab. Es hat mit den Dingen, die ich den Kindern beibringen möchte, nicht das Geringste zu tun!"

Das hat ihn tief getroffen. Er konnte sie nicht überzeugen. Das ärgert ihn am meisten. Denn es geht auch ihm um Werte, es ist ihm ernst, er glaubt an seine politische Vision. Die BMB haben wichtige Ziele, gerade für Leute wie sie selbst. Wie sie? Für Mittelklasse-Familien. Das stimmt nicht. Im Moment zumindest. Sie sind keine Familie. Er hat keine Frau, keine Kinder mehr. Sogar den Hund haben sie mitgenommen zu Susannes Mutter. Nach Olching. Schlimmer geht's nicht! *Olching!* Seine Familie – alles Fassade. Die politischen Gegner würden das sofort ausnutzen, wenn sie das wüssten. Die schrecken vor nichts zurück. *Rechte Sau* steht da auf der Betoneinfassung. Verdammt, wo bleiben die Fahrer? Er wählt noch einmal Augustins Nummer. Geht keiner dran. Dann wählt er die Nummer von Franz. Ebenfalls vergebens. Er sieht auf die Uhr. Höchste Zeit. Muss er halt selber fahren. Macht er ungern. Seit ein paar Wochen, seit der Wahlkampf in der heißen Phase ist, hat er Angst bei jedem Meter, den er alleine zurücklegen muss.

Er verlässt das Haus, steigt in den großen Audi und fährt los. In Gedanken versunken. Keine schönen Gedanken. Die ganzen Hassmails an die Geschäftsstelle, an sein Büro, die Schmierereien zu Hause. Das beschäftigt ihn, beunruhigt ihn. So viel Ablehnung. Naja, nicht nur Gegenwind. Auch viel Unterstützung. Sehr viel sogar. Bei der ihm nicht immer wohl ist. Da sind viele aufgebrachte Rechte dabei, die nationalen Unfug denken und rausposaunen. Das sind leider die, die immer auffallen, die gehört und gesehen werden. Die für schlechte Presse sorgen. Viel wichtiger sind für ihn die vielen Leute mit kleinen Jobs, die sich nicht beachtet fühlen, denen das Einkommen in der teuren Großstadt gerade so zum Überleben reicht. Da ist viel Wut, eine aggressive Stimmung, die er sich redlich bemüht zu kanalisieren. Ja, er operiert in einem Minenfeld. Was aber auch nur zeigt, dass sie mit ihrer Politik einen Kern berühren, das Innere der Menschen, das die anderen Parteien schon lange nicht mehr erreichen. Da hat ihr Generalsekretär Dr. Hubert Hinz schon recht. Sie sind in einem Terrain unterwegs, wo die Existenzängste sitzen, aber auch die Hoffnungen, die Ansprüche, das eigene Leben zu gestalten, und der Wille, sich nicht alles von den etablierten Parteien und Meinungsmachern vorgeben zu lassen. Ja klar, sie sind eine Protestpartei, aber sie formulieren einen wohlbegründeten Protest, auf dem sich Programme aufbauen lassen. Sie haben keine Lösungen für alles, aber ganz konkrete Maßnahmen für spezifische Probleme. Ihre Kernbotschaft lautet: Die Mitte und die kleinen Leute müssen ihre Stimme zurückbekommen. Ihre Interessen müssen die Politiker vertreten, nicht die der Großindustrie. Das versteht jeder, der mit seinem Gehalt in der Großstadt klein gehalten wird. Und jeder Handwerker, der durch vielfältige Verordnungen gegängelt wird. *Wir sind die Mitte* – so klingt der neue Wahlspruch, der alles zusammenfasst und den kleinen Leuten sogar eine Aufstiegsperspektive bietet. Genial. Muss er Hinz lassen. Der hat ein gutes Gespür für populäre Botschaften. Oder heißt es dann gleich populistisch? Unsinn. Das sind nur Zuschreibungen von diesen pseudomoralischen Besserwissern. Hinz ist ihm ein wenig unheimlich. Predigt Wasser, verkauft Wein – als Immobilienmakler profitiert er besonders von der angespannten Wohnungssituation. Die er aus dem Effeff kennt. Was allerdings der Partei auch dabei hilft, die Bedürfnisse der Mieter genau einzuschätzen und sie auf diesem Gebiet anzusprechen. Erstaunlich, dass die politischen Gegner diese Interessenvermischung noch nicht aufgegriffen haben. Naja, inzwischen wissen die wahrscheinlich auch, dass man hierbei nicht den Bock zum Gärtner machen sollte. Für die brisante Wohnungslage und die enorme Nachfrage kann Hinz auch nichts. Aber Hinz' vielfältige Kontakte zur rechten Szene können ihnen auf längere Sicht gefährlich werden. Doch so weit wird es nicht kommen. Er wird Hinz entsorgen, sobald die Kommunalwahl gelaufen ist und sie ein ordentliches Ergebnis erzielt haben. Vielleicht braucht man die BMB dann schon für eine Koalition? Da können sie sich Rechtsausleger wie Hinz sowieso nicht leisten. Regierungsbeteiligung – das wär's! Sein Ziel. Das will nicht jeder in der Partei. Da müsste man raus aus der Fundamentalopposition. Man müsste sich beweisen. Da müsste man zeigen, dass man es ernst meint, und noch mehr: dass man es auch kann. Und er kann es. Auch seine Familie wird es sehen und reumütig zu ihm zurückkehren. Von wegen ‚rechte Sau'! Er muss heute im Internet eine Firma raussuchen, die diese Schmiererei verlässlich beseitigt. Solche Spezialisten gibt es bestimmt. Es gibt Firmen für alles. Er merkt jetzt, dass er wie auf Autopilot schon durch die halbe Stadt gefahren ist. Offenbar regelkonform. Luise-Kiesselbach-Platz. Er steht an einer roten Ampel. Misstrauisch beäugt er die Studentin mit Kinderwagen auf dem Gehweg. Dreadlocks quellen unter ihrer grünen Strickmütze hervor. ‚Wie alt ist die? Gerade mal 20. Mit Kinderwagen? Mitte 20? Könnte in dem Kinderwagen …? Quatsch. Die RAF gibt es nicht mehr. Und ich bin kein Wirtschaftsboss. – Hey, was soll das?' Hinter ihm blenden zwei Scheinwerfer auf.

„Jaja, ich hab schon gesehen, dass grün ist!", schimpft er und tritt aufs Gas. Freut sich über die Beschleunigung des hubraumstarken Wagens. Er ist es gar nicht mehr gewohnt, selbst zu fahren. Das mit den Chauffeuren war die Idee von Hinz gewesen. Gleichzeitig Bodyguards. Fand er anfangs übertrieben. Aber bei Wahlterminen braucht er die Jungs definitiv. Halten die Leute auf Distanz. Jubeln ja nicht immer alle. Letzte Woche auf einer Wahlkampfveranstaltung hat mal wieder jemand Eier geworfen. Eins hat ihn am Kopf getroffen. Tut mehr weh als man denkt. Physisch, nicht emotional. Die beiden Jungs haben ihn sofort unter das Rednerpult gezogen, sonst hätte er noch mehr abbekommen. Und dann haben sie sich den Eierwerfer geschnappt. Ihm nichts getan, nur geredet. Ganz leise. Der Typ wurde sehr blass. Haben sie ihm gedroht? Natürlich. Die beiden können einem schon Angst machen. Hinter den jovialen Fassaden brodelt es. Das sind Profis, die können grob. Komisch, warum Augustin und Franz plötzlich nicht mehr kommen? Bisher waren die doch immer zuverlässig?

Jetzt, als er die Gruppe Protestierender vor ihrer Parteizentrale sieht, wünscht er sich, die beiden wären bei ihm. *Botsch.* Ein rohes Ei zerplatzt auf der Windschutzscheibe. *Mann!* Wie kann es sein,

dass die Typen ihn auf diese Entfernung hinter den stark getönten Scheiben des Wagens erkennen? Haben die seine Autonummer? Natürlich haben die seine Autonummer, kennen sein Auto. Die Typen belauern sein Haus, beschmieren die Mauern mit ihren Beleidigungen. *Nicht stehen bleiben!* So lautet die Devise von Franz und Augustin in solchen Situationen. Er tut es auch nicht. Obwohl es ihm schwerfällt, den Wagen durch den Menschenpulk rollen zu lassen, auf die Gefahr hin, dass doch jemand einfach stehenbleibt und sich verletzt. Wäre allerdings nicht seine Schuld.
„Aus dem Weg, ihr Arschlöcher!", zischt er.
Hände trommeln auf sein Wagendach, als er in die Zufahrt zur Tiefgarage einbiegt. Er schießt die Rampe runter, um mit pfeifenden Reifen eine weitere Abfahrt bis zum untersten Parkdeck zu nehmen. Er fährt nach ganz hinten durch. Als er die Hände vom Lenkrad nimmt, zittern sie. Nervös starrt er in den Rückspiegel. Nein, bis hier runter ist ihm keiner gefolgt. Er sitzt eine lange Minute in der dunklen Tiefgarage. Grübelt. Warum trauen sie sich nicht hier runter? Denken wohl, dass hier im Bedarfsfall ein Schlägertrupp wartet, bereit, das Hausrecht auszuüben, ganz unbürokratisch einen Platzverweis auszusprechen. Mit Fäusten und Baseballschlägern. *Gewalt ist keine Lösung – aber manchmal das einzige Mittel.* Sagt Hinz. Scheißspruch. Aber vermutlich wahr. Jetzt ist es genug. Sein Atem hat sich beruhigt. Er öffnet den Gurt und steigt aus. Geht zum Lift. Sieht sich nochmal um. Nichts. Niemand. Er steigt ein und drückt die 8. Der Lift setzt sich ruckelnd in Bewegung, Richtung oberstes Stockwerk des unscheinbaren Büroturms in Laim. Gute Lage ist was anderes. Aber bald sind sie ja in den neuen Büroräumen. Theatinerstraße klingt doch schon ganz anders. Seriös, mit Klasse. Ob die Geschichte der Viscardigasse als „Drückebergergasse" gut oder schlecht für sie ist, vermag er nicht zu beurteilen. Für Sattelberger war es durchaus ein Thema, dass da in den 1930er und 40er Jahren Leute durchgegangen sind, die den Militärs an der Feldherrnhalle nicht den Hitlergruß erweisen wollten. „Volksverräter" in Sattelbergers Augen. Er hingegen

findet die Lage des neuen Büros gut. Echte Nazis würden sich doch nicht an einem solchen Ort niederlassen. Oder? Haben sie eigentlich ein Nazi-Problem? Ja, natürlich haben sie eins. Wobei er nicht meint, dass eine rechtskonservative Position mit Nazi-Gedankengut gleichzusetzen ist. Im Gegenteil. Die Nazis haben viele vernünftige Dinge zu weit getrieben und damit pervertiert, sodass man heute bestimmte Dinge nur noch denken und nicht mehr laut sagen kann. Das ist komplex, das alles. Sie müssen generell von diesem historisch aufgeladenen Image wegkommen. Sie mögen ja rechts stehen, aber es gibt eine ordentliche, zukunftsorientierte Rechte, die sich für Familien und Heimat einsetzt. Die neue Parteizentrale in der Stadtmitte wird auch ihren politischen Anspruch als Partei der Mitte unterstreichen. Jedenfalls wird sich in dieser exponierten Lage der Mob nicht mehr trauen, andauernd vor der Tür herumzulungern. Wie hier in Laim.

Wahnsinn, er ist selbst überrascht über seine Gedankenflut, als der Lift stoppt und er die Geschäftsräume der Partei betritt. Die anderen haben sich bereits im Konferenzraum versammelt. Hinz leitet die Sitzung, Sattelberger, ihr wichtigster Geldgeber, beißt gerade herzhaft in eine Leberkässemmel. Der Speditionsunternehmer ist ein glühender Verfechter des Mittelstands und mit fast 1.000 Mitarbeitern ein wichtiger Arbeitgeber in der Stadt. Pfaffinger mag ihn wegen seines Nazi-Kults nicht besonders, aber die Partei braucht sein Geld. Weiterhin sind dabei: Subersky, ihr neuer IT-Spezialist, und neben Hinz noch Frankenfelder, sein „Kreativchef" für die Abteilung „Attacke". Pfaffinger denkt an Frankenfelders erfolgreiche Werbekampagnen für ein Möbelhaus *(Lieber Sofa als Südsee)* und eine Brauerei. Letztere zeigt auf großen Plakaten einen kernigen Burschen in Tracht, der gerade eine Mass Bier runterstürzt, mit der Unterzeile: *Hammerbräu – keine halben Sachen.* Nicht schlecht. Aber Pfaffinger mag auch Frankenfelder nicht. Ein durch und durch zynischer Typ, der glaubt, dass Werbung alles kann. Doch Hinz hält große Stücke auf Frankenfelder. Naja, wenn Hinz den Hut nehmen muss, dann ereilt Frankenfelder sowieso dasselbe Schicksal. Jetzt in der Startphase brauchen sie diese Brecher-Typen, die für Öffentlichkeit sorgen, die auch mal provozieren. Aber später sind Leute mit Fingerspitzengefühl gefragt.

„Die Sitzung ist eröffnet", meldet sich Hinz. „Die Tagesordnung liegt allen vor. Irgendwelche Anträge auf Änderung der Tagesordnung. Nein? Dann ..."

Pfaffinger meldet sich: „Was ist mit den Reitbergers? Die sind heute Morgen nicht gekommen, um mich abzuholen."

„Ich habe das Dienstverhältnis mit den beiden gelöst", erklärt Hinz. „Das Niveau passt einfach nicht. Das sind Leute mit Kontakten zu Kleinkriminellen. Wenn sie nicht selber welche sind."

„Aha. Und das weißt du erst jetzt?"

„Ja. Ich habe Informationen bekommen."

„Woher? Von wem?"

„Das tut nichts zur Sache, Albert. Wir erreichen jetzt die heiße Phase des Wahlkampfs. Da können wir uns keine Schnitzer leisten. Nur Personal mit weißen Westen. Ich hab den Jungs gesagt, sie sollen eine Zeit lang vom Acker machen. Kriegst du das hin, ohne Fahrer?"

„Naja. Diese Leute da unten vorm Haus sind schon unangenehm."

„Sobald wir das neue Büro in der Innenstadt haben und du im Stadtrat bist, hat sich das erledigt. Fangen wir also an. Zur Verabschiedung steht das Positionspapier für den Mittelstand von Karl-Heinz Sattelberger. Haben es alle gelesen?"

Alle nicken.

„Gut. Änderungsanträge?"

„Ja, ich", meldet sich Sattelberger.

„Du? Von dir ist doch das Papier?"

„Nein, Änderung der Tagesordnung."

„Jetzt doch?"

„Ich hab was vergessen."

„Also?"

„Die Polizei war bei mir im Büro. Hat wegen meiner Villa in Straßlach nachgefragt."

„Wann?"
„Vor ein paar Tagen."
„Warum hast du uns das gestern nicht gesagt?"
„Hab ich vergessen."
„Na super. War das dieser Hirmer von der Kripo? Der war auch bei mir."
„Aha? Und du brauchst uns nix zu erzählen?"
„Steht auf der Tagesordnung. Unter Allgemeines. Liest eigentlich irgendwer die Tagesordnung? Also, war bei dir auch dieser Hirmer?"
„Nein, die waren zu zweit. Mann und Frau. So Mitte 30. Namen hab ich vergessen."
„Und was wollten die?"
„Die vermissen einen Kollegen. Der ist angeblich dem Albert hinterhergefahren."
„Mir?", fragt Pfaffinger. „Warum?"
„Am Samstag", präzisiert Sattelberger. „In die Villa."
„Aber warum?"
„Das haben sie nicht gesagt. Warst du am Samstag draußen?"
„Ja klar. Ich hab mit Frankenfelder die Kampagne abgestimmt."
„Und, Franko, war da ein Polizist?", fragt Hinz.
Frankenfelder schüttelt den Kopf.
„Haben Franz und Augustin was gesagt, Albert?"
„Nein. Die sind im Wald Streife gefahren. Sie haben nichts erzählt."
„Dann frag sie zur Sicherheit."
„Ich denke, die arbeiten nicht mehr für uns?"
„Frag sie trotzdem. Die Bullen dürfen unter keinen Umständen in die Villa!", zischt Sattelberger.
Pfaffinger nickt. „Ja, das wäre schlecht für die Partei. Vielleicht ein guter Anlass für dich, die Inneneinrichtung mal zu überdenken."
„Pfaffi, spar dir deine Sparwitze! Du bist der Spitzenkandidat, aber ich bin der Geldgeber. Wenn dir meine Liebe zum Deutschen Reich nicht passt, dann solltest du dir eine andere Partei suchen."

Hinz hebt beschwichtigend die Hände. „Leute, keinen Ärger bitte! Die Polizei macht keinen Stress. Dieser Hirmer war ganz okay. Der hat wegen Wiesinger gefragt. Unfall mit Fahrerflucht. Reine Routine."

„Jaja, klar, reine Routine", schnaubt Sattelberger. „Mich redest du schräg an, warum ich das mit den Bullen vergessen hab, und du hältst erst mal prinzipiell das Maul, oder wie?"

„Karl-Heinz, beruhig dich. Alles im grünen Bereich. Niemand wird deine schöne altdeutsche Villa besichtigen, ohne dass du es willst."

„Die setzen keinen Schritt auf mein Grundstück, oder Herr Anwalt?" Sattelberger schaut Pfaffinger auffordernd an.

Der antwortet müde: „Nein, ohne Durchsuchungsbeschluss geht da gar nichts."

„Schön", sagt jetzt Hinz. „Dann hoffen wir mal, dass der verschwundene Polizist wieder auftaucht, und kommen jetzt zum eigentlichen Grund unseres Treffens. Hat jemand Anmerkungen zu dem Mittelstand-Positionspapier von Karl-Heinz?"

Pfaffinger hebt den Arm. „Das mit dem Aussetzen des Mindestlohns für Nicht-EU-Arbeitskräfte können wir so nicht machen."

„Die Afros sollen froh sein, wenn ich ihnen überhaupt Jobs gebe", brummt Sattelberger.

„Es gibt EU-Standards", erwidert Pfaffinger.

„Die Typen sind aber nicht aus der EU. Und mein Logistikzentrum in Tunis ist aktive Entwicklungshilfe. Was meinst du, was die Leute da verdienen? Und da sollen ihre Brüder hier dann ein Vielfaches kriegen? Ich bin doch nicht bescheuert! Die schicken doch das ganze Geld heim. Das muss schon für die im Landesvergleich realistisch bleiben. Wenn die plötzlich ein Vielfaches verdienen, dann denken die doch, wir hätten was zu verschenken, und dann wollen alle kommen. Es kann ja nicht sein, dass ich einen geduldeten Flüchtling anstelle, ihm eine Perspektive gebe und ihm dann noch Mindestlohn bezahlen soll. Ich brauch da mehr Gestaltungsfreiheit. Für die ist ein Euro nicht ein Euro wie bei unseren Leuten.

Für die ist das eher wie zwei Euro. Also so verhältnismäßig zu ihrer Heimat. Vielleicht sogar drei- oder viermal so viel wie in ihrer Heimat. Und die ist eben woanders. Das hier ist unsere Heimat! Ich werde denen doch nicht einfach …" – „Karl-Heinz, beruhig dich! Der Albert sieht das doch genauso", sagt Hinz.

Das tut er nicht. Aber Pfaffinger beißt sich auf die Zunge, um diesen Disput nicht weiter anzufachen. Sattelberger ist in seinen Augen ebenfalls eine Gefahr für die Partei. Seine „Führervilla" sowieso. Aber ohne Sattelbergers Geld wären sie nicht da, wo sie gerade sind.

Hinz lächelt. „Wir sollten solche Passagen nicht gleich öffentlich machen. Denn das linke Pack wird sich die sofort rauspicken, um Stimmung gegen uns zu machen. Wir werden diesen kleinen Abschnitt einfach etwas offener formulieren. Falls Nachfragen zu unserem Arbeitsmarktprogramm kommen, überlegen wir uns noch die adäquate Antwort."

Sattelberger grübelt über Hinz' Vorschlag, nickt dann schwerfällig. Die weiteren Tagesordnungspunkte sind schnell abgehakt. Mit einer Ausnahme: die Kooperationsvereinbarung mit Thomas Wimmer und seinem Sicherheitsunternehmen. Kein Zweifel, sein Angebot ist interessant: konkrete Sicherheitsanalysen für die Partei und vor allem für ihre exponierten Mitglieder. Es geht aber auch um die generelle Einbindung von Wimmers Sicherheitskonzept in den sicherheitspolitischen Ansatz der Partei.

„Was ist eigentlich unsere Gegenleistung?", fragt Pfaffinger. Und bereut schon beim Aussprechen die Naivität seiner Frage, die Frankenfelder trocken und leicht abschätzig beantwortet: „Das ist klassische Lobbyarbeit. Wenn wir nach der Wahl an den entscheidenden Positionen sitzen, werden wir Wimmers Unternehmen im Rahmen unseres Wirtschaftsprogramms bevorzugt fördern. Wir haben ganz ähnliche Interessen, was das Thema Innere Sicherheit angeht."

Pfaffinger nickt müde. Klar, alles ein Kreislauf, ein Beziehungsgeflecht, eine Hand wäscht die andere. Sie sind eh schon eng mit

Wimmer verflochten. Und ja, es stimmt. Erst wenn die Leute es amtlich oder auf Basis tatsächlich erhobener Daten haben, dass die Welt, in der sie leben, eine gefährliche ist, dann sind sie von den verschärften Sicherheitsmaßnahmen, wie sie die BMB fordern, auch nachhaltig zu überzeugen. Und das Angebot ist gut: Datenanalyse statt diffuser Ängste. Klare, einfache Botschaft. Für sie politisches Kapital, für Wimmer bare Münze.
Einstimmig wird der Kooperationsvertrag angenommen. Pfaffinger ist nicht ganz wohl dabei. Er ist sich sicher, dass Wimmer ein knallharter Geschäftsmann ist und sein eigenes Süppchen kocht. Der treibt garantiert das gleiche Spiel mit anderen Parteien, Firmen, Gruppierungen und Behörden. Wobei die Kooperation mit dem Innenministerium ja geradezu der Ritterschlag ist, das Gütesiegel für die Qualität seiner Arbeit, worin sich der rechtsstaatliche Anspruch auch ihrer Politik spiegelt.
Frankenfelder grinst übers ganze Gesicht. Diese Siegesgewissheit gefällt Pfaffinger gar nicht. Der meint wohl, er wäre der eigentliche Drahtzieher hier. Den muss er im Auge behalten. Der ist nicht nur die rechte Hand von Hinz, sondern verfolgt noch weitere, private Interessen. Pekuniärer Natur, würde er jetzt mal tippen. Steht er am Ende auf Wimmers Gehaltsliste? Und macht hier Lobbyarbeit für ihn? Sobald der Wahlkampf gelaufen und er im Amt ist, muss der Typ weg. Wobei Frankenfelders Wahlspruch *München den Münchnern* in seiner plumpen Naivität tatsächlich genial ist. Kalkulierter Tabubruch. Inhaltlich genau ihr Profil, textlich dazu geeignet, auch ein weit rechts angesiedeltes Klientel anzusprechen. Und die anderen Sprüche für den Wahlkampf sind ebenfalls gut. *Weiß-Blau denken!* Rustikal und einen Hauch hinterfotzig. „Bedeutungsverschiebung ist das Geheimnis guter Werbung", hat Falkenfelder erklärt. „Weiß-Blau meint dasselbe wie Schwarz-Weiß, aber mit einem positiven lokalen Touch. Einfache Lösungen – darum geht es."
Die weiteren Redebeiträge rauschen bei Pfaffinger rechts rein und links raus und umgekehrt. Er ist nicht bei der Sache, er denkt an

seine Frau, die Kinder, sogar an den Hund. Ja, sogar den Hund vermisst er. Der blöde Köter. Wie es ihm wohl geht? In Olching? Nach der Sitzung tritt er ans Fenster und sieht auf die Straße runter. Die Protestierer stehen immer noch vor dem Haus.

„Machst du dir Sorgen?", fragt Hinz.

„Unangenehme Leute da unten. Ich mag diese Art der Auseinandersetzung nicht."

„Aber wir brauchen den Widerstand, um sichtbar zu sein."

„Auch wenn die uns Bomben auf die Kundgebungen schmeißen?"

„Was Besseres hätte uns pressetechnisch nicht passieren können. Wir sind die Opfer, nicht die Täter. Hast du die Zeitungen gelesen? Einhellige Meinung: Gewalt ist kein Mittel der politischen Auseinandersetzung. Endlich steht mal wieder linke Gewalt im Fokus der Medien. Gut so. Wie gesagt – wir sind die Opfer. Die Täter stehen da unten vor unserer Tür. Schlechte Presse für die Heinis, gute Presse für uns. Supersache!"

„Würdest du das auch sagen, wenn jemand zu Schaden gekommen wäre?", fragt Pfaffinger.

„Frankenfelder hat eine Verletzung an der Stirn", sagt Hinz.

„Ein kleiner Cut. Ich meine ernsthaft."

„Dann hätten wir jetzt einen Märtyrer."

Pfaffinger schüttelt den Kopf. „Hör auf!"

Hinz grinst. „Albert, wir haben ein Riesenglück, dass nicht mehr passiert ist. Und die Presseberichte nehmen wir mit. Weißt du, da draußen tobt ein Kampf. Wer soll das Sagen haben in einer immer komplexeren Welt? Diese Fuzzis, die nach Multikulti, persönlicher Freiheit und Selbstverwirklichung schreien, die die Homo-Ehe befürworten, den katholischen und evangelischen Religionsunterricht abschaffen wollen, die alles und jeden integrieren wollen – sogar Terroristen, die unter dem Deckmäntelchen des Asylrechts bei uns abtauchen? Oder wir, die wir uns für Recht und Ordnung, für die Heimat, das Vaterland, für den Erhalt jahrhundertealter Strukturen und Bräuche einsetzen, für die Ehe, für die Familie?"

„Das tut die CSU auch."

„Ja klar, Albert. Aber ohne den nötigen Biss. Das weißt du selber. Das ist ein Riesenunterschied. Die sind gefangen in tausend Verbindlichkeiten und internen Machtkämpfen. Wir hingegen als kleine Protestpartei können geschlossen auftreten und den Finger direkt in die Wunde legen, die Eiterbeulen anstechen. Und wir tun es, wir gehen in die direkte Auseinandersetzung mit den Verantwortlichen der aktuellen Misere. Und du hast dabei einen wichtigen Part. Also nicht an der Misere, haha! Sondern an deren Lösung. Heute Abend um 19 Uhr im Isarbräu. Wir haben über 400 Anmeldungen!"

„Über 400?"

„Ja, das ist einfach großartig! Du kommst super an: *Dr. Albert Pfaffinger – der Retter der Mittelschicht*. Wir werden eine Videoübertragung in den kleinen Saal machen, da kriegen wir nochmal 150 Leute rein. Das sind doch großartige Zahlen! Deine Rede ist fertig?"

„Ja, ich geh sie heute Nachmittag nochmal durch."

„Leg Pfeffer rein, Albert! Bierzelt, Baby! Wir treffen uns dann um 18 Uhr. Schaffst du das?"

„Ja. Wenn mich die Heinis da draußen weglassen."

„Fahr sie einfach über den Haufen!"

Anonym

Andrea kommt hochgradig genervt ins Präsidium. Sie war in der Mittagspause in der Innenstadt etwas besorgen und der Rückweg in die Arbeit war die Hölle. Sie steckt den Kopf in Josefs Büro. „Boh, Mann, in der Stadt ist kein Durchkommen. Was ist da los?" Josef sieht von seinem Rechner auf. „Bombenwarnung. Der Hinweis kam anonym. Der Stachus ist dicht. Und jeder Depp twittert irgendwas oder schreibt Unsinn auf Facebook. Die Kollegen gehen gerade mit Sprengstoffhunden durchs Stachus-Untergeschoss."

„Warum ein anonymer Hinweis? Vom Täter selbst?"

„Keine Ahnung. Der Anrufer hat ein Prepaidhandy benutzt und keinen Namen genannt. Jedenfalls hat man das ernst genommen

und gleich die Bilder der Videoüberwachung gecheckt. Und da ist im Zwischengeschoss bei den Läden tatsächlich ein auffälliger Typ mit einem Rollkoffer zu sehen."
„Das wird da nicht der einzige sein."
„Nein, aber der geht mit einem Rollkoffer ins Untergeschoss rein und kommt ohne wieder raus. Rolltreppe Bayerstraße ist er runtergekommen. Links zum Pfister, weiter zum Bayern-Fanshop, dann in den dm-Drogeriemarkt. Als er da wieder rauskommt, ist der Rollkoffer weg."
„Vielleicht hat er ihn einfach vergessen?"
„Ja genau. Und der anonyme Hinweis? Die Beschreibung hat gepasst: heller Anorak, Schirmmütze, Sonnenbrille."
„Drehen jetzt immer alle komplett durch, wenn einer bei der Polizei anruft und einfach irgendwas behauptet? Hat man den Koffer gefunden?"
„Noch nicht."
„Das kann doch nicht so schwer sein."
„Doch. Ist es. Erst musst du mal alle Leute da unten rausbringen, anschließend sind die Spürhunde und die Sprengstoffexperten dran. Wir werden sehen. Ist ja nicht unser Aufgabenbereich. Hauptsache, da unten sind keine Leute mehr unterwegs. Und generell möchte ich nicht wissen, wie es mit der Statik da unten aussieht, wenn da wirklich eine Bombe explodiert. Wahrscheinlich kracht der ganze Platz ein bis runter auf die S-Bahn-Gleise."
„Gibt's denn was Neues zu den Herren des Schrottplatzes?"
„Nein. Leider nicht. Die Typen sind nach wie vor wie vom Erdboden verschluckt."
„Gutes Stichwort. Wir sollten endlich das Seeufer von der Kiesgrube aufbuddeln."
„Meinst du wirklich?"
„Ja, Josef, das sollten wir. Hast du denn Asche wegen dem Schusswaffengebrauch auf dem Gelände informiert?"
„Ja klar."
„Und, was meint er? Informiert er die Leute vom Staatsschutz?"

„Ich denke schon."
„Irgendwelche Beschränkungen für uns?"
„Bislang nicht. Und du? Bei dir was Neues?"
Andrea räuspert sich. „Komm, wir gehen rüber, das sollen auch die anderen hören."
Im Großraumbüro beginnt Andrea zu erzählen. Was sie über Wimmers Kunden und Projekte rausbekommen hat. Sie sagt nicht, wie und mit wessen Hilfe sie an die Infos gekommen ist, berichtet aber detailliert, was sie anhand der Daten von Wimmers Laden herausgefunden hat. Das Marketingkonzept für die Sicherheits-App, Wimmers Kunden, Verbindungen und weitere Projekte.
„Vor allem die Geschäftsbeziehungen zu den BMB sind interessant", erklärt Andrea. „Ich geh mal davon aus, dass sich nicht alle Kunden wirklich dafür interessieren, wie verlässlich die Datengrundlage ist, solange es ihnen in den Kram passt."
Josef räuspert sich. „Ich will lieber nicht wissen, wie ihr an die Informationen gekommen seid."
„Wieso sagst du ‚ihr'?"
„Weil du das garantiert nicht allein rausgekriegt hast."
„Paul kennt da gar nichts, oder?", fragt Karl.
„Was soll Paul damit zu tun haben? Wenn Paul eins nicht ist, dann ein IT-Fachmann."
„Aber sein Spezl Bert von PIA kennt sich mit IT aus", sagt Karl.
Andrea sieht ihn erstaunt an. „Woher kennst du Bert?"
„Tja, was einem die Kollegen so flüstern."
„Josef, das ist nicht okay, wenn Beamte von anderen Wachen ..."
„Brems dich ein, Andrea", sagt Karl. „Wenn jemand zu genau nachfragt, was Paul und dieser Bert da treiben und wer da bei der Polizei zwei Augen zudrückt – sprich: du –, dann möchte ich nicht in deiner Haut stecken."
„Was soll denn das jetzt werden?", fragt Andrea aufgebracht.
„Willst du mir drohen, Karl? Mir ist dein Interesse für die BMB auch nicht ganz geheuer."
„Siehst du!", mischt sich jetzt Harry ein.

„Hey, also …!"

„Klappe, verdammt nochmal!", zischt Josef. „Mann, das ist ein einziger Kindergarten hier. Christine, auch noch ein Beitrag?"

„Nein, danke."

Leidensbereit

Karl ist nicht zufrieden mit den aktuellen Ermittlungsergebnissen. Mit anderem auch nicht. Mit Andreas Vorwurf zum Beispiel. Das sind politische Vorurteile, so absehbar. Er steht noch lange nicht rechts, nur weil er Verständnis für einige Positionen der BMB hat. Und die Linken wie diese PIA sind nicht automatisch die Guten. Okay, sein Spezl von der Altstadtwache war indiskret. Und er hätte nichts dazu sagen sollen. Aber er muss es doch ansprechen, wenn Andrea Informationen aus dubiosen Quellen heranzieht. Aber wenn es stimmt, was Andrea sagt? Dass dieser Sicherheitsheini und die BMB mit frisierten Daten das Sicherheitsbedürfnis der Bürger ausnutzen. Dass sie überall Gefahren wittern.

Gefahren. Was sind schon Gefahren? Es geht ja gar nicht um etwas Reelles, sondern um ein Gefühl, ein Sicherheitsgefühl. Und das schwindet immer mehr. Jetzt befasst er sich mit echten Gefahren. Er ist wegen der Sache am Stachus zu den Kollegen in die Einsatzzentrale im Präsidium gegangen. Über die Bildschirme verfolgt er mit, wie die Spezialkräfte mit den Sprengstoffhunden das Stachus-Untergeschoss durchkämmen. Zu sehen sind die Bilder aus den Überwachungskameras. Oben ist der Stachus weiträumig abgesperrt. Er war vorhin kurz am Platz. Gespenstische Stille. Kein Verkehr. Sehr ungewöhnlich. Der Stachus-Brunnen geradezu dröhnend laut. Und unten *High Noon*.

Jetzt wartet er mit den Kollegen in der Einsatzzentrale, wie es weitergeht. Sein Blick geht nervös von einem Monitor zum anderen. So leer hat er das unterirdische Einkaufszentrum noch nie gesehen.

Er sieht, wie ein Hundeführer im dm-Drogeriemarkt verschwindet. Dann ist über den Funk zu hören: „Verdächtiger Koffer im hinteren

Ladenbereich. Ein großer Rollkoffer. Der Hund schlägt nicht an. Ich warte auf Anweisungen."
„Ziehen Sie sich zurück", sagt der Einsatzleiter ins Mikrofon. „Wir schicken jemanden." Kurz darauf taucht ein Mann in einer Art Panzeranzug mit Helm auf. Abgang Hundeführer und Hund.
Totenstille in der Einsatzzentrale.
„Sehe Objekt", vermeldet der gepanzerte Mann. „Ich ..."
Ausgerechnet jetzt reißt die Verbindung ab. Karl bricht der Schweiß aus. Nicht nur ihm.
„Verdammt, was ist da los?", zischt der Einsatzleiter. „Abbruch!"
Jetzt rollt aus dem Laden eine Rolle Klopapier und zieht einen langen Papierschweif hinter sich her. Und noch eine Rolle ... Der Gepanzerte erscheint und nimmt den Helm ab.
Fehlalarm.
Wobei das so nicht stimmt. Der anonyme Anruf hatte genau das Ziel, für Panik zu sorgen. Was problemlos geklappt hat. Das Untergeschoss ist geräumt worden, S- und U-Bahnverkehr wurden eingestellt, oben der komplette Platz gesperrt. Maximale Wirkung.
Ja, ein aufregender Tag.
Aber für Karl ist die Arbeit noch nicht vorbei. Karl macht Überstunden. Auf eigene Kappe. Egal, ob er sich deswegen die schlechte Laune seiner Frau reinziehen muss. Er will sich heute noch ein genaueres Bild von Pfaffinger machen, jenseits der Wahlkampfauftritte. Was ihn interessiert – nicht nur beruflich: Sind die Politiker dieser Partei seriös? Kann man sie ernst nehmen oder spielen sie auch nur ein Spiel, um an Wähler zu kommen, die sich abgehängt fühlen?
Also wartet er jetzt vor Pfaffingers Kanzlei in der Herzogstraße. Es ist halb sechs. Karl gähnt und stellt den Autositz nach hinten. Er beißt in eine Breze, die schon bessere Stunden gesehen hat, und denkt: ‚Hoffentlich arbeitet der nicht ewig.'
Tut Pfaffinger nicht. Um viertel vor sechs rollt sein Wagen aus der Hofausfahrt.

„Tja, der feine Herr muss jetzt selber fahren", murmelt Karl. „Ob er weiß, wo seine beiden Bodyguards abgeblieben sind?" Unauffällig hängt er sich an Pfaffinger dran. Was nicht so einfach ist im dichten Feierabendverkehr.
„Nicht schon wieder", stöhnt Karl, als Pfaffinger vor dem Wirtshaus *Isarbräu* hält und er die Veranstaltungsplakate sieht. Aber klar, der Kommunalwahlkampf geht jetzt in die entscheidende Phase. Da wird jeder Abend genutzt. Wird er sich das in Gottes Namen eben nochmal geben.
‚Wie gehabt', findet er, als die Veranstaltung vorbei ist. Wie beim ersten Mal. Mit einer gewissen Steigerung. Pfaffinger war gut in Form, hat den Saal gerockt. Er hat rhetorisches Talent, zweifellos. Warum geht der nicht in eine andere, normale Partei? CSU oder FDP? Oder sogar SPD – die Partei des kleinen Mannes? Klar, da müsste er durch alle Mühlen und Gremien. So viel Leidensbereitschaft hat nicht jeder. Der Mann will schnell nach oben, das spürt man. Was ist der privat für ein Typ? Frau und zwei Kinder, hat Karl im Netz gelesen. Plus Hund. Haus in Harlaching. Nicht schlecht. Ist das noch die gesellschaftliche Mitte? Aus seiner Sicht nicht. Schon gar nicht mit der Kanzlei in Schwabing und dem großen Audi. Von wegen: *Wir sind die Mitte.*
Karl wartet draußen, bis die Veranstaltung auch für Pfaffinger vorbei ist und er wieder in seinen Wagen steigt. Er folgt ihm. Von der Brudermühlstraße nach Thalkirchen, über die Zoobrücke und den Harlachinger Berg hoch. Stadteinwärts Richtung Giesing. Am Tiroler Platz biegt Pfaffinger links ab, in eine schmale Seitenstraße. Ein Grundstück am Isarhochufer. Karl hält an und sieht in die Einfahrt. Das Haus ist zehn Meter von der Straße zurückversetzt, hat zwei Stockwerke. Kein Bau von der Stange, sondern ein schönes Architektenhaus. Neidgefühle steigen in Karl hoch. Das ist definitiv nicht die Mitte der Gesellschaft. Das ist ein gutes Stück mehr.
Im Haus brennt kein Licht. Wartet Pfaffingers Frau nicht auf ihn? Karl sieht auf die Uhr. Halb elf. Pfaffinger steigt aus dem Auto.

Das war's dann. Karl will schon losfahren, da sieht er einen Lichtreflex in den Büschen. Er steigt lautlos aus. Hört ein Knacken und Rascheln. Spurtet in die Einfahrt, reißt Pfaffinger zu Boden.
Im nächsten Moment schlagen die Geschosse ein. In der Einfahrt und an der Hauswand. Farbbeutel.
Karl springt auf, zieht die Waffe. „Halt, Polizei!"
Nichts passiert. Er rennt zum Gebüsch. Irgendwo läuft jemand davon. Zu spät.
Keuchend geht er zur Einfahrt zurück, fragt Pfaffinger: „Sind Sie okay?"
„Ja ... äh ... ich ... Was machen Sie hier?"
„Ich?"
„Beschatten Sie mich?"
„Wieso sollte ich? Wer sind Sie?"
„Wer sind Sie?!"
„Polizei. Ich komm vom Dienst. Ich war auf dem Heimweg."
„Hier, in der Seitenstraße?"
„Guter Mann, ich versuche Ihnen zu helfen ... Das nächste Mal fahr ich einfach weiter."
„Entschuldigung, es ist nur ... Darf ich Ihren Dienstausweis sehen?"
Karl hält ihm den Ausweis hin.
„Entschuldigen Sie. Dr. Albert Pfaffinger, also mein Name. Vielen Dank."
„Sind Sie Politiker?" Karl deutet zur Betoneinfassung der Einfahrt, wo *Rechte Sau* steht.
Pfaffinger nickt müde. „Aber nicht so, wie Sie jetzt vielleicht denken."
„Was denke ich?"
„Nichts. Hoffentlich. Wollen Sie noch auf ein Glas hereinkommen? Ich könnte Gesellschaft brauchen."
„Ich bin mit dem Auto unterwegs."
„Ein Mineralwasser?"
„Ja, gut. Kurz."

Vision

Als Karl zwei Stunden später vors Haus tritt, ist er um viele Informationen reicher. Albert – so muss er ihn jetzt nennen – wurde von seiner Frau verlassen. Inklusive der zwei Kinder. Und des Hunds. Er wird von Linken und Alternativen angefeindet, seine Bodyguards haben sich von einem Tag auf den anderen verabschiedet beziehungsweise wurden vom Generalsekretär der BMB zum Abschied genötigt. Die Gründe dafür kennt Albert nicht. Insgesamt sieht es hinter der glänzenden Fassade des Spitzenkandidaten alles andere als glänzend aus. Karl lässt das Gespräch nochmal im Kopf Revue passieren. Seine Fragen, Pfaffingers Antworten.

„Warum machst du das, also das mit der Politik, wenn du dafür so viel einstecken musst?", hat er Pfaffinger gefragt.

„Weil ich eine Vision habe, weil ich meine Themen voranbringen will, weil sich sonst keiner traut, den Mund aufzumachen und die Probleme beim Namen zu nennen."

„Selbst, wenn du damit in die Nähe von rechten Extremisten rückst?"

„Was ist schon rechts? Ist bürgerlich gleich rechts? Und wenn die Rechten in einigen Bereichen ähnliche Wertvorstellungen wie wir haben, dafür kann ich doch nichts oder meine Partei. Man muss versuchen, die Leute zu erreichen, ihre Wut über die da oben in etwas Kreatives zu kanalisieren, in neue politische Ansätze und Wege. Politik bedeutet Auseinandersetzung – mit Worten und Argumenten. Sonst nichts."

„Würdest du dich auch von Rechtsextremen ins Amt hieven lassen?"

„Im Zweifelsfall ja. Manchmal sind kurzzeitige strategische Bündnisse wichtig, um nennenswerte Prozentwerte zu erreichen, um politisch mitgestalten zu können."

Bei dieser Antwort hat Karl geschluckt.

Schwierig. Nein, geht gar nicht. Obwohl ihm Albert durchaus sympathisch ist. Kein unrechter Typ. Doppelte Verneinung. Trifft es aber. Sie haben Handynummern getauscht.

Karl ist irritiert. Seine Gemütslage wabert irgendwo zwischen Mitleid für den angefeindeten und bedrohten Politiker und Abscheu angesichts dessen opportunistischer Karrieregeilheit. Für die Karriere setzt Pfaffinger offenbar sogar seine Familie aufs Spiel. Die berechnende Haltung gegenüber den Rechten gefällt Karl gar nicht, aber gleichzeitig staunt er über die Offenheit, mit der Albert von diesem strategischen Bündnis spricht. Würde nicht jeder so konkret sagen. Wie soll er jetzt mit diesem Wissen umgehen? Was erzählt er den anderen? Das war alles sehr privat. Nein, das ist nicht privat. Denn er ist als Polizist losgezogen, um mehr über Pfaffinger zu erfahren. Warum hätte er ihm da was vorgaukeln sollen? Karl gähnt herzhaft, als er den Wagen vor seinem Wohnblock parkt. Er sieht das schwache Licht hinter der gelben Butzenscheibe des *Ankerstüberls* an der Straßenecke. Er blickt zu seiner Wohnung hoch. Alles dunkel. Gut so. *Jetzt ein Bier!* Ein würdiger Abschluss dieses langen Arbeitstags.

Riesenchance

Paul hat heute eisern geübt. Jeden Song in zig Varianten. Er hat eine Setlist extra für diesen Abend erarbeitet, umgeschrieben, neu geschrieben. Jetzt tun ihm die Finger vom Gitarrespielen weh. Er ist ganz aufgekratzt. Würde gerne noch mit Andrea ein Bier trinken, aber die schläft schon. Naja, es ist ja bereits kurz vor zwei. Morgen spielt er auf dem Winter-Tollwood. 18 Uhr – keine Spitzenzeit. Aber es werden schon genug Leute kommen, denn der Eintritt ist frei. Perfekter Rahmen, um Werbung für sich und seine Musik zu machen. Und um endlich ein paar neue Songs zu präsentieren. Andrea war ein bisschen skeptisch wegen dem Gig. Sie hat ihm von der Sache am Stachus erzählt. Von dem Rollkoffer, den die Polizisten schließlich in dem Drogeriemarkt gefunden haben. Leer. Fast leer – drin waren drei Packungen Klopapier. Vierlagig. Er musste lachen. Dafür der ganze Aufriss! Die Räumung, die vielen Polizisten, die Hundestaffel. Wobei es natürlich nicht lustig ist. Hat da einer einen schlechten Scherz gemacht oder geht es um

Machtdemonstration? Die Innenstadt war jedenfalls für ein paar Stunden weitgehend lahmgelegt. Und die Leute hatten sich in den Sozialen Netzwerken immer mehr hochgegast. Weshalb einige forsche Lokalpolitiker Großereignisse an den kommenden Tagen aufgrund der „unsicheren Sicherheitslage" – klasse Wortkombi, findet Paul – in Frage gestellt haben. Würde sich beim Oktoberfest keiner trauen. Das Winter-Tollwood ist jedenfalls auch eine Großveranstaltung. Und sogar Andrea hat Zweifel geäußert, ob es so klug ist, bei dieser Stimmungslage auf dem Tollwood ein Konzert zu geben. Was für ein Quatsch! Soll man sich jetzt wegen einem Rollkoffer voll Klopapier zu Hause einsperren?
Paul überlegt. Diese Sicherheits-App – wenn sie wirklich funktioniert – wäre bei einer diffusen Sicherheitslage durchaus eine gute Sache. Mal so theoretisch. Man checkt, ob alles im grünen Bereich ist, und macht sich dann keinen Kopf. Oder man sieht, dass es eine Gefährdungslage gibt, und bleibt lieber zu Hause. Wobei – uncool, denn am Ende steht der Künstler vor leeren Reihen und es gibt gar keine Gefahr. Die eigentliche Frage zur Tauglichkeit dieser App ist doch ihre Verlässlichkeit: Auf welcher Grundlage werden welche Daten erhoben und wie werden sie ausgewertet? Paul hat Zweifel, dass die App hält, was sie verspricht. Was weniger mit den technischen Möglichkeiten zu tun hat, als viel mehr mit Wimmer als Person. Der interessiert sich doch einen Kehricht für die Sicherheit der Bürger, der hat vor allem ein kommerzielles Interesse an seiner Entwicklung. Die er im Zweifelsfall auch in den Dienst einer zweifelhaften Partei wie den BMB stellt. Das war ja auch der Antrieb für ihn, mit Bert bei Wimmer einzusteigen und sich die Daten zu besorgen.
Paul ist sich nicht mehr sicher, ob ihn das alles wirklich was angeht, ob er sich da nicht in irgendwelche Sachen reingesteigert hat. Bert und die Leute von PIA haben ihn ganz schön vereinnahmt. Er denkt an die Festnahme im Hofbräuhaus und an die unangenehme Situation in Wimmers Laden. Das war uncool oder ganz einfach strafrechtlich gesagt: Einbruch und Datendiebstahl. Man darf die

Gangster nicht mit ihren eigenen Methoden bekämpfen, man darf sich nicht mit ihnen gleichmachen. Oder?

Jedenfalls hat er sich in letzter Zeit mit zu vielen Dingen beschäftigt, die ihn von seiner eigentlichen Bestimmung abhalten. Und die ist es, Songs zu schreiben, Gitarre zu üben und Konzerte zu geben. Wie soll er es jemals schaffen, von seiner Musik zu leben, wenn er sich nicht voll und ganz darauf konzentriert? Er streicht über die Stahlseiten seiner Gitarre und lauscht den feinen Klängen nach. Morgen wird er auf dem Tollwood auftreten und sein Bestes geben. Das ist eine Riesenchance!

Großer Haufen

In der Teamsitzung sorgt Karls Bericht von seiner neuen Bekanntschaft mit Dr. Albert Pfaffinger für eine lebhafte Diskussion.

„Wie kannst du dich mit dem Typen einlassen, mit dem rechten Heini?", regt sich Harry auf und sieht Andrea und Christine an. Die sind zumindest irritiert.

Erstaunlicherweise geht Karl nicht an die Decke, sondern hört sich die Wortmeldungen der Kollegen stirnrunzelnd an. Er hat auch nicht alles erzählt. Das mit der Farbbeutelattacke schon und mit der Einladung in Pfaffingers Haus, aber nicht, dass es danach noch geschlagene zwei Stunden waren, die er mit Pfaffinger im Wohnzimmer zusammengesessen ist. Und dass sie jetzt per Du sind. Eine Information, die zumindest bei Harry für Herzflattern sorgen dürfte.

„Ich kann euch nicht vorschreiben, wie ihr euren Feierabend verbringt, aber wir sind hier nicht beim Personenschutz", schließt Josef die Diskussionsrunde. „Und jetzt fahren wir nach Aschheim. Ich hab gestern Abend noch das Bergungskommando angefordert. Die graben seit heute Morgen den Hangrutsch am Ufer aus."

„Na endlich!", sagt Christine und zieht sich die Jacke an.

Eine knappe Stunde später stehen Josefs Leute am Ufer des Baggersees und betrachten den großen Haufen Geröll und Schutt und Schlamm, den der Bagger bislang angehäuft hat. Der schwere

Dieselmotor schweigt gerade und die Männer vom Bergungsteam graben mit Spaten vorsichtig weiter, nachdem sie schon eine Wollmütze und einen Stiefel aus dem Schlamm gezogen haben. Und Tatsache – kurz darauf bergen sie einen verschütteten Körper aus dem Dreck. Also doch. Nummer eins wäre schon mal gefunden. Sie haben Fotos von den zwei vermissten Reitbergers dabei. Sie treten näher und warten, bis Dr. Sommers Assistent das Gesicht des Verschütteten einigermaßen vom Schlamm gereinigt hat. Doch beim ersten genaueren Blick ist bereits klar: Das ist keiner der Zwillinge.

„Irgendeine Idee?", fragt Josef die Kollegen.

„Naja, mit dem dunklen Military-Dress – wenn wir jetzt noch eine Waffe finden, die zu den Projektilen im Kellerfenster und im toten Hund passt, dann ist das vermutlich der Schütze", meint Christine. Josef nickt stirnrunzelnd. „Was ist jetzt eigentlich mit dem Auto, das da oben stand? Du hast die Nummer geprüft? Gibt's Näheres zum Fahrzeughalter – wie hieß er noch?"

„Werner Stadler. Wohnhaft in Altperlach. Keine Hinweise, keine Einträge in unserer Datenbank. Möglich, dass er der Schütze ist. Der kann hier aber auch irgendwas gemacht haben. Spazierengehen mit dem Hund."

„Hast du das mittlerweile nachgeprüft?"

„Äh, nachgeprüft?"

„Hast du ihn angerufen, ihn persönlich gefragt?"

„Äh, nein."

„Oh Mann, Christine! Bisschen mehr Konzentration auf die Sache!"

„Hey, hör mal. Das war erst vorgestern. Du hast den Bergungstrupp auch erst jetzt losgeschickt."

Josef nickt genervt. „Ja, ich hätte das gleich veranlassen sollen. Und du hättest bei der Adresse von dem Typen vorbeischauen sollen. Überprüf das bitte noch! Gleich. Und nimm Andrea mit. Und schaut bitte vorher nach, ob das Auto noch da oben steht."

Wie Mafia

Der Golf ist nicht mehr auf dem Feldweg beim Kieswerk geparkt, wie Andrea und Christine feststellen. Sie fahren zur Adresse von Werner Stadler.

„Josef hat ja recht", sagt Christine. „Ich hätte mich gleich kümmern müssen."

„Du hast doch den Namen recherchiert."

„Ich hätte den Typen persönlich checken müssen, nicht nur am Computer."

„Wo ist das Auto dann hin?"

„Wenn es dem Typen im See gehört hätte, dann würde es noch dastehen. So hab ich mir das zumindest gedacht. Aber vielleicht haben irgendwelche Hintermänner das Auto weggeschafft. Tja, hinterher ist man immer schlauer."

„Naja, es wurde noch keine Waffe im Baggersee gefunden. Vielleicht ist die Leiche ein Obdachloser, der da im Uferbereich sein Lager hatte. Und wegen der Regenfälle in den letzten Tagen ist der Hang ins Rutschen gekommen. Da hat's doch zwei Nächte wie aus Kübeln gegossen."

„Netter Versuch, Andrea. Ein Obdachloser, jetzt im Herbst in dem Feuchtgebiet. Und dann auch noch im Tarnanzug. Ich könnt mich so was von ärgern, dass ich den Autohalter nicht wirklich gecheckt hab. Naja, offenbar hätten wir ihn ja eh nicht mehr antreffen können. Aber wir hätten ein besseres Timing als jetzt. Wenn irgendwelche Typen aus der zweiten Reihe das Auto entsorgt haben, dann ist seine Wohnung bestimmt auch schon auf Vordermann gebracht worden."

„Wie bei dem Wiesinger in der Quiddestraße?"

„Wer weiß. Ja, vielleicht."

Sie haben Altperlach erreicht und halten vor einem heruntergekommenen, allein stehenden Haus mit verwildertem Grundstück. Gerade als sie aussteigen wollen, klingelt Andreas Handy. Sie hört aufmerksam zu, winkt Christine, bei ihr zu bleiben.

„Okay, bis später", verabschiedet sie sich am Telefon.

„Was ist los?", fragt Christine.

„Wir sind den Fall los. Der Staatsschutz übernimmt. Bei der Leiche handelt es sich offenbar wirklich um Werner Stadler. Im Schlamm ist auch ein Präzisionsgewehr aufgetaucht. Der Staatschutz hatte den Typen angeblich schon lange auf dem Schirm."

„Scheiße, ich hab's verbockt", flucht Christine. „Wenn ich den gleich gecheckt hätte, hätten wir einen Vorsprung vor denen gehabt."

„Nicht wirklich. Wir hätten nichts gegen diesen Stadler in der Hand gehabt. Er wäre halt nicht zu Hause gewesen. Keine Leiche, kein Verdacht. Ein in der Pampa abgestelltes Auto reicht da nicht."

„Aber wir hätten uns Stadlers Bude schon mal näher angeschaut. Hätten einen Eindruck gewonnen, was das für ein Typ ist. Dafür ist es jetzt vermutlich zu spät. Was sagen die großen Brüder denn? Was hat er angestellt, der Herr Stadler, unsere Seeleiche?"

„Viel hat Josef nicht gesagt. Stadler steht im Verdacht, in Bandenkriminalität involviert zu sein. Eventuell Auftragskiller. Wäre schon ewig bei denen im Visier. Bislang aber nichts Handfestes. Jedenfalls ist die Sache laut Josef eine Nummer zu groß für uns", sagt Andrea. „Was für ein Scheiß! Wir haben keinen Eintrag bei uns und die haben den im Visiser? Wie kann das sein? Und überhaupt: Auftragskiller! Das klingt ja wie Mafia. Wohnt in Altperlach in einem Häuschen. Und ballert in einem Kieswerk auf zwei so Wichtel?"

„Wichtel?" Christine schüttelt den Kopf. „Die haben vermutlich zwei Leute totgefahren!"

„Trotzdem. Ich glaub kein Wort von der ganzen Geschichte. Warum hängt da schon wieder der Staatsschutz drin? Was wollen die unter dem Deckel halten, wenn sie uns nicht ermitteln lassen?"

„Das darfst du mich nicht fragen, Andrea. Ich schau jetzt jedenfalls mal in das Haus."

Christine steigt aus, schlängelt sich durch ein paar abgestellte Autos auf den Hauseingang zu und sieht auf den Briefkasten. Späht hinein. Nichts drin. Sie wirft einen Blick in die Garage. Eine voll ausgestattete Werkstatt. Auf der Hebebühne ein Amischlitten.

Christine überlegt gerade, wie sie in das Haus einsteigen soll, als Andrea hupt. Ein schwarzer BMW rollt heran. Abmarsch. Auf Smalltalk mit den harten Jungs hat Christine keine Lust. Sie duckt sich hinter die geparkten Autos und schleicht zu Andrea. „Haben die mich gesehen?"

„Ich vermute mal, die sehen alles. Warum sollten sie sonst ausgerechnet jetzt hier aufkreuzen."

Jetzt steigen zwei Männer aus dem BMW aus. Gehen direkt auf das Haus zu, ohne zu ihrem Wagen zu schauen. Klingeln. Probieren die Eingangstür. Verschlossen. Gehen ums Haus. Andrea lässt den Wagen an.

Die Fahrt ins Präsidium verläuft schweigsam. Beide versuchen – jede für sich –, die Puzzleteile irgendwie zusammenzubringen. Was ihnen nicht gelingt. Andrea ist froh, dass sie abends was vorhat. Diese ganze wirre Geschichte nervt sie zusehends. Sie hat es gerne klar und einfach und das hier ist das ziemlich genaue Gegenteil davon.

Der restliche Arbeitstag nach dem Fund im Baggersee ist Frust pur. Erst der abgeblasene Besuch im Haus von Werner Stadler, dann muss Josef schon wieder Kreide fressen. Hinter geschlossener Bürotür wird er Asche gegenüber laut: „Was soll das? Wir finden eine Leiche, weil wir in die richtige Richtung ermitteln, und dann kommen die Leute vom Staatsschutz und nehmen uns schon wieder den Fall weg. Die hätten den Typen doch nie gefunden! Soll das jetzt immer so weitergehen? Bei jedem neuen Ermittlungsstand? Wir machen die Drecksarbeit und die sammeln die Ergebnisse ein. Danke aber auch!"

Asches Antwort ist nicht zu verstehen, aber Andrea kann sich vorstellen, was er zum Besten gibt: Dass natürlich hervorragende Ermittlungsarbeit geleistet werde und dass jetzt die Rädchen des großen Ganzen ineinandergreifen und die Kollegen übernehmen, die für so was speziell ausgebildet sind, blablabla …

Asche kann nicht mal was dafür, denkt sie jetzt. Er ist ebenfalls weisungsgebunden. Ja, es stimmt schon: Nichts ist schlimmer, als wenn Abteilungen gegeneinander arbeiten. Und wenn die anderen tiefer in der Materie stecken, sollen die sich halt kümmern. So Andreas Gedankengang. „Quatsch! Das ist doch alles für den Arsch!", murmelt sie, als sie das Präsidium verlässt und auf die abendliche Straße raustritt.

Patschuli

Es ist kurz vor sechs Uhr, als Andrea an der Theresienwiese ankommt. Sie ist eigentlich kein großer Fan vom Tollwood. Die Beduinenzeltglückseligkeit, die nach Räucherkerzen, Zimt und Patschuli duftet, ist für sie in erster Linie ein kitschiges Illusionstheater, das den Besuchern eine heile Ökowelt vorgaukelt. Aber die Leute lieben es. Scharenweise strömen sie jetzt aus der U-Bahn auf die Festwiese. Nicht wenige in Anzug und Kostüm. Afterwork-Glühwein für gestresste Bürokraten. ‚Ich darf nicht so streng sein', sagt sie sich. ‚Das sind alles potenzielle Gäste für Pauls Konzert.' Andrea lässt die Taschenkontrolle am Einlass über sich ergehen, hat die Dienstwaffe vorsorglich in der Arbeit gelassen. Sie steuert das Musikzelt an. Als sie das Zelt betritt, hat Paul bereits begonnen. Der Raum vor der Bühne ist gesteckt voll. Hoffentlich nicht nur, weil es draußen so kalt ist. Wäre auch egal – Paul wird das Publikum bezaubern. Da ist sie sich sicher. Ein Tauber hört, was für ein großartiger Sänger er ist. Sie geht an die Bar und holt sich ein Bier, stellt sich an den Bühnenrand, wo kein Scheinwerfer hinleuchtet. Sie will nicht, dass Paul sie sieht.

‚Wahnsinn!', denkt sie sich nach ein paar Liedern. ‚Er wird jedes Mal besser. In dieser Kulisse macht selbst das Pseudo-Innerliche, die Grübelpose, die Gefühlsduselei von Pauls Texten Sinn. Komisch. Ist das nur die ganze Vorweihnachtsstimmung hier?' Egal, Andrea ist ganz verliebt in ihren Bruder. Nicht nur sie. Sie sieht ins Publikum. Die Leute sind ganz bei ihm. Naja, ein paar von ihnen starren auf die Displays ihrer Handys. Ist ja immer so. Oder? Irgendwas ist komisch. Sie weiß nicht, was. Blicke werden getauscht, Handy-Displays präsentiert, es verbreitet sich wie ein Lauffeuer, ein Sog Richtung Ausgang entsteht. Die Leute drängen nach draußen. Jetzt hört Paul auf zu spielen und wird von einem Roadie nach hinten geführt.

Ein Bühnentechniker tritt ans Mikrofon: „Liebes Publikum, bitte begeben Sie sich zum Ausgang, wir haben eine Sicherheitswarnung. Keine Panik! Verlassen Sie ruhig das Zelt und das Gelände. Für heute müssen wir das Festivalgelände schließen. Die abgesagten Konzerte und Theatervorstellungen von heute Abend werden zum nächstmöglichen Termin nachgeholt. Wir würden uns freuen, Sie wieder hier begrüßen zu dürfen, wenn sich die Lage beruhigt hat. Kommen Sie gut nach Hause."

Andrea geht zu dem Mann. „Was ist hier los?"

„Bitte verlassen Sie das Zelt!"

Sie präsentiert ihren Polizeiausweis.

Er zeigt ihr sein Handy. Auf seiner Facebook-Seite sieht sie ein rotes Warnsymbol mit einem weißen ‚T'. „Terrorwarnung", erklärt er. „Die Festivalleitung hat uns auch bereits informiert."

Andrea beobachtet den steten Besucherstrom in Richtung Ausgang, stemmt sich noch dagegen. Sie sieht Panik in den Augen der Leute. Ein Drängeln und Schubsen. Andrea will eigentlich zu Paul hinter die Bühne, aber sie kann sich dem Sog zum Zeltausgang hin nicht entziehen. Draußen brummt es wie in einem Bienenstock. Ordner in gelben Warnwesten dirigieren den Menschenstrom zu den Notausgängen des Festivalgeländes. Andrea deaktiviert den Flugmodus ihres Handys und sieht aufs Display. Sie tippt auf das blaue Symbol der Facebook-App und liest die Nachricht: *Terrorwarnung für Tollwood. Bitte verlassen Sie umgehend das Gelände!* Mehr nicht. Gepostet auf der *I love Munich*-Seite und vielfach geteilt. Na super. Wer hat das veranlasst? Die Polizei? Andrea dreht bei und geht zum Hintereingang des Zelts, wo sie Paul gerade noch erwischt.

„Hey, Andrea! Was machst du hier? Wir müssen hier weg. Die haben eine Terrorwarnung."

„Ja, per Facebook. Ganz toll. Wo kommt die her?"

„Mensch, so schade, du hättest dabei sein sollen bei meinem Konzert."
„Ich war im Zelt."
„Echt? Und wie fandest du's?"
„Bisschen kurz."
„Ja, scheiße. Irgendwas ist immer. Aber der Veranstalter hat gesagt, ich darf wiederkommen. Hey, der Ausgang ist da?"
„Geh schon vor, wir treffen uns zu Hause. Ich hab noch was zu erledigen."
Andrea steuert die Wiesnwache an, wo hinter den Fenstern weißes Neonlicht brennt. Die haben doch bloß zur Oktoberfestzeit offen – oder? Offenbar nicht. Vielleicht können die Kollegen ihr etwas mehr zu dieser Terrorwarnung sagen.

Sparflamme

Paul liegt im Schaumwasser der Badewanne, als Andrea zu Hause eintrifft. Er zuckt zusammen, als sie die Wohnungstür hinter sich zuschmeißt. Hey? Wenn jemand Grund hat, schlecht drauf zu sein, dann ja wohl er. Schließlich wurde sein Konzert abgebrochen. Er hat den weiteren Abend die Nachrichten auf *B5 aktuell* verfolgt. Bislang aber keine Erhärtung des Terrorverdachts. Zum Glück. Auch keine konkreten Hinweise auf die Herkunft der Terrorwarnung. Geschwafel von wegen: verlässliche Quellen … Und viel Lob von Seiten der Polizei und des Innenministeriums für die schnelle und reibungslose Räumung des Festgeländes. Tja, schade. Aber da kann man nichts machen. Hauptsache, die Veranstalter laden ihn wieder ein. Denkt er und lässt noch etwas heißes Wasser in die Wanne laufen.
Andrea kommt ins Bad und lässt sich auf den Klodeckel plumpsen.
„Tu dir keinen Zwang an, Schwesterherz. Aber hinterher spülen."
„Das ist eine verdammte Scheiße!"
„Was genau meinst du?"
„Das Ganze ist garantiert eine Nullnummer. Von wegen Terror!"
„Hast du mit deinen Kollegen gesprochen?"

„Woher denn! Die haben mich nicht mal in die Wache reingelassen. Waren ganz wichtig. Voll die Terrorexperten. Aber so einfach lass ich mich nicht abwimmeln! Ich hab draußen gewartet und irgendwann kamen sie raus. Der Polizeipräsident und Thomas Wimmer. Ein echtes Dreamteam. Bestens gelaunt. Mit Shakehands und allem. Weißt du, was ich dir sag? Das war ein Probealarm. Ein Test unter realen Bedingungen. Die wollten sehen, wie die Leute reagieren. Ob das so klappt mit den Sozialen Medien. Wenn das die Veranstalter vom Tollwood wüssten! Naja, vielleicht wussten die das auch und haben das Programm nur auf Sparflamme laufen lassen."

„Na danke."

„Dich mein ich doch nicht damit."

„Alles easy, Schwesterherz. Da bin ich ganz tiefenentspannt."

„Hast du was geraucht oder warum bist du so gechillt? Ärgerst du dich nicht?"

„Doch, ein bisschen."

„Und das mit dem falschen Alarm? Und dass der blöde Wimmer vor Ort war? Du bist doch sonst nicht so der große Fan von Thomas Wimmer."

„Ach, Andrea, ich hab noch mal nachgedacht. Ich hab das Gefühl, dass mich die PIA-Leute ein bisschen stark vereinnahmt haben. Vielleicht ist es dem Wimmer ja wirklich ernst mit seinem Produkt."

„Das war dein Konzert, das abgebrochen wurde, ey?"

„Es wird weitere Konzerte geben. Der Veranstalter hat gesagt, sie laden mich bald wieder ein. Sehr bald."

„Aha. Mit Gage?"

„Welche Gage?"

„Ja, blöde Frage. Paul, fang einfach mal das Nachdenken an. Das wäre hilfreich."

Sie steht auf und drückt die Spülung.

Paul sieht sie erstaunt an, dann geht sein Blick zu dem geschlossenen Klodeckel. Er muss lachen. Andrea ebenfalls.

Lie down on the couch!
What does that mean?
You're a nut!
You're crazy in the coconut!

(THE AVALANCHES)

Ungebremst

Die Brüder Reitberger sind wieder aufgetaucht. Nicht aus den Untiefen irgendwelcher Kiesgruben, sondern in der oberbayerischen Fauna ein paar Meter jenseits der B12. Erstaunlich leicht verletzt nach einem Horrorcrash. Hinter Hohenlinden sind sie spätnachts ungebremst aus einer scharfen Linkskurve in ein Waldstück geflogen. Das Auto hat ein paar Bäume touchiert und sich mehrfach überschlagen. Jetzt liegen die beiden auf der Intensivstation des Klinikums Rechts der Isar. Die Ärzte sind erstaunt, dass die beiden überhaupt lebend aus dem völlig zerknautschten Wrack geborgen werden konnten. Wobei ihr Geisteszustand durchaus zur Sorge Anlass gibt.

„Grüß Gott, ihr edlen Gesellen", hatte einer der beiden die Helfer begrüßt, als diese die Autotüren aufgestemmt hatten.

Der andere hatte gesagt: „Schau an, schau an, die Sieben Schlümpfe."

„Zwerge. Zwerge! Schneewittchen!"

„Und die Sieben Schlümpfe."

„Zwerge, du Depp."

„Also, wer hier der Depp ist? Samma denn im Wald, oder was?"

„Nein, im Zwergenland, du Zipfelklatscher."

„Applaus, Applaus."

So ungefähr liefen die Dialoge auch im Krankenhaus weiter, sodass sich die Ärzte, Schwestern und Pfleger oft das Lachen verkneifen mussten. Das berichtet der diensthabende Arzt gerade Josef, als der sich in der Klinik nach dem Befinden der Autoinsassen erkundigt.

„Kann ich sie befragen?", fragt Josef.

„Nein, noch nicht. Offenbar haben die Köpfe der beiden was abgekriegt. Sie reden ziemlich wirres Zeug. Lassen Sie die beiden ein paar Tage in Ruhe. Es ist ein Wunder, dass sie am Leben sind. Weitgehend unverletzt, also physisch. Das Schleudertrauma ist natürlich massiv. Das Auto sah angeblich aus wie zusammengeknülltes Papier."

„Ich hab die Fotos gesehen", sagt Josef.

„Wie ist das passiert?"

„Das untersucht die örtliche Polizei noch. Haben die Herren etwas dazu gesagt?"
„Nein. Man bekommt keinen geraden Satz aus den beiden heraus."
„Meinen Sie, das wird wieder?"
„Kann ich nicht sicher sagen. Noch nicht."
„Bitte rufen Sie mich an, sobald ich mit ihnen sprechen kann."
Josef reicht dem Arzt seine Visitenkarte und macht sich auf den Weg ins Präsidium. Und grübelt dabei: ‚Sicher ist es nur eine Frage der Zeit, bis wieder die großen Brüder vom Staatsschutz auftauchen und die Ermittlungen an sich ziehen. Bei der Leiche in der Kiesgrube der Reitbergers waren sie ja auch sogleich zur Stelle. Insofern haben sie bestimmt auch Fragen an die beiden Grundstückseigentümer. Oh Mann, diese Geschichte hat viele Facetten.' Heute Morgen hat ihm Andrea aus erster Hand von den Ereignissen gestern am Tollwood erzählt. Dass Wimmer und der Polizeipräsident bei dem Probealarm offenbar unter einer Decke stecken. Sofern es wirklich ein Probealarm war. Aber wieso sollte Wimmer sonst sofort vor Ort sein? Zusammen mit ihrem Präsidenten? Alles hängt mit allem zusammen. Wimmer macht Geschäfte mit dem Innenministerium und mit den BMB, die BMB beschäftigen die Brüder Reitberger und jetzt liegen diese Typen nach einem ungeklärten Unfall dank 1.000 Schutzengeln nur unwesentlich verletzt im Krankenhaus. Wie passt das alles zusammen? Der Erwartungsdruck an die Mordkommission ist allerdings nicht wirklich hoch. ‚Aschenbrenner wäre es sowieso am liebsten, wir würden die Ermittlungen komplett den Leuten vom Staatsschutz überlassen.' Josef braucht irgendeine Meinung von außen. Vielleicht sollte er das heute Abend alles mal Yvonne erzählen? Ja, das wäre gut. Auch stimmungsmäßig. In letzter Zeit war er nicht allzu aufmerksam, wenn sie abends noch in der Küche oder im Wohnzimmer zusammensaßen. Ja, er ist zu Hause oft abgelenkt, angespannt. Das tut ihm leid. Ist aber kein Wunder, denn in seinem Kopf geht es momentan zu wie auf der Auer Dult an einem sonnigen Wochenende, ein einziges Gedränge und Geschubse. Die Gedanken fahren

im Kreis wie auf einem Kettenkarussell. Die Arbeit frisst ihn auf. ‚Zum Glück hat Yvonne einen Job, der sie ausfüllt. Sonst hätten wir garantiert ein Beziehungsproblem. Wie komm ich auf diese Themen? Weiß ich auch nicht. Wird langsam Zeit, dass die Weihnachtsfeiertage kommen. Mal den ganzen Wahnsinn sich selbst überlassen. Wäre schön, wenn die Mörder dann auch mal Pause machen. Tun sie natürlich nicht. Gerade die Zeit der Liebe und Familie ist eine Zeit aufwallender Emotionen. Hochsaison für Auseinandersetzungen. Aber das sind dann eher Verbrechen nach klassischen Motiven oder Affekttaten. Damit können wir Polizisten ganz gut umgehen. Die politische Dimension des aktuellen Falls – soweit das alles zum selben Fall gehört – ist neu. Gefällt mir gar nicht!'

Spontan steigt Josef am Max-Weber-Platz in die U4 Richtung Arabellapark. Abstecher zu Tom. Den vermissen sie sehr. Nicht, dass seine Vertretung schlecht wäre, im Gegenteil, aber Michael Fellmann ist so überkorrekt, dass er sich kaum traut, ihn mit seinen unausgegorenen Theorien zu belästigen. Etwa, ob das Auto der Reitbergers vor dem Unfall manipuliert wurde. Er hat ihn trotzdem darauf angesprochen. „Will ich gar nicht wissen", hatte ihn der vierschrötige Kriminaltechniker bei ihrem ersten gemeinsamen Einsatz angepulvert. „Für mich zählen nur Fakten. Drängen Sie mich nicht vorab in irgendeine Richtung."

„Nein, nein, woher denn", murmelt Josef jetzt.

Das Telefon klingelt. *Magic* – es ist Michael Fellmann, Toms Ersatzmann.

„Josef, ich hab was für Sie."

„Aha?"

„Der Unfall auf der B12. Die Unfallursache. Ich hab das Auto, also das Autowrack, überprüft. Das Differenzial hat nicht funktioniert. Bei normalem Tempo merkt man das kaum. Aber je schneller Sie unterwegs sind und je schärfer die Kurven sind, desto eher fliegen Sie aus der Bahn, weil die Reifen auf der Innenseite durchdrehen."

„Ein Defekt?"

„Nein, kommt eigentlich nie vor. Bei manchen Autos kann man das abschalten, aber nur bei Sport- oder Geländewagen. Die Kiste von den Reitbergers ist ein alter Amischlitten, ein Ford Mustang. Da hat jemand dran rumgefummelt. Dazu braucht man ein bisschen Fachwissen."

„Wie sind Sie auf die Idee mit dem Differenzial gekommen?"

„Die Reifenspuren auf der Straße waren komisch, der Wagen hat sich sehr schnell quergestellt. An den Bremsen lag es nicht. Die sind einwandfrei. Warum der Fahrer nicht gebremst hat, ist wieder ein anderes Thema. Vielleicht hat er gemerkt, dass etwas nicht passt und befürchtet, dass die Reifen blockieren. Dachte, er kriegt die Kurve noch. Die Typen sind Berufskraftfahrer, oder?"

„Könnte man sagen. Aber es gibt doch ein ABS?"

„Bei einem alten Mustang nicht. Und selbst wenn – ein ABS bringt in so einer Situation nichts, wenn der Wagen bereits quer steht und die Reifen keinen Gripp mehr haben. Jedenfalls hat das funktionsuntüchtige Differenzial dafür gesorgt, dass die einen Unfall gebaut haben. Hilft Ihnen das, Josef?"

„Ja, sehr, vielen Dank. Dann wäre es ja Vorsatz. Wissen das auch schon unsere großen Freunde?"

„Jetzt gleich wissen sie es. Ich dachte, ich sag es zuerst Ihnen, bevor ich einen Maulkorb bekomme." Fellmann lacht. Josef auch.

Verwundert starrt Josef nach dem Telefonat auf sein Handy. ‚Tja, man sollte keine Vorurteile haben. Guter Mann.'

Wenig später betritt er das Krankenhaus Bogenhausen. Er fühlt sich sofort malad. Die strengen Gerüche, die muffige Luft. Er atmet flach und nimmt das Treppenhaus. Das letzte Mal hatte er den Lift mit ein paar Patienten geteilt und wurde Zeuge eines exzessiven Hustenanfalls. Beängstigend! Und gefährlich auf so engem Raum. Tom freut sich über den Besuch, saugt alle Neuigkeiten gierig auf.

„Erzählt dir Andrea nicht schon alles?", fragt Josef.

„Ach, Andrea. Die ist momentan so beschäftigt. Vor allem mit Paul. Der ist jetzt offenbar mit irgendwelchen linken Aktivisten verbandelt. Antifaschisten."

„Ja, hab ich mitgekriegt."

„Das passt eigentlich nicht zu ihm."

„Was – das Antifaschistische?", fragt Josef.

„Politik generell. Paul ist kein politischer Mensch, er ist ein Künstler."

„Künstler können doch politisch sein?"

„Ach, egal, ich hab jedenfalls den Eindruck, dass ... Vergiss es ..." Tom winkt ab.

„Hey, Tom, du bist eifersüchtig. Dafür gibt es keinen Grund. Das ist nur Paul, ihr Bruder. Der hat Welpenschutz. Wenn Andrea nicht auf Paul aufpasst, kommt er unter die Räder. – Weißt du, wer mich gerade angerufen hat? Deine Vertretung, der Fellmann. Ich dachte ja, der ist so ein Paragrafenreiter, aber da hab ich mich geirrt. Er hilft uns in dem aktuellen Fall echt gut." Josef berichtet die letzten Neuigkeiten.

Tom hört mit wenig Begeisterung zu. Draußen dreht sich die Welt und er liegt immer noch im Krankenhaus, fernab vom Schuss! Isst beschissene Krankenhauskost und macht beknackte Reha-Übungen. Er braucht keine Reha! Er weiß es natürlich besser. Das macht alles schon Sinn. In der Nacht kommen immer noch die Alpträume. Die Lichter, das Kreischen der Bremsen der U-Bahn, das Rattern der Räder, der ölig-elektrische Geruch des Gleisbetts. Trotzdem gehen ihm die Psychogespräche langsam auf den Zeiger. Körperlich ist er topfit. Also weitgehend. Die Prellungen spürt er kaum noch. Warum lassen sie ihn nicht einfach gehen? Bei einer Reha kommt man doch sonst von zu Hause immer noch mal rein ins Krankenhaus oder in die Arztpraxis für Gespräche. Naja, schon klar, warum. Diese blöden Elektroden an seinem Körper, die er für mehrere Stunden am Tag dran hat. Mit denen Professor Zauner alles misst, was an ihm zu messen ist. Das Ergebnis möchte Tom gar nicht wissen. Er sehnt sich vor allem nach Bewegung. Er ist vor ein paar Tagen aus der Innenstadt bis hierher gejoggt! Nicht wie ein junger Gott, aber ohne große Probleme. Naja, am Tag darauf war er ziemlich erkältet. Aber das ist auch wieder okay.

Er freut sich schon darauf, sein Laufpensum wieder aufzunehmen. „Ein paar Tage noch, dann bin ich wieder am Start!", unterbricht er Josef, der immer noch von der Arbeit erzählt. „Ah ja, klar", sagt Josef erstaunt, denn er merkt erst jetzt, dass er die ganze Zeit monologisiert hat. Er sieht auf die Uhr. „Ich muss los. Soll ich Andrea einen schönen Gruß von dir bestellen?" Tom schüttelt den Kopf. „Nein, lass mal. Am Ende hat sie dann ein schlechtes Gewissen und kommt nur deswegen hierher."

Mission

Andrea trifft sich mit Bert. Sie hat lange überlegt, ob sie den Hawaiihemd tragenden Sonderling mit Rauschebart und Wallehaar allein besuchen soll. Man weiß ja nie, ob solche Typen ihre unordentlichen Wohnräume nicht mit nackten Frauen an den Wänden aufheitern oder überall Taschentücher herumliegen. Unsinn! Sie schämt sich für ihre Vorurteile gegenüber Menschen, die allein leben und den Großteil ihrer Zeit vor dem Computerbildschirm verbringen. Außerdem ist Bert ein politischer Aktivist, der für das Gute kämpft. Seine kleine Zweizimmerwohnung unter dem Dach eines großen Mietshauses ist ein Sammelsurium aus IKEA und Sperrmüll, aber nicht ungemütlich. Eher klassische Studentenbude, die Küche voller Geschirrstapel und Pizzakartons. Das Wohnzimmer wird beherrscht von zwei riesigen Bildschirmen und einem großen PC-Tower unter dem Schreibtisch, wo seine unablässig blinkenden roten und grünen Lämpchen seinen Herrschaftsanspruch äußern. „Das ist meine Kommandozentrale", erklärt Bert.
„Und das?", fragt Andrea und deutet zu der Wand aus Chio-Chips-Tonnen.
„Mein Fanal des Versagens."
„Dein was?"
„Ich muss von den Scheiß-Chips runterkommen. Wenn ich die ganze Zeit die Wand mit den Tonnen anschauen muss, dann hab ich die vielen Tausend Kalorien im Kopf, die ich da in mich reingefressen hab."

„Und, funktioniert das?"
„Nein, nicht besonders. Ich nehm doch immer wieder eine Tonne im Supermarkt mit. Aber ich krieg das hin. Irgendwann."
„Klingt nach einem Plan."
„Warum kommst du eigentlich ohne Paul?"
„Paul soll sich endlich auf seinen Job als Musiker konzentrieren." Dann erzählt sie Bert, was gestern auf dem Tollwood passiert ist. Bert versteht sofort, worum es geht: „Wimmer hat die nächste Stufe gezündet. Er bietet einen kostenlosen Service an, um die Leute anzufixen. Eine simple Facebook-Statusmeldung auf der *I love Munich*-Seite. Eine städtische Seite. Jeder, der die Seite geliked hat, bekommt die Terrormeldung. Sehr clever. Wimmer bettet seinen Service in ein weit verbreitetes Onlineformat ein. Nicht schlecht."
„Man müsste seine Arbeit, seine Quellen diskreditieren. Bert, sind dafür Soziale Netzwerke nicht genau die richtigen Plattformen?"
„Schön wär's. Aber du kannst nicht einfach was behaupten. Das fliegt sofort auf. Dann hast du einen Shitstorm an der Backe, den du nicht kontrollieren kannst."
„Nicht nur behaupten, auch beweisen!"
„So was wie Wikileaks?", fragt Bert.
„Da bist du der Spezialist. Eure geklauten Daten können wir nicht ins Netz stellen. Da machen wir uns strafbar. Wimmer weiß ja genau, woher die stammen. Wir bräuchten konkrete Beispiele für frisierte Daten."
Bert schüttelt den Kopf. „Wir haben keine Ahnung, auf welche Datenbasis er zurückgreift. Wie die Daten interpretiert werden. Wie sollen wir dann nachweisen, dass an den Daten gedreht wurde? Wir brauchen was Konkretes. So was wie ein Protokoll, eine Absprache, dass man die Sicherheitslage vorsätzlich dramatisiert."
„Bert, ich bring dir einen hieb- und stichfesten Nachweis, dass Wimmer eine fixe Verabredung mit den Rechten hat, ein Klima der Angst zu schüren. Und du schaust jetzt nochmal, was du aus seinen Daten rausholen kannst, also ob es doch irgendwelche

Hinweise auf gefälschte oder hochgepitchte Lagebeurteilungen und so was gibt – okay?"

Bert bleibt skeptisch. „Ich hab das Gefühl, dass der Typ teflonbeschichtet ist. Und Dreck, der nicht kleben bleibt, kann ich bei ihm auch nicht finden."

„Eine Schwachstelle hat jeder, auch unser Mister Superchecker."

‚So richtig überzeugend hab ich nicht geklungen', findet Andrea, als sie Berts Wohnung verlässt. Sie hat leider keinen Plan, wie sie Wimmer eine konkrete inhaltliche Absprache mit den Rechten nachweisen soll. „Aber irgendwie kriegen wir ihn am Arsch!", murmelt sie. „Müssen wir!"

Wie der Henker

„Augustin?"
„Franz?"
„Bist du fit?"
„Nicht wirklich", kommt es aus dem anderen Bett. „Aber es könnte schlimmer sein."
„Fit genug, dass wir hier abhauen?"
„Warum?"
„Weil die nicht aufgeben werden, bis wir wirklich tot sind."
„Wer, wie, was?"
„Ja, meinst du denn, dass das ein Unfall war?"
„Was denn sonst, Franz? Weil du immer fährst wie der Henker."
„Sehr witzig. Da war was mit dem Differenzial. Das hat nicht funktioniert. Die Reifen haben sich schon vorher so komisch angefühlt in den Kurven. Ich dachte zuerst, das ist die Nässe. Das war's aber nicht. Da hat jemand am Auto rumgemurkst."
„So?"
„Wenn ich wüsste, wer da die Finger dran hatte … Einen Vorschlag hätt ich ja schon."
„Aha?"
„Der Werner."
„Wie kommst du denn jetzt auf den?"

„Naja, der kennt sich doch super mit Amischlitten aus. Und von ihm war ja auch der Auftrag mit dem Typen, den wir überfahren sollten."

„Von Werner? Hast du sie noch alle, Franz? Wir hatten gesagt, dass wir nie wieder für das Arschloch arbeiten."

„Hey, 50 Riesen! Willst du da Nein sagen?"

„50? Ich denk 30?"

„Nein, 50. Also für uns 30. 20 gehen direkt ab an die Typen vom *Las Vegas*."

„Ich fass es nicht! Du hast doch gesagt, das mit dem Zocken ist vorbei! Ein für alle Mal. Und dann gehst du wieder in das Scheiß-Spielcasino."

„Einmal ist keinmal. Aber jetzt bin ich raus. Ich spiel nie wieder. Versprochen, Augustin."

„Wer's glaubt … Na super, Franz. Mann, Mann, Mann. Der Werner …"

„Du, ich bin doch zu dem Typen am Baggersee. Der auf uns geschossen hat. Das Licht war scheiße, der hatte eine Kopfsocke auf, aber es könnte sein. Ja, jetzt, wenn ich drüber nachdenke – das könnte der Werner gewesen sein."

„Aber warum sollte uns der aus dem Weg räumen wollen, wenn er uns kurz vorher noch einen Auftrag gibt?"

„Keine Ahnung. Vielleicht ist ihm die Nummer plötzlich zu heiß geworden und er wollte keine Mitwisser. Vielleicht waren seine Auftraggeber sauer, dass wir zuerst den Falschen erwischt haben."

„Ach komm, Franz, das ist Typen, die solche Aufträge erteilen, doch wurscht."

„Naja, vielleicht meint da jemand, dass wir zu viel wissen."

„Wir wissen gar nix."

„Das wissen die doch nicht."

„Wer?"

„Das weiß ich doch nicht."

„Warum wollte der Werner überhaupt, dass wir diesen Heini in Neuperlach überfahren?"

„Der Werner wollte gar nichts", sagt Franz. „Aber er kennt Gott und die Welt und da wird ihn halt einer gefragt haben, ob man so was machen kann und wer so was machen kann. Und da hat er uns gefragt."
„Nicht uns. Dich. Für den Werner würde ich nicht arbeiten. Du siehst ja, was dabei rauskommt."
„Mann, Augustin, bei so viel Kohle stellst du keine Fragen."
„Also, wenn das jetzt der Werner war, der da im See abgesoffen ist, wer hat dann unser Auto manipuliert? Also zeitlich haut das ja nicht hin."
„Vielleicht hat er das schon vorher gemacht. Er wusste ja, dass wir wegen dem Auftrag mit dem Prius unterwegs sind. Während wir unseren Job machen, murkst er heimlich an unserem Mustang rum. Als der Job erledigt und der Prius abgewrackt ist, steigen wir wieder in unseren guten alten Mustang und *BUMMS!* Wie gesagt: Der Werner ist Spezialist für amerikanische Autos."
Augustin nickt. „Da ist was dran. Wir müssen checken, ob Werner noch am Leben ist. Wenn er tatsächlich hinüber ist, dann haben wir zumindest eine Sorge weniger. Und wir könnten uns seinen Camaro unter den Nagel reißen. Das ist echt ne geile Kiste. Wahnsinns-Auspuffanlage. Vollverchromt. Hast du dem Werner seine Handynummer?"
„Die hilft dir doch nix, wenn er tot ist."
„Wenn er tot ist. Zur Sicherheit sollten wir's bei ihm probieren. Wenn er drangeht, ist er nicht tot. Also, hast du die Nummer?"
„Nein, mit dem Werner lief immer alles persönlich."
„Sag das doch gleich, dann brauch ich mir nicht den Mund fusselig reden. Also los, statten wir ihm einen Besuch ab."
Sie stehen auf und sehen in die Schränke, finden aber keine Klamotten außer ein paar hellgrauen Bademänteln.
„Müssen wir uns woanders was organisieren", sagt Franz. „In dem Frottee hier brauchen wir nicht loszieht. Meinst du eigentlich, der Arzt und die Schwestern haben uns das mit dem Dachschaden abgekauft?"

„Bullubullu?"
„Hä?"
„Bullubullu!"
„Alles klar, du Armleuchter. Komm!"
Augustin öffnet die Tür einen Spalt und späht auf den Gang hinaus.

Spurlos

Gerade will Josef im Präsidium den anderen von seiner erfolglosen Fahrt zu den beiden Unfallopfern im Krankenhaus berichten und von dem Hinweis der KTU auf das manipulierte Differenzial, als sein Handy klingelt. „Hirmer, Mordkommission?" Schweigend hört er zu. Es dauert keine Minute, bis er sich verabschiedet.

„Das war der diensthabende Arzt", erklärt er den Kollegen. „Die zwei Typen sind aus dem Krankenhaus verschwunden."

„Aus eigenem Antrieb oder hat sie jemand verschwinden lassen?", fragt Andrea.

„Ich weiß es nicht. Aber ich tipp mal, wenn das mit dem Differenzial ein Attentat auf sie war, dann sind sie noch immer in Gefahr."

„Dann geben wir die zwei jetzt in die Fahndung", sagt Christine. „Schließlich sind sie ja tatverdächtig in einem Mordfall, also in zwei sogar."

„Dann werden unsere Ermittlungen aber offiziell", gibt Andrea zu bedenken. „Und die großen Brüder schalten sich wieder ein. Wollen wir das?"

„Gibt es denn eine Spur, wo sie hin sind?", fragt Christine.

„Nein. Der Arzt sagte: spurlos. Sie hatten nicht einmal Kleider in ihrem Zimmer."

„Dann schauen wir uns doch nochmal bei denen daheim um", meint Andrea. „Vielleicht brauchen die zwei ja ein paar persönliche Dinge ..."

Modisch

„Ist das nicht zu auffällig? Die werden den Sanka doch sicher vermissen?", fragt Franz, als er den großen Wagen in eine Parklücke in Altperlach zwängt.
„So schnell nicht. Ist doch 'n Riesenkrankenhaus. Solang der Wagen nicht akut gebraucht wird. Übrigens: Die Klamotten stehen dir."
Franz sieht an sich runter: grüne Hosen, weiße Crogs. Murmelt: „Modisch Tschernobyl."
„Yeah, aber so was von!"
In dem heruntergekommenen Haus in Altperlach brennt Licht.
„Also tot ist der Werner offenbar nicht", sagt Franz.
„Schade eigentlich. Gehen wir rein?"
„Aber nicht durch die Haustür."
„Wieso?"
„Oh Mann, du nervst. Erst mal sondieren."
Sie steigen aus und betreten das Haus durch die Werkstatt. Auf der Hebebühne thront ein silberner Camaro. Von unten ist die eindrucksvolle Auspuffanlage mit dicken Endrohren zu sehen. Ein Traum in Chrom. Auch die Felgen der sehr breiten Reifen.
„Geiles Teil!", sagt Franz ehrfürchtig.
Sie hören ein Geräusch. Eine Tür, die ins Schloss fällt, zwei Stimmen. Augustin und Franz sehen sich an.
„Du wartest draußen, Augustin. Wenn was ist."
„Was soll denn sein?"
„Setz dich in den Wagen. Und sei startklar. Falls wir schnell wegmüssen."
„Was hast du vor, Franz?"
„Ich schau rein."
„Aber da ist wer drin!"
„Ich check das."
„Ich hab ein ungutes Gefühl."
„Wart draußen. Jetzt mach schon."
Augustin trollt sich zurück zum Sanka und Franz öffnet lautlos die Verbindungstür der Garage zum Wohnhaus. In der rechten Hand

hält er einen großen Schraubenschlüssel. Für alle Fälle. Zwei Männerstimmen in der Küche. Er pirscht sich an den Türstock und lauscht.

„Ich hab dich gewarnt", sagt die eine Stimme. „Mit so einem Typen kann man nicht zusammenarbeiten."

„Bisher war doch alles gut", meint die Zweite. „Erstklassige Quelle."

„Quelle, Quelle, ich hör immer nur: Quelle. Der Typ beauftragt zwei Hirndübel, dass sie unseren Mann umlegen. Erklär mir das mal. Warum? Das war doch niemals seine eigene Idee. Wer hat ihn da drauf angesetzt?"

„Ich hab keine Ahnung."

„Und Werner wusste nicht, dass das unser Mann war?"

„Natürlich wusste er das nicht. Woher denn? Das weiß im operativen Bereich nur der jeweilige Führungsoffizier."

„Und vorher nieten die zwei Idioten aus Versehen noch einen anderen Typen um. Mann, wenn das alles auffliegt, haben wir einen Riesenskandal."

„Wie denn? Werner ist ja tot. Wollte die Sache zurechtrücken und ging dabei im Baggersee verschütt. Die Kies-und-Schrott-Heinis haben den Uferstreifen weggesprengt. Saubere Arbeit."

„Woher weißt du das?"

„Ich hab den Werner beschatten lassen."

„Und was ist mit den Typen jetzt?"

„Offenbar war sich Werner nicht sicher, ob er sie vor die Flinte kriegt, und hat sicherheitshalber irgendwas an ihrem Auto geschraubt. Wir haben beobachtet, dass er bei denen in der Garage war. Die Folge war ein böser Unfall. Aber die sind zäh, die haben überlebt. Schade eigentlich. Wäre ne saubere Lösung gewesen. Die beiden liegen aktuell im Rechts der Isar. Sind ziemlich hinüber. Birne weich."

„Die wissen zu viel."

„Nein, eigentlich wissen die gar nichts. Ihr Auftraggeber ist tot."

„Hey, die waren die Fahrer von dem Pfaffinger. Was weiß ich, was die alles für Interna kennen?"

„Die beiden Heinis werden die Klappe halten. Die sind heilfroh, dass sie den Crash überlebt haben. Die stellen keine Fragen. Außerdem arbeiten wir nicht mit solchen Methoden. Wir checken jetzt hier noch die Bude, ob irgendwelche Spuren zu uns führen könnten. Dann ist es gut."
„Und was ist mit den Leuten von der Mordkommission?"
„Das sind nicht die Hellsten. Die tappen im Dunkeln."
„Dafür haben sie den Werner ganz schön schnell gefunden."
„Zufall. Vielleicht hat ein Nachbar die Sprengung gehört und die Cops gerufen."
„Und erst Tage später buddeln die da rum?"
„Ich weiß es doch auch nicht. Aber mach dir keine Sorgen. Die wissen nix, da passiert nix. Die sind ausgebremst. Das ist nicht ihr Aufgabengebiet."
„Dass ich nicht lache. Die Mordkommission kümmert sich um Mord. Und dass es zwei Leichen mit exakt demselben Unfallhergang gibt, ist schon auffällig. Das sieht selbst der dümmste Bulle. Warum müssen diese Schrottplatztypen ausgerechnet diesen U-Bahnschubser erledigen? Dem die Polizei schon auf den Fersen war?"
„Dumm gelaufen. Aber was soll's. Es trifft immer die Richtigen."
„Nein, eben nicht. Wer hat Werner den Auftrag gegeben, jemanden loszuschicken, um Wiesinger umzubringen?"
„Ich weiß es nicht. Und ich hab auch keine große Motivation, das zu klären. Wir können froh sein, wenn Stadler aus dem Spiel ist. Komm, wir nehmen alle Datenträger mit und dann räumen die Kollegen die Bude komplett. Hausbrand oder so. Keiner darf erfahren, dass wir Quellen mit so zweifelhaftem Leumund haben."
„Und die beiden Typen von der Kiesgrube?"
„Vergiss die zwei. Wenn die irgendeine Aktion starten, dann ist das ihre letzte. Für immer. Das wissen die nach dem ‚Unfall'. Die haben Angst, die machen nix. Die halten die Klappe."
Franz schleicht sich lautlos zurück. *Wow!* Wie eine Theatervorstellung. Für ein sehr exklusives Publikum. Die wichtigsten Informa-

tionen auf einen Schlag. Komprimiert. All die wichtigen Themen. Die er und sein Bruder nicht im Detail verstehen müssen. Wenn sie jetzt einfach den Mund halten, ist alles gut. Dann passiert nichts. Dürfen ihnen die Bullen halt nicht auf die Spur kommen wegen der zwei Unfälle. Aber der Typ hat ja gesagt, dass das keine großen Lichter sind bei der Kripo. Bloß komisch, dass die dann den Werner so schnell im Baggersee gefunden haben. Wer ist das in Werners Haus? Geheimdienst? Jedenfalls Leute, mit denen nicht zu spaßen ist. Alles ein paar Schuhnummern zu groß. *Maul halten!*, heißt die Devise.

„Und?", fragt Augustin, als Franz in den Sanka klettert.

„Alles gut."

„Wie – alles gut?"

„Alles super. Lass den Motor an und fahr unauffällig los. Ich erzähl es dir gleich. Mann, Mann, Mann ..."

Übers Herz

Pfaffinger hat angerufen, sich mit Albert gemeldet. Überrascht Karl immer noch. Ja, sie sind per Du. Deswegen aber gleich zum Abendessen verabreden? Mit einem Rechten? Außerdem: Hat der nichts zu tun, die stecken doch mitten im Wahlkampf? Aber klar, wenn der Typ nicht gerade Reden hält, hat er abends jede Menge Zeit, denn seine Frau und Kinder sind ja weg. Karl hat es nicht übers Herz gebracht, einfach Nein zu sagen. Ein Feierabendbier. Mehr nicht. Sonst kriegt er Stress mit seiner Frau. So sagt er es auch, denn die Botschaft versteht jemand, der gerade verlassen wurde. Albert muss ja nicht wissen, dass Karl heute Abend Strohwitwer ist. Vielleicht gelingt es ihm ja, Albert noch ein paar Hintergrundinformationen zu seiner Partei zu entlocken.

Ganz wohl fühlt sich Karl nicht, als er vor dem Gasthaus *Brünnstein* am Ostbahnhof steht. Was an seinem Vorhaben liegt und nicht an dem Wirtshaus, denn das ist ziemlich cool, wie er schon durchs Fenster sieht. Obwohl er mal in Haidhausen gewohnt hat, im *Brünnstein* war er nie. Der große, schwach erleuchtete Gastraum wirkt wie aus der Zeit gefallen. Ein bisschen so, als würde hier noch geraucht – oranges Licht zeichnet alles weich. Als er eintritt, bestätigt sich der visuelle Eindruck nicht. Kein Tabak. Eher Bratensauce und Bier. Sauerstoffgehalt gering. Gemütlich – zweifellos. Die Atmosphäre drängt die Gäste unerbittlich zum Bierkonsum. Das hier ist keine Oase für Weinliebhaber und Kracherltrinker. Karl entdeckt Albert an einem der hinteren Tische. Der einzige Mann im Anzug. Vor ihm eine Halbe Bier mit noch einem Daumenbreit Inhalt. Und ein Teller mit ein paar Saucen- und Krautresten.

„Hier war ich noch nie", sagt Karl und setzt sich.

„Ich hab's gern einfach. Ein schönes normales Wirtshaus. Gibt es ja nicht mehr viele in München", meint Pfaffinger. „Meine Mutter war lange Köchin in einem Wirtshaus. Ich komm aus kleinen Verhältnissen. Der erste von fünf Geschwistern mit Abi und dann noch Studium. Mein Vater war Versicherungsvertreter. Das Haus in Harlaching ist hart verdient."

„Das glaub ich dir. Aber sag mal: Du hast doch deine Kanzlei – reicht das nicht? Warum willst du unbedingt in die Politik?"

„Da will ich nicht hin."

„Aha?"

„Da bin ich ja schon. Ich engagiere mich politisch, weil ich mit den Verhältnissen nicht zufrieden bin. Weil ich finde, dass die, die in dieser Stadt arbeiten, es sich auch leisten können müssen, in dieser Stadt zu leben."

„Das klingt vernünftig. Aber warum gehst du mit dieser Einstellung nicht zur SPD?"

„Ich, zur SPD?"

„Naja, die Partei der kleinen Leute."

„Im Leben nicht! Die Gurkentruppe!"

„Naja, die können jede Hilfe brauchen."

„Wirklich nicht!"

„Na dann eben die CSU. Die warten doch auf so Leute wie dich – erfolgreich, ein Gespür für die Sorgen der Mittelschicht und der Handwerksbetriebe."

„Die sind wie alle etablierten Parteien. Du wirst durch die ganze Mühle gedreht, musst die komplette Ochsentour machen, um dann irgendwann irgendwo verbogen anzukommen. Die kleinen Protestparteien, das sind die, die die großen Parteien vor sich hertreiben, die etwas bewegen."

„Und warum bist du dann nicht in der AfD?"

Pfaffinger lacht auf. „Alternative für Deutschland? Deutschland! Dass ich nicht lache! Schau dir das Personal an. Da entdecke ich nichts Bürgerliches. Das sind Junker, Rechtsnationale, Kleingeister. Die versuchen, die ganz große Nummer zu drehen. Bundespolitik. Die wollen einfache Antworten geben auf komplexe Fragen. Und die Antworten funktionieren nicht, denn sie sind nur Protest gegen das, was da ist. Einfach dagegen sein und aktiv etwas tun sind zwei Dinge. Viele ihrer Versprechen sind zu groß. Andere Sachen hingegen wieder zu kleinkariert gedacht, zu engstirnig. Hängen sich an jede Bürgerprotestbewegung dran. Egal was. Kein Programm, kein Intellekt. Das ist nicht meine Idee von Politik. Du musst dich echt für die Leute und ihre Probleme interessieren, klein anfangen, vor Ort, erkennen und verstehen, was die Bedürfnisse der Bürger sind. Ich sage Bürger, ich meine keine wütenden Hartz-IV-Leute. Du musst versuchen, den zu recht besorgten Bürgern auf ihrer Wellenlänge zu begegnen, ihre Sorgen ernst nehmen."

„Und an der angespannten sozialen Lage sind wirklich die Migranten schuld? Glaubst du das?"

„Unsinn."

„Wie? Das kommt doch immer wieder von euch. Ich war schon auf zwei von euren Wahlkampfveranstaltungen."

„Das sind Biertischthemen, die bedient sein wollen. Das bewegt die Leute halt, weil es keine klaren Einwanderungsregeln bei uns gibt. Ich sag dir was: Deutschland braucht Einwanderung. Aber keine Millionen von Leuten ohne Bleibeperspektive. Und viel schlimmer als das Flüchtlingsproblem für die allgemeine Lage ist sowieso das ausländische Kapital, das unsere Wirtschaftskraft, unsere Immobilien aufkauft. Die Chinesen zum Beispiel. Da sind mächtige Geldströme ohne jede Kontrolle unterwegs. Da werden Summen aufgerufen, die kann ein normaler Mensch überhaupt nicht mehr verstehen. Geld reguliert die Politik. Das ist ein Riesen-Machtfaktor. Aber das ist leider viel zu abstrakt für die Biertische und klingt dann fast schon sozialistisch. Wenn du bestimmst, wo eine neue Fabrik oder ein Wohnkomplex gebaut wird, dann hast du die lokale Politik schon im Sack, obwohl es doch andersrum sein sollte. Weißt du, nicht mehr der Grund und Boden an sich sind wertvolle, erhaltenswerte Güter, sondern nur noch ihr Verwendungszweck zählt. Und den definiert ein Investor rücksichtslos für sich, für seine Bilanzen und für die Aktionäre. Und die Bürger schauen machtlos zu. Das führt zu Frust und vor allem zu einem Verlust von Heimat, die eben nicht komplett durchkommerzialisierbar ist. Es muss nicht einmal München sein, wo das alles passiert. Und es sind auch nicht zwingend ausländische Unternehmen. In Niederbayern pflastert ein großer bayerischer Autohersteller den ganzen Gäuboden mit Werkshallen zu. Ein Wahnsinns-Flächenfraß! Wer macht jetzt da draußen die Politik? Die CSU? Nicht mal die. Oder gerade die nicht. Politiker sind oft nur noch Erfüllungsgehilfen der Wirtschaft. Aber die Leute erwarten eigentlich, dass die Politik Dinge reguliert und nicht nur moderiert. Und wenn die Leute dann unzufrieden sind mit den Politikern und ihrer Arbeitsmarkt- und Wohnungsbaupolitik, mit ihrer Haltung zu Naturschutz, Steuern, Ausländern, entsteht ein gefährlicher gesellschaftlicher Nährboden für Frust und Neid. Das ist keine düstere Zukunftsvision, so weit sind wir schon. Diese Emotionen müssen kanalisiert werden, wieder zurück in den politischen Diskurs geführt werden."

Das Bier kommt wie von selbst, die Worte verschwimmen in Karls Ohren zu einer dunklen Soße aus klein- und großpolitischen Baustellen. Karl schwirrt der Kopf. Der Abend verfliegt.

Etwas ratlos blickt er schließlich den roten Rücklichtern des Taxis hinterher, das die Orleansstraße entlang in Richtung Giesing entschwindet. Immer noch hallen Alberts Worte in ihm nach: „Wir brauchen Leute wie dich. Aus der Mitte der Gesellschaft. Mit Familie. Bei der Polizei. Du könntest unser sicherheitspolitischer Sprecher werden."

„Da habt ihr doch schon den Wimmer", war ihm da rausgerutscht. Albert hatte ihn irritiert angesehen, aber Karl hatte als Ablenkungsmanöver blitzschnell vollmundig Interesse an einer Parteimitgliedschaft bekundet und gefragt, was er denn dafür tun müsse. Jetzt brennt der Mitgliedsantrag in seiner Jackentasche. Er hofft, dass sein Fauxpas im Bierdunst untergegangen ist. Was nicht unrealistisch ist, denn Albert hatte am Ende sechs Striche auf dem Deckel plus drei Kurze. Er selbst hatte vier Bier. Schon eins über Limit. Gegessen hat er nichts.

Er sieht auf die Uhr. Gerade mal halb elf. Der Abend ist noch jung. Zu Hause wartet keiner auf ihn. Er zückt das Handy und verabredet sich mit Harry auf eine Currywurst im *Vivo*. Wie in alten Zeiten. Für ihn war das damals eine Viertelstunde zu Fuß, als er noch am Johannisplatz wohnte.

Bei Currywurst und alkfreiem Weißbier geht es ihm gleich erheblich besser. Er steckt sich gerade das letzte Pommes in den Mund, als Harry die Kneipe betritt.

„Coole Idee, hier war ich ewig nicht mehr", begrüßt Harry ihn.
„Das ist doch gar nicht mehr deine Gegend?"
„Deine auch nicht mehr."
„Wenn du anrufst, komm ich sogar aus Schwabing. Also, was liegt an?"

Karl schiebt den Mitgliedsantrag über den Tisch.

Harry tut sich hart, im trüben Kneipenlicht das Kleingedruckte zu lesen. Er macht sein Handylicht an. Dann lacht er auf. „Ach du Scheiße, wo hast du das her?"
„Ich war vorhin mit dem Herrn Spitzenkandidaten was trinken."
„Muss ich mir Sorgen machen?"
„Ich überlege noch. Naja, ich hab jetzt zumindest ein ziemlich genaues Bild von Albert."
„Wer ist Albert?"

„Pfaffinger."
„Oh, so weit schon?"
„Aus seiner Sicht schon. Albert braucht Freunde."
„Und du?"
„Ich hab doch dich. Also mein Eindruck: Das ist kein Krimineller."
„Ja, eh klar …"
„Lass mich ausreden. Er ist genauso schlimm: Er ist ein Überzeugungstäter. Der glaubt wirklich an die politischen Inhalte der BMB und nimmt die Unterstützung der Rechten billigend in Kauf, um seinen Argumenten mehr Brisanz zu verleihen, und natürlich auch, um von rechten Sympathisanten gewählt zu werden. Und das Allergefährlichste: Er ist ehrgeizig mit jeder Faser seines Körpers. Der würde seine Mutter verkaufen für seine politische Karriere. Frau und Kinder sind bereits abgehauen."
Harry schüttelt den Kopf. „Und du? Willst du jetzt Mitglied bei den BMB werden, um einen rechtschaffenen Beitrag zur Rettung des Mittelstands zu leisten? Der tapfere Ordnungsbeamte als Gesicht der Misere einer entwurzelten Mittelschicht? Leck mich fett!"
„Zur Hölle, nein!"
„Karl, die BMB, das ist ein Laden, den der Staatsschutz auf dem Radar hat! Und denk an den toten V-Mann!"
„Wenn Wiesinger ein V-Mann war, Harry. Da ist nichts klar. Außer dass sich der Staatsschutz für ihn interessiert. Die Leiche im Baggersee, dieser Werner Stadler, das ist ebenfalls eine undurchsichtige Nummer. Keinerlei Einträge oder Vorstrafen. Und da meldet sich wieder der Staatsschutz und sagt, dass das ein Killer ist. Das passt doch alles nicht zusammen."
„War Christine eigentlich in Stadlers Haus?"
„Nein, aber sie hat durch ein Garagenfenster schauen können. Da drin ist eine komplette Autowerkstatt mit einem Amisportwagen auf der Hebebühne. Für so ein Hobby brauchst du schon einen Haufen Kohle. Da musst du nicht lange überlegen, um draufzukommen, dass in dem Haus vermutlich ein Krimineller wohnt.

Überleg mal. Wenn an dem alten Mustang der Reitbergers das Differential manipluiert war, dann könnte das doch der Stadler gewesen sein."

„Aber warum?"

„Ich hab keine Ahnung. Weil er die Täter der Autoattentate ausschalten wollte? Und wer hat überhaupt die ‚Unfälle' in Auftrag gegeben?"

„Das wissen vermutlich nur die beiden Kiesgrubenbesitzer. Und die sind spurlos verschwunden. Am Ende hat ihnen ausgerechnet dieser Werner den Auftrag erteilt. Und hat Stress gemacht, weil der erste Versuch in die Hose ging. Nach dem zweiten Toten wollte er sie ausschalten, weil sie zu viel wissen. Und jetzt ist er selbst tot. Aber der denkt sich so was auch nicht allein aus ..."

„Ja, leider können wir ihn das nicht mehr fragen. Boh, Harry, was für ein Scheiß! Ich brauch jetzt noch ein echtes Bier. Das alkfreie Weizen ist nicht gerade der Burner. Du auch?"

„Nein, danke."

„Tschuldige. Hab ich vergessen. Sag mal, was ist jetzt eigentlich mit deinem Vollrausch und deinem Verschwinden? Ist dir noch was eingefallen?"

„Ich zermartere mir immer noch den Kopf. Ich hab Alpträume. Dass ich irgendwo eingesperrt bin, in einem Keller. Dass da Leute sind, nein, eine Person, die mir was zum Essen und zum Trinken bringt."

„Im Keller der Villa in Straßlach?"

„Ich hab keine Ahnung. Wenn ich aufwache, dann erscheint mir das alles völlig irre, komplett unwahrscheinlich. – Du kannst doch mal deinen Albert fragen. Der war ja schließlich an dem Tag in der Villa."

„Das hat doch Josef längst getan. Angeblich keine besonderen Vorkommnisse an diesem Nachmittag in Straßlach. Laut Pfaffinger war da nur eine Strategiebesprechung mit ein paar Parteimitgliedern."

„Wer's glaubt, Karl. Wäre cool, wenn wir den Pfaffinger in die Enge treiben könnten und er seine beiden Fahrer belastet. Dass sie mich

hopsgenommen und unter Drogen gesetzt haben. Und wenn die beiden im Gegenzug dann Pfaffinger belasten und erzählen, was die Rechten wirklich so alles treiben, dann wär's vermutlich vorbei mit Pfaffingers Karriere, mit dem braunen Spuk."
„Harry, du denkst doch nicht im Ernst, dass sich alle gegenseitig ans Messer liefern? Und wenn, dann hat der Herr Rechtsanwalt vermutlich noch ein paar Tricks auf Lager."
„Ach, mal sehen. Wenn's bei den beiden Brüdern um Kopf und Kragen geht, dann sagen die vielleicht schon aus. So von wegen, dass sie nur Befehle ausgeführt haben."
„Hey komm, die sind nicht beim Militär."
„Das ist eine streng hierarchisch organisierte rechte Partei, das ist wie beim Militär."
„Jawoll!", sagt Karl und bestellt sich noch ein Bier.
Harry grübelt. Abwarten ist keine Option. Sonst hört das nicht auf, ihm im Kopf herumzugehen. Er muss rausfinden, was mit ihm passiert ist. In dem schwarzen Loch, aus dem er stockbesoffen wieder aufgetaucht ist. Er muss in die Villa, er muss sich vor Ort umschauen. Soll er mit Karl darüber sprechen? Nein, wenn er in der Villa erwischt wird, dann zieht er auch noch Karl mit in die Sache rein. Jetzt hätte er wirklich gern ein richtiges Bier. Nein, das macht er nicht.

I know when you're out
I know when you're in
I know where you're goin'
'Cause I know where you've been
I spy for the FBI
(HERMAN KELLY / RICHARD WILEY)

Thing

Thorsten Subersky hat ein schlechtes Gewissen. Darf man sich in diesem Job eigentlich nicht leisten. Aber das Ganze ist insgesamt eine uncoole Aktion. Die schicken ihn los, um zu schauen, was die Kripoleute über die BMB wissen, ob sie vielleicht schon zu viel wissen. Und um sie im Zweifelsfall in Sicherheit zu wiegen. Ja, schau mich an, ich bin auch Mitglied in dieser Partei, da passiert nichts Ungesetzliches. Was für eine bizarre Idee! Für Distanz sorgen, indem man Nähe schafft. Wer immer sich das ausgedacht hat. Christine hat eine klare Meinung zu den BMB. Da ist schon genug Distanz, die steigt da nicht ein. Wäre es nicht logischer gewesen, mit Karl Meier in Kontakt zu treten? Der gehört eigentlich genau zur Zielgruppe der BMB und war schon auf zwei Veranstaltungen. Aber klar, wie soll er den einwickeln? Christine also. Und dann passiert ihm so was. Er verliebt sich. Grober Anfängerfehler. Was heißt Anfänger? Eigentlich machen sie so was nicht. Die Romeo-Nummer. Ganz oldschool wie im Kalten Krieg. Er konnte ja nicht wissen, dass ihm die Hormone einen Strich durch die Rechnung machen. So eine attraktive Frau. Und er Witzbold dachte anfangs tatsächlich, er könne das Angenehme mit dem Nützlichen verbinden. Nein, er hat einen Fehler gemacht, sich von seinen Gefühlen leiten lassen. Nur ein bisschen flirten. Mehr sollte eigentlich nicht passieren. Ist jetzt egal, er ist verknallt. So ist das. Bringt ihn jobmäßig natürlich in die Bredouille. Zum Glück erzählt Christine nichts über ihre Arbeit. Dann kann er nichts weitermelden und muss sich keinen Kopf machen. Der Job ist auch so anstrengend genug. Und gefährlich.
Die von den BMB halten ihn auf Distanz. Er ist nicht eingeladen auf Sattelbergers Winterfest. Warum eigentlich? Traut ihm Sattelberger nicht? Naja, wenn man ein so strammer Nazi ist wie Sattelberger, dann sollte man tatsächlich genau darauf achten, mit wem man feiert. Er ist ja erst kurz dabei. Er kann sich gut vorstellen, dass sich Sattelberger und seine Freunde bei erhöhtem Alkoholpegel zu interessanten Aktionen hinreißen lassen. Aber es ist nicht

sein Job, irgendwelche Nazi-Rituale oder verbotenen Symbole zu registrieren, er soll die Jungs nur generell im Auge behalten, schauen, mit wem vom rechten Netzwerk sie Kontakt haben. Regional, national, international. Die Kollegen haben ja bereits ein Überwachungsteam vor Ort und das Haus ist verwanzt. Zu Dokumentationszwecken. Wer weiß, wann man das braucht. Vor Gericht leider nicht verwendbar. Er soll mit seinem Insiderwissen unterstützend vor Ort sein.

Das ist er jetzt. Thorsten sitzt in seinem unauffälligen blauen Passat und betrachtet durch ein Fernglas die eintreffenden Autos bei der Villa in Straßlach. Reger Andrang. Genaue Kontrollen am Eingang. Er macht ein paar Fotos von den Sicherheitsleuten. Wäre interessant, welches Unternehmen da engagiert wurde. Wahrscheinlich sind das Leute von Wimmers Laden *Safety Solutions*. Wimmer ist speziell – der hat seine Finger überall drin. Und darf nicht angefasst werden. Weisung von ganz oben. Naja, wenn der seine Sicherheitstechnik auch an das Bundesinnenministerium verschnalzt, dann hat er wirklich gute Kontakte. Weitgespreiztes Kundenportfolio. Wahrscheinlich machen das viele Geschäftsleute in der Sicherheitsbranche so. Thorsten denkt an Waffenexporte. Geschäfte mit Regierungen und Verbrechern. Was manchmal ein und dasselbe ist. Dagegen ist das hier Kindergarten. Ein Kindergarten, der jetzt ein lustiges braunes Vorweihnachtsfest mit schunkeliger Volksmusik feiert. Vermutlich ziehen die dann drinnen alle ihre Uniformen an und haben eine schöne Zeit mit Bier und Leberkäse und Marschmusik.

Wahnsinn, was fasziniert die Leute immer noch an dem alten Unsinn? Vielleicht ist es einfach der Reiz des Verbotenen. Die müssen doch wissen, dass sie observiert werden! Wahrscheinlich fühlen sie sich komplett sicher in ihrer Bude, wissen genau, dass heimlich gemachte Aufnahmen nicht vor Gericht verwendet werden dürfen. Und die Verletzung der Privatsphäre ist ein Delikt. Die lachen sich doch ins Fäustchen. Man müsste sie in freier Wildbahn erwischen, auf einem öffentlichen Platz. Dann sähe die

Sache anders aus. Aber das ist auch nicht das maßgebliche Interesse seiner Auftraggeber. Die wollen keine Strukturen zerstören, sondern überhaupt erst mal verstehen, wie die Verbindungen untereinander sind, wie das Netzwerk funktioniert. Als ob es da so viel zu verstehen gibt!

Bunte Bänder
Andrea sitzt mit Christine vor dem Haus der Reitbergers in Aschheim. Nachtschicht.
„Das ist doch für'n Arsch", meint Christine und gähnt.
„Wart ab. Die kommen. Die haben nichts. Die brauchen Klamotten, Kohle, Fahrzeug."
„Aber warum sollten sie das von zu Hause holen? Die wissen doch, dass es jemand auf sie abgesehen hat, dass ihr Unfall ein Mordanschlag war. Die haben Ahnung von Autos. Wenn sich das plötzlich komisch lenkt. Warum sind sie sonst aus dem Krankenhaus abgehauen? Es ist doch riskant, wenn sie jetzt nach Hause kommen?"
Andrea deutet nach vorn. In kaum 50 Metern Entfernung hält ein Krankenwagen. Licht aus. Zwei Gestalten steigen aus. Pfleger?
„Meinst du, das sind sie?", fragt Christine.
„Vielleicht. Vermutlich. Wo der Schlüssel liegt, wissen sie jedenfalls."
Augustin greift unter den Topf mit den Resten eines struppigen Rosenstocks. Franz flucht, als er das Siegel mit dem Dienstwappen an Türstock und Türblatt sieht. Sie gehen hinten rum und sehen die Absperrbänder auf der Terrasse.
„Wir stellen uns", meint Franz.
„Bei wem?"
„Na, nach wem sieht das hier aus? Polizei?"
„Aber die wissen doch nichts."
„Aha. Und wer hat den Werner im See bei uns gefunden? Besser, wir stellen uns."
„Wir könnten weiter einen auf Dachschaden machen."

„Scherzkeks. Wir stellen uns natürlich nicht einfach so. Also ohne jeden Plan."

„Was meinst du mit Plan?"

„Wir packen ein paar Sachen und verabschieden uns für ein paar Tage und überlegen in Ruhe, was wir den Cops sagen und was nicht."

„Wohin willst du denn verschwinden?"

„Irgendeine Pension, wo keiner den Pass sehen will."

„Gibt's so was noch?"

„Oh Mann, Augustin, wir haben Kohle."

„Glaubst du echt, dass uns die Bullen suchen?"

„Ach, hier haben nur ein paar Lauser aus der Nachbarschaft bunte Bänder aufgehängt und lustige Kleber an die Tür gemacht. Wir hauen ab!"

„Aber so ein Sanka ist doch auffällig."

„Wir nehmen unseren alten Corsa. Und jetzt brauchen wir noch was zum Anziehen und Geld. Komm!"

Sie gehen durch die Werkstatt ins Wohnhaus.

„Sag mal, kann uns nicht der Pfaffinger helfen?", fragt Augustin. „Der ist doch Anwalt."

Franz überlegt, dann grinst er. „Manchmal hast du echt geile Ideen, Augustin. Sicher hilft der uns. Würde ich ihm jedenfalls raten. Außer es macht ihm nichts aus, wenn wir ein paar Sachen über ihn erzählen, wen er kennt und was da im Hintergrund alles abläuft. Dann wäre es schnell vorbei mit der Politkarriere."

„Ach, das ist alles ein Riesenkompost", murmelt Augustin.

„Komplott heißt das."

„Dann eben Kompott. – Scheiße, was war das? Hast du das gehört?"

„Nein, was denn?"

„Ein Geräusch draußen, eine Autotür ... Hey, Franz, wo willst du hin?"

„Keller."

„Den Waffenschrank haben die Cops garantiert leer gemacht."

„Wir haben noch die Wumme von dem Unfall", sagt Franz. „Und ein bisschen von dem *Bummbumm* ist auch noch da. Meine eiserne Reserve. Die haben die nie und nimmer gefunden."
Franz ist gerade verschwunden, da betreten Andrea und Christine mit gezogenen Waffen die Küche. „Hinsetzen!", blafft Andrea. „Wo ist Nummer zwei?"
„Im Keller."
„Christine, geh runter, sieh nach."
Als Christine nicht gleich zurückkommt, wird Andrea nervös. Sie reicht Augustin ihre Handschellen und deutet zur Heizung. „Festmachen bitte. Nur eine Vorsichtsmaßnahme."
„Lassen Sie mich mit meinem Bruder reden. Er ist manchmal etwas eigensinnig. Auf mich hört er."
Andrea überlegt noch, ob sie auf das Angebot eingehen soll, da erscheint Franz in der Küche, in der rechten Hand eine Waffe, in der linken eine Fernbedienung. „Waffe runter, sonst fliegt der ganze Laden in die Luft."
„Wohl kaum. Die Sprengstoffbestände wurden beschlagnahmt."
„Bist du dir ganz sicher? Frag mal deine Kollegin."
„Wo ist sie?"
„Im Keller. Und du kommst jetzt auch mit!"
„Franzl, lass den Scheiß!", zischt Augustin.
„Meinst du, ich lass mich von den Trullas verarschen? Das ist unser Haus. Die kommen hier einfach rein, als würde ihnen der Laden gehören."
„Franz!"
„Los, Lady, ab in den Keller! Und Waffe auf den Küchentisch. Handy auch! Mein Zeigefinger ist verdammt nervös."
Andrea seufzt und legt ihre Waffe und ihr Handy auf den Tisch, geht in den Keller runter.
Franz schubst sie in einen der muffigen, staubigen Räume und schließt die Stahltür hinter ihr ab.
Alles finster.
„Andrea?"

„Christine, bist du okay?"
„Mann, was für eine Scheiße!"
„Was blinkt da? Haben die echt Sprengstoff?"
„Ich weiß es nicht. Ja, kann sein. Die Typen sind unberechenbar."
Andrea tastet am Türstock noch dem Lichtschalter, drückt ihn. Nichts. Nur immer noch das kleine rote Licht, das jede zweite Sekunde blinzelt. Sie fühlt im Dunkeln vorsichtig danach. Ein schuhkartongroßes Paket? Drähte. „Na super. Und die Waffen sind wir auch los. Bei mir ist das jetzt das zweite Mal in kurzer Zeit. Langsam wird's peinlich."
„Hoffentlich kommt Josef, wenn er merkt, dass er mich nicht erreicht."
„Du hast ihm Bescheid gegeben?"
„Ja, ich bin doch nicht verrückt."
„Hey, Christine, wir haben doch ausgemacht …"
„Ach, ich weiß, wie man mit ihm redet."
„Na, hoffentlich kommt er wirklich." Andrea setzt sich auf den Boden, Rücken an die Wand. Sie schließt die Augen, um das Blinken nicht zu sehen.

Viel Wind

Christine hat recht. Nach einer guten Stunde ist Josef bei ihnen und befreit sie aus dem Kellerverlies.
„Ich hab dir doch gesagt, dass ihr das nicht machen sollt", meint Josef.
„Ja mei, hinterher ist man immer schlauer. Aber wir waren nah dran. Jetzt sind die Hausherren wieder ausgeflogen." Christine ist die Erleichterung deutlich ins Gesicht geschrieben.
„Was ist mit dem Ding da?" Josef deutet auf das blinkende Paket. „Ist das echt?"
„Ich sag mal: Jein", meint Andrea. „Wir sollten es besser nicht ausprobieren. Also nicht anfassen."
Sie gehen nach oben und schließen die Stahltür zum Keller hinter sich. Äußerst sorgfältig.

„Du bist allein gekommen?", fragt Andrea, als sie in der Küche stehen.
„Harry und Karl hab ich nicht erreicht. Wisst ihr, wo die sind?"
„Keine Ahnung", sagt Andrea. „Ich dachte auch eher an ein SEK."
„Natürlich komm ich ganz allein her", sagt Josef und grinst.
Er dreht sich zur Tür. Dort steht jetzt eine vermummte Gestalt und fragt: „Alles okay, Hirmer?"
„Danke, Miller, ihr könnt abziehen."
„Spaßvogel", sagt Andrea. „Danke!"
Als sie allein sind, setzen sie sich an den Küchentisch. Lagebesprechung. Nach etwa zehn Minuten ist draußen ein Wagen zu hören.
Josef tritt ans Küchenfenster.
„Kommen die zurück?", fragt Christine.
„Das SEK?"
„Vielleicht auch die Besitzer dieser Bude"
„Oder der Staatschutz."
„Echt jetzt?"
Josef grinst. „Nein, nur Fellmann von der KTU. Ich hab ihn informiert. Wir brauchen ja jemanden, der sich mit Sprengstoff auskennt."
Kurz darauf betritt Fellmann die Küche. „Sorry, ging nicht schneller. Sprengstoff? Ich dachte, da wäre alles abgeholt worden? Wo ist das Zeug?"
„Im Keller", sagt Josef.
„Und ihr seid noch hier?"
„Die Kellertür ist aus Stahl. Und der angebliche Sprengsatz ist eine kleine Kiste."
Andrea deutet auf den Tisch. „Das ist ein Fernauslöser. Also, den hatte einer der Typen zumindest in der Hand."
Fellmann lacht. „Eine TV-Fernbedienung. Ein Bluff – wetten?" Er nimmt sie und sieht zu dem kleinen Küchen-Fernseher. Der ist auf Stand-by.
Er drückt die 1.

Die rote Diode wird grün. Das erste Programm geht an.
Fellmann grinst. Die anderen schnaufen durch. Er drückt zum Abschalten den Power-Knopf.
BUMM!
Eine dumpfe Explosion im Keller.
Sie werfen sich alle auf den Boden.
Halb so wild, wie sich kurz darauf herausstellt, als sie sich aufgerappelt und unten nachgesehen haben. Ein Böller, mehr nicht.
„Nur ein Trick", sagt Josef.
„Hey, wenn du da direkt danebenstehst!", meint Christine. „Tun dir die Ohren weh. Merkwürdigen Humor haben die Typen."
„Humor würde ich das nicht nennen", sagt Andrea. „Immerhin haben wir es jetzt amtlich, dass die Typen mit Sprengstoff umgehen können. Zünder, Dosierung, Fernauslöser."
Josef nickt. „Ja, vielleicht haben die Herren Sprengmeister auch was mit dem Attentat auf die Parteiveranstaltung zu tun. Wir werden sie befragen. Wenn wir sie gefasst haben und man uns mit ihnen reden lässt. Die Großen sind ja auch an denen dran. Das mit dem Attentat fällt allerdings unter politische Straftaten. Nicht unser Metier. Hoffentlich können wir die Typen, falls sie wieder auftauchen, zumindest zu dem Fall mit dem U-Bahnschubser befragen. Wie ist denn jetzt die Spurenlage, Fellmann? Ist es denn inzwischen amtlich, dass die Reitbergers das waren mit dem weißen Toyota?"
„Nein. Keine Beweise. Es ist in beiden Fällen derselbe Lack und er passt auch zu den Überresten des Autos hier aus der Schrottpresse. Was leider nicht viel heißt, denn an dem Wrack waren keine Spuren der Opfer festzustellen. Da kommen viele weiße Toyotas infrage."
„Aber das müssen die ja nicht wissen", meint Andrea. „Also, falls wir sie festnehmen und befragen können. Sonst haben wir außer einem zweifelhaften Radarfoto wenig gegen die Typen in der Hand. Naja, Freiheitsberaubung von Polizisten ist auch schon mal was."

„Die Jungs haben sicher einen guten Anwalt, wenn wir sie mit den Sachen konfrontieren", sagt Josef, „zum Beispiel diesen Dr. Albert Pfaffinger."

„Gibt es eigentlich so was wie einen Befangenheitsantrag gegen Strafverteidiger?", fragt Andrea. „Die Typen waren doch seine Fahrer und Bodyguards, also sehr nah an ihm dran. Gilt da ein Ausschlussprinzip?"

„Sicher nicht", sagt Christine. „Sonst dürfte ja keiner mehr seine Spezln verteidigen. Die persönlichen Beziehungen motivieren ja manche Anwälte erst so richtig bei der Arbeit."

Josef schüttelt den Kopf. „Boh, ich sag euch eins. Die kriegen wir nicht dran. Außer wir haben was wirklich Handfestes. Der Sprengstoff bei dieser Wahlkampfveranstaltung war wahrscheinlich von denen. Aber auf dem Sprengstoff oder auf den Zündvorrichtungen waren keine Fingerabdrücke. Oder, Fellmann?"

„So ist es. Leider nichts Verwertbares."

Josef flucht. „Scheiße, wir wissen eigentlich genau, was gelaufen ist. Also in groben Zügen. Und wir können nichts machen. Das ist so frustrierend. Und wir haben keine Ahnung, warum das alles passiert ist." Er sieht auf die Uhr. Schon fast zehn. „Jetzt ist erst mal Dienstschluss! Die Typen sind in der Fahndung."

Gage

„Na, Paul, alles klar soweit?", fragt Andrea, als sie Paul um elf am heimischen Küchentisch noch bei einem fast leeren Bierglas vorfindet. Die Gitarre liegt neben ihm auf der Küchenbank.

„Passt schon. Bin voll nervös. Ich darf morgen nochmal am Tollwood spielen. Der Ersatztermin für den abgebrochenen Gig."

„Ja, und warum bist du nervös?"

„Ich spiel im großen Zelt."

„Echt? Cool. Kriegst du das auch voll?"

„Chris kümmert sich."

„Ach, du bleibst ihm jetzt wieder treu?"

„Nur ein bisschen. Er hat das mit dem Gig eingetütet. Er hat die

Leute vom Tollwood überredet, es mit mir im großen Zelt zu versuchen."

„Na fein. Wenn's nur nicht wieder Terroralarm gibt."

„So was passiert kaum zweimal hintereinander."

„Ach, wenn ich da an unser zweites Auto-Opfer denke …"

„Was meinst du?"

„Ach, nix."

„Jaja, Dienstgeheimnis."

„Sei nicht so neugierig."

„Bin ich nicht. Trinken wir noch ein Bier zusammen?"

„Wenn's sein muss."

Paul holt zwei Flaschen Bier aus dem Kühlschrank und macht sie auf. Sie prosten sich zu.

„Ist dein Fall erledigt?", fragt Paul.

„Meine Fälle. Nein. Es ist nie erledigt. Manchmal denk ich, dass das furchtbar ist, und dann wieder bin ich echt froh über meinen Job. Wenn ich Versicherungskauffrau wäre, würde ich meine fünf Policen pro Tag durchackern und am nächsten Tag geht es wieder von vorne los. Da bleibt nix offen. Saubere Sache. Aber auch eine Horrorvorstellung."

„Yeah, Schwesterherz, du brauchst immer einen Cliffhanger. Apropos – wann kommt eigentlich Tom aus dem Krankenhaus?"

„Übermorgen."

„Schade, dann kann er nicht zu meinem Gig. – Aber Madelaine ist dabei."

„Im Ernst? Spinnst du?"

„Kein Thema. Chris ist nicht da. Muss nach Berlin."

„Trotzdem. Da ist ein Verfahren anhängig wegen Körperverletzung."

„Ach komm, Chris ist quicklebendig, er hat keine Anzeige erstattet und wenn du nicht petzt, dann wird es auch niemand erfahren."

„Mann, Paul!"

„Ich bin schon so gespannt. Hoffentlich gefallen meine neuen Songs den Leuten. Wenn Madelaine sieht, dass ich meinen Lebensunterhalt mit Musik bestreiten kann, dann kommt alles wieder ins

Lot. Dann zieht sie aus der blöden Bude von ihrem Papa aus und kommt wieder nach München."
„Ja klar."
„Man muss auch mal verzeihen können. Glaubst du mir nicht?"
„Doch, logisch. Wie hoch ist denn diesmal die Gage?"
„Welche Gage?"
„Ach, Paul!"
„Das ist doch eine Mega-Chance!"
„Ja klar, Paul."

Angst
Harry hat nackte Angst. Nein, das war keine gute Idee. Er ist in dem Wald bei Straßlach durch das Bachbett gestiegen und im Schutz von Bäumen und Sträuchern zu der Villa rüber gerannt, wo er prompt entdeckt wurde. Und er hat noch gedacht, bei der Veranstaltung heute wäre so viel Trubel, da wären gegen Mitternacht schon alles so besoffen, dass man nicht sofort auffällt. Naja, es hat ihn auch keiner vom Sicherheitspersonal entdeckt, sondern ein junger Mann, der zum Glück nicht mehr ganz nüchtern ist. Jetzt muss er einen kühlen Kopf bewahren.
„Lass uns unsere Strahlen kreuzen", lallt der Fremde.
„Später vielleicht", sagt Harry und tut so, als würde er sich die Hose zuknöpfen.
„Hey komm, jetzt sauf ma noch eine Halbe, bevor es losgeht."
Harry ist klug genug nicht nachzufragen, was denn gleich losgeht, und folgt seinem neuen Freund ins Haus. Die Villa ist gerammelt voll. Ein wilder Mix von Männern, jung und alt, teils in Zivil, teils in Nazi-Uniformen. Harry ist froh, dass er heute nicht seinen Parka mit dem großen Peace-Abzeichen anhat, sondern eine neutrale schwarze Jeansjacke.
Schon bekommt er einen Steinkrug in die Hand gedrückt.
„Auf den Führer!"
„Hm, ja, Prost dann mal." Harry nippt nur an dem eiskalten Kellerbier.

„Ich bin der Hans. Der deutsche Hans. Hahaha! Und du?"
„Harald."
„Harald – ein guter deutscher Name. Prost, Harald."
„Prost, Hans."
Harry nippt nochmal an dem Bier. Eigentlich wäre eine Halbe auf ex die einzige Lösung, sich das Hirn zu betäuben bei dem Wahnsinn hier. Aber er darf nichts trinken, muss die Nerven behalten. Er wird hier erheblich mehr sehen, als er erwartet hat. Er wird das durchziehen und aufdecken, was hier wirklich vor sich geht. Ob das mehr sind als nur verwirrte Hobby-Nazis. Er lässt seinen Blick über die Uniformierten schweifen. Täuscht er sich oder werden das immer mehr?
„Jetzt komm, Harald, wir ziehen uns um. Gleich geht's los!"
‚Im Leben nicht!', denkt Harry, aber das sagt er natürlich nicht. Er folgt Hans in ein Nebenzimmer, wo in unterschiedlichen Größen sorgsam zusammengelegte Uniformen auf ihre stolzen Träger warten.
Kurz darauf steckt er in einer feschen SA-Uniform und zittert am ganzen Leib. Er fühlt sich als hätte er Krätze. Nicht weil der Stoff so rau wäre, sondern weil er sich fühlt, als hätte ihn jemand in eine Zeitmaschine gesteckt. Und die konfrontiert ihn mit existenziellen Fragen: Hätte er damals auch so was getragen, hätte er sich brav eingereiht in die Phalanx der menschenverachtenden Hitlerschergen? ‚Nein, es ist nur Kleidung', denkt er sein Mantra und versucht cool zu bleiben. Er atmet tief durch und lässt sich einfach von den anderen mitziehen, die jetzt im Foyer Aufstellung nehmen, um von dort durch eine Seitentür in den Keller hinabzusteigen. Immer stärker wird in ihm das Gefühl, dass auch er ein williges Rädchen in einem großen Gefüge ist, dessen Botschaft er nicht durchschaut. Fasching oder Ernst? Heute oder gestern? Oder gar die Zukunft? Harry ist verblüfft, wie stark Kleidung und Herdentrieb seine Gedanken vernebeln. Was würden die Typen jetzt machen, wenn er die Maske fallen lässt? Ihn lynchen? Nein, das wahrscheinlich nicht, aber die sonstigen Möglichkeiten sind

sicher auch nicht angenehm. Jetzt setzt sich der Zug in Bewegung. Als sie im Keller stehen, erkennt Harry den feuchten Geruch sofort.
Das ist der Ort. Hier haben sie ihn festgehalten.
Sind die Typen, die das gemacht haben, auch hier? Könnten sie ihn erkennen? Nein, sie sehen doch alle gleich aus in ihren Uniformen und bei dem Funzellicht sieht man nicht viel. Sie schieben sich durch den langen feuchten Kellergang. Jetzt spürt er jetzt den Hauch der kalten Nachtluft, sieht den Fackelschein.

Bühnenlicht

Thorsten friert. Der Passat hat keine Standheizung. Motor anmachen wäre zu auffällig wegen der Auspuffschwaden in der kalten Nachtluft. Er öffnet die Tür, um sich die Füße zu vertreten und eine zu rauchen. Zu seinem Erstaunen stellt er fest, dass es draußen gar nicht so kalt ist. Das Frieren kommt vor allem vom Rumsitzen. Er geht ein paar Meter auf und ab und behält die Einfahrt im Auge. Soweit er die Villa sehen kann, sind die Vorhänge zugezogen. Es kommen nur noch vereinzelt Autos an. Jetzt siegt die Neugier und er geht am Zaun entlang, um zu schauen, ob er irgendwo einen besseren Blick auf das Haus bekommt. Vielleicht hört er auch was von den Gesprächen der Raucher auf der Terrasse? Nein. Mauer und Zaun sind sehr hoch, alle zehn Meter sind Videokameras auf Masten installiert. Da kommt er nie und nimmer ungesehen näher dran. Er geht bis zum Ende des Zauns und merkt plötzlich, dass es völlig finster ist. Als er nach oben blickt, sieht er den Himmel nicht. Wo gerade noch Mond und Sterne waren, ist alles schwarz. Wolken verdecken Mond und Sterne.
Thorsten will gerade umkehren, als er im Wald ein Licht sieht. Eine Fackel? Er geht in Richtung des Lichts und sieht einen Abhang hinunter. Was ist da unten los? Leute kommen aus dem Hang? Was ist da? Eine Tür? Ja, jetzt erkennt er es im Schein der Fackeln. Im Hang ist eine Betonverschalung mit einem Gang, einer Tür. Offenbar gibt es einen unterirdischen Gang aus der

Villa heraus. Er versteckt sich hinter einem Baumstamm und betrachtet das Treiben, muss breit grinsen. Da sind sie, die Nazibrüder in ihren schmucken Uniformen. Sattelberger und Hinz und ihre Gefolgschaft. Pfaffinger ist nicht dabei. Der ist aber auch kein Nostalgiker wie die anderen. Thorsten holt sein Handy heraus und versucht zu filmen. Keine Chance, das ist zu dunkel. Wo wollen die hin?
Er wartet, bis der ganze stille Zug aus der Tür herausgetreten ist, und folgt ihm in sicherer Distanz. Eine Nachtwanderung? Jetzt geben die Wolken Mond und Sterne wieder frei. Das Bühnenlicht für die finsteren Gestalten ist schwach, aber ausreichend.

Schwarz

Sattelbergers Wangen glühen. Nicht weil es kalt ist, sondern vor Stolz. Das ist es, das echte Gefühl, keine müde Reminiszenz an bessere Zeiten, sondern Gegenwart. Das Deutsche, das Nationale steckt in ihnen allen, das Männliche, das Gemeinschaftsgefühl, das Wissen, dass sie für die richtigen Ideen kämpfen. Auch wenn sie eine Minderheit sind. Noch! Sie sind die Speerspitze der schweigenden Mehrheit. Sie werden den Stimmlosen eine Stimme verleihen, eine Stimme wie Donnerhall. Es ist ein langer Prozess, aber wenn er jetzt überlegt, wie schnell es gelungen ist, die BMB als Partei zu etablieren, und wie wenige Widerstände es gegen sie in der Lokalpolitik gibt. Ja, sie sprechen aus, was viele denken, aber nicht zu sagen wagen. Dass das Nationale über dem Gedanken von Vielfalt steht, dass die konservativen Ideen so viel kraftvoller sind als dieses ganze liberale, pseudoeuropäische, pseudointernationale Denken, das keinerlei nationale Werte akzeptiert, keinen festen Wertekodex. Es geht ums Festlegen, um den Glauben an Fixpunkte und nicht um dieses ewige Herumlavieren und Abwägen und Rücksichtnehmen.
Heimat zuerst! Das ist seine Devise und die seiner Kameraden. Und das werden immer mehr Menschen so sehen, wenn sie merken, dass man nicht mehr Herr im eigenen Haus ist, wenn die

Flüchtlinge ihre deutsche Heimat überschwemmen, wenn nur noch Billigprodukte aus Fernost erhältlich sind und beim Friseur keiner mehr Deutsch spricht.

Er sieht mit Wohlwollen die erleuchteten Gesichter seiner Kameraden im Fackelschein, als sie sich jetzt am Thingplatz eingefunden haben. Nein, er wird keine Rede halten. Worte können nicht ausdrücken, was hier an Gemeinschaftsgefühl spürbar ist. Sie werden mit einer Stimme sprechen, sie werden ein Lied singen, sie werden wieder *Schwarz ist unser Panzer* singen. Ja, Panzer sollen rollen durch die von den Mainstream-Medien versaute Meinungslandschaft, die Panzer sollen tiefe Kettenspuren hinterlassen in dem windelweichen Schlamm, den durchnässten Wiesen der Beliebigkeit. Und wenn diese Panzer den ersten Schuss abgeben, dann ist dies das Signal dafür, dass es ernst wird, dass Platz gemacht werden muss für etwas Größeres als den Kleingeist, der sie alle umgibt!

Fackelschein

Karl kann kaum etwas sehen, so dunkel ist es im Wald. In der Ferne erkennt er aber den Fackelschein. Was geht da vor sich? Die Party ist doch im Haus? Was passiert da draußen? Und wo ist Harry? So viele Fragezeichen. Er hat zu langsam geschaltet, als Harry ihm in der Kneipe erzählt hat, dass er unbedingt noch rauskriegen will, was hier draußen passiert ist, als er fast zwei Tage verschwunden war. Am Handy hat er ihn nicht erreicht, zu Hause auch nicht. Er ist sich ganz sicher, dass er hier ist. Ob Harry gewusst hat, dass heute hier die Hölle los ist? Nein, wahrscheinlich nicht, er ist ein Bauchmensch. Vielleicht hat er sich dann vor Ort gedacht, dass er sich in dem Trubel unters Volk mischen kann. Würde Harry so was machen? Und wie? ‚Auch egal', denkt Karl jetzt, ‚auf alle Fälle ist hier irgendwas im Gange.'

Er schleicht sich durch den Wald in Richtung des Fackelscheins. Plötzlich sieht er jemanden. Nicht bei den Fackeln, sondern hinter einem dicken Baum, direkt vor ihm. ‚Verdammte Hacke! Wer ist das?', denkt Karl. Gut, dass er seine Waffe eingesteckt hat. Er zieht sie aus dem Holster, wagt es aber nicht, sie durchzuladen. Der Typ da vorne würde es sofort hören. Und wenn der auch eine Waffe dabei hat? Karl drückt mit der Schuhsohle auf den Waldboden. Das Moos gibt nach, macht kein Geräusch. Er muss schnell sein. Er hält den Atem an.

Eins, zwei, drei – große Schritte und schon presst er dem Mann den Lauf seiner Pistole in den Nacken. „Du Arsch machst keinen Ton! Auf den Boden!"

Er holt sein Handy raus und aktiviert die Taschenlampe.

Thorsten kneift die Augen zusammen.

„Sieh an, der Freund von Christine. Was machst du hier?"

„Tu die Pistole weg!"

„Die Hölle werd ich. Ich bin Polizist. Wo ist Harry?"

„Welcher Harry?"

„Mein Kollege."

„Kenn ich nicht."

„Warum bist du hier?"

„Wegen den Typen."

„Wenn du jetzt keinen guten Grund angibst, drück ich ab."

„Klar, und hundert Zeugen kriegen das mit."

„Reiz mich nicht. – Bist du Journalist?"

„Nein."

„Bist du auch einer von den Nazis?"

„Nein, ich arbeite für den Staat."

„Und das soll ich dir glauben?"

„Ja, wir müssen sehen, was die da machen."

„Das wisst ihr Typen vom Staatsschutz doch längst. Warum interessiert euch ein Fackelzug im Wald?"

„Wir wissen nicht alles über die Typen. Und warum sagst du, dass dein Kollege hier ist?"

„Ich weiß es nicht. Ich vermute es. Sonst wäre ich nicht hier."

„Jetzt steck endlich die Waffe weg und lass uns sehen, was die da machen."

„Warum sollte ich dir vertrauen?"

„Weil ich Christine liebe."
„Pff."
„Was anderes kann ich nicht anbieten."
Karl überlegt, dann murmelt er: „Okay, lass uns schauen, was die da treiben. Aber mach keinen Scheiß, du bist gewarnt."
Er steckt die Waffe weg und steht auf.
Sie schleichen durch das Unterholz und folgen dem Fackelzug eine Anhöhe hinauf. Dort sehen sie die versammelte Mannschaft auf dem Thingplatz. Karl ist irritiert. Er fühlt sich, als würde er in den Filmkulissen eines Nazi-Films stehen. Thorsten macht mit dem Handy Fotos. Karl mustert die Gesichter der Parteisoldaten. Ist fassungslos. Was treibt diese Leute dazu, sich nach dieser Dreckszeit zurückzusehnen?
Jetzt bleibt ihm die Spucke weg, er sieht Harry. In SA-Uniform. Harry? Hat er ihn völlig falsch eingeschätzt? Führt er ein Doppelleben? Quatsch, das kann nicht sein. Er sieht die Panik in Harrys Augen. „Hör auf, zu fotografieren!", fährt er Thorsten an.
Der lässt sich nicht beirren.
Karl hat die Schnauze voll, schickt Josef eine SMS und fordert ein SEK an, um dem Spuk hier ein Ende zu bereiten.
Jetzt klingelt sein Handy. Karl könnte sich verfluchen. Er drückt das Telefon schnell aus und starrt nach vorne.
Hat das jemand gehört? Ja, die Typen in der letzten Reihe haben sich umgedreht und gehen auf das Gebüsch zu, hinter dem er mit Thorsten kauert.
Karl steht auf und zieht die Pistole. „Keinen Schritt weiter, ihr Arschlöcher!"
Die Typen halten an, im Fackelschein sehen Karl und Thorsten wutverzerrte Gesichter.
„Ich drück ab, kein Scheiß!", zischt Karl.
Jetzt ist es totenstill, alle Gesichter gehen in ihre Richtung. Karl plumpst das Herz in die Hose. Thorsten auch.
Ein Raunen geht durch die Menge.
„Sieh an, der Subersky!", schnarrt Sattelberger.

„Karl!", schreit Harry.

Alle Augen jetzt auf Harry.

Karl schießt in die Luft. Mehrfach.

Das Chaos nimmt seinen Lauf: Viele werfen sich zu Boden, die anderen stürmen davon in den dunklen Wald, Fackeln fallen auf den Waldboden, entzünden auch den großen benzingetränkten Scheiterhaufen in der Mitte des Thingplatzes.

Eine gewaltige Stichflamme erleuchtet den Wald, die Hitzewelle schießt durch die Nacht.

Harry hat Karl und Thorsten erreicht.

„Nichts wie weg!", schreit Thorsten.

Sie stürmen davon.

Als sie Thorstens Wagen erreicht haben, schießen dunkle Mercedes-Einsatzwagen an ihnen vorbei. Das SEK ist da.

„Warst du das?", fragt Thorsten.

Karl nickt. „Das war mir zu heiß."

Sie sehen zum Wald, der Feuerschein wird bereits kleiner. Kein größerer Waldbrand. Das Holz ist jetzt im Herbst zu feucht. Aber alles voller Rauch. Hustende Nazis stolpern wie Zombies aus dem Wald.

„Du bringst Harry nach Hause", sagt Karl. „Damit ihn ja niemand in dieser Scheiß-Uniform sieht."

„Und du?", fragt Harry.

„Mein Auto steht ein Stück die Straße runter. Und ich muss mit dem Einsatzleiter sprechen, schließlich hab ich das SEK angefordert."

„Und was willst du ihm sagen?"

„Naja, dass ich vor Ort war und gesehen habe, dass da merkwürdige Leute mit Fackeln aufmarschieren, dass ich dachte, dass sie Waffen dabeihaben. Irgendwas halt. So war es ja auch." Er sieht Thorsten ernst an. „Und was machst du?"

„Deinen Kollegen nach Hause fahren, dachte ich."

„Dünnes Eis, du Scherzkeks. Was willst du jetzt machen?"

„Ich weiß es nicht. Aus dem Job bin ich raus."

„Klärt mich mal einer auf?", fragt Harry.
„Später. Jetzt haut endlich ab."
Karl macht die Tür des Passats hinter Harry zu und geht mit großen Schritten zur Villa rüber.
Thorsten startet den Wagen und fährt die ersten Meter ohne Licht, bis er es anmacht und beschleunigt. Harry merkt plötzlich, wie ihm die Tränen über die Wangen laufen. Das war zu viel. Viel zu viel. Er ist Kripobeamter. Mordkommission. Er braucht diesen Scheiß nicht. Definitiv nicht.

Eingeschleust

Am nächsten Tag ist Andrea platt, als Christine ihr von Harrys und Karls Abenteuer berichtet. „Warum haben mir das die Jungs heute Morgen nicht selbst erzählt?", fragt sie irritiert.
„Weil sie das nicht dürfen, sie haben einen Maulkorb verpasst bekommen."
„Lass mich raten, Christine: der Staatsschutz?"
„Ja, so ist es."
„Ich versteh jetzt gar nichts mehr. Woher weißt du das alles?"
„Von Thorsten."
„Was hat der damit zu tun?"
„Der war auch dabei."
„In welcher Funktion?"
„Kann ich nicht sagen."
„Steckt er da mit drin, also bei der Nazi-Partei?"
„Das sind keine Nazis."
„So? Wer sagt das? Thorsten?"
Christine stöhnt auf. „Aber du behältst es für dich!"
„Logisch. Jetzt erzähl endlich!"
„Thorsten ist ein V-Mann."
„Also doch. Erzähl!"
„Ich darf es gar nicht wissen."
„Aber er hat es dir gesagt?"
„Ja. Wie hatten gestern Nacht ein langes Gespräch."

„So spät noch? Es war doch schon nachts, als wir von Aschheim weg sind."

„Die Nacht ist nicht nur zum Schlafen da."

„Stimmt. Und?"

„Er kam ganz aufgelöst um drei Uhr bei mir zu Hause an, stank furchtbar nach Rauch. Er hat rumgedruckst, als ich gefragt hab, was los ist. Da hab ich ihn in die Senkel gestellt und gesagt, dass das mit den Heimlichkeiten aufhören muss. Und dass Schluss ist, wenn er mit den Rechten und ihren Machenschaften was am Hut hat. Da hat er mir dann alles erzählt. Dass er da eingeschleust wurde."

„Sind die BMB denn wirklich so wichtig, so gefährlich, dass man V-Leute auf sie ansetzt?"

„Nein. Und doch: Ja."

„Also, was jetzt?"

„Das ist streng geheim. Ohne Scheiß. Wir haben nie gesprochen. Okay?"

„Schieß los."

„Die BMB sind ein Testballon. Eigentlich gar keine echte Partei."

„Kapier ich nicht, Christine."

„Das ist ein Experiment. Man will verstehen, wie diese rechten Parteien funktionieren, wie groß ihr Potenzial zur Beeinflussung der Sicherheitslage ist. Das ist sozusagen eine Versuchsanordnung. Deswegen wurde die Partei gegründet."

„Du spinnst! Der Staatsschutz hat die Partei lanciert? Reichen V-Männer heute nicht mehr?"

„Das große Problem bei der Sache ist, dass sich die Kiste verselbstständigt hat. Es wissen nur ganz wenige Bescheid, wo und wie die Partei ihren Ursprung hatte. Der Wiesinger zum Beispiel."

„Und der ist jetzt tot."

„Allerdings. Die Partei führt jetzt ein Eigenleben, ist wahnsinnig erfolgreich. Die BMB haben jede Menge neue Mitglieder und der Laden ist von außen nicht mehr kontrollierbar."

„Und von innen? Wer weiß Bescheid? Der Parteivorstand?"

„Das weiß ich nicht. Der Sattelberger bestimmt nicht. Der ist ein astreiner Neonazi. Nein, eher ein Altnazi. Wer vom aktuellen Führungspersonal Kenntnis darüber hat, warum die Partei gegründet wurde, dazu hat Thorsten nichts gesagt. Darf er nicht. Vielleicht weiß er es auch gar nicht."

„Jetzt wundert es mich nicht mehr, dass der Staatsschutz so erpicht drauf ist, dass wir uns da raushalten."

„Und zugleich ist die Sache ein Riesenerfolg, also für den Staatsschutz. Die haben Erkenntnisse gewonnen, die ihre Erwartungen weit übertreffen. Also nicht nur hinsichtlich der Strukturen, sondern auch hinsichtlich des ganzen politischen Klimas, in dem solche Parteien und Organisationen gedeihen. Sie kennen jetzt die ganze Spannbreite der rechten politischen Palette: Wutbürger, Mittelstandsrächer bis hin zu Rechtsextremen. Die interessanteste Erkenntnis betrifft allerdings die sicherheitspolitischen Ansätze."

„Du meinst den Wimmer und seine Terror-App?"

„Ja, die kann sinnvoll sein wie bei der Evakuierung vom Tollwood …"

„Das war ein Test, nicht wahr?"

„Ja, das war ein Test."

„Ganz toll! Pauls Konzert war dort an dem Abend."

„Hey, ich kann nix dafür."

„Weiter! Was ist mit dieser App?"

„Diese App ist jedenfalls ein mächtiges Tool. Die Leute vom Staatsschutz interessieren sich sehr für die App, für verlässliche Prognosen und bessere Interpretationen von Big Data. Aber Wimmer will seine App vielen Kunden zur Verfügung stellen und die haben jeweils ganz eigene Interessen."

„Verunsicherung zum Beispiel."

„Exakt. Um daraus politisches Kapital zu schlagen."

„Und das hat der Wiesinger aufgedeckt, bevor er ausgeschaltet wurde."

„Vielleicht. Wiesinger war jedenfalls auch ein V-Mann. Vielleicht wollte Wiesinger mit seinem brisanten Insiderwissen auch sein ganz eigenes Ding drehen. Man weiß nicht, was da im Detail gelaufen ist. Thorsten hat versucht, da mehr zu erfahren. Ist ihm nicht gelungen."

„Wen hätte Wiesinger denn dann erpresst? Die Partei? Wimmer? Den Staatsschutz?"

„Ich weiß es nicht. Wie gesagt, laut Thorsten gibt es dazu keine gesicherten Erkenntnisse."

„Wenn die beiden Typen vom Schrottplatz Wiesinger auf dem Gewissen haben, dann bräuchte man den Auftraggeber. Das würde uns alle erheblich weiterbringen."

„Vielleicht war es dieser Werner Stadler."

„Aber den kann man nicht mehr fragen. Der ist tot."

„Weil der die beiden Schrottis erledigen wollte und die cleverer waren."

„Vermutlich. Aber der Stadler war ja auch nur ein ausführendes Organ, ein kleines Licht. Wer steckt dahinter?"

„Das ist voll die Sackgasse. Und das Ende der Geschichte, wenn die beiden Typen keine erhellende Aussage dazu machen. Ich vermute, die zwei sind kleine Lichter und wissen nicht viel. Wenn dieser Werner ihr Auftraggeber war, dann ist die Sache jedenfalls erledigt."

Andrea nickt. „Mann! Irgendwer muss doch büßen! Es kann doch nicht sein, dass das alles überhaupt keine Konsequenzen hat! Kann Thorsten nicht was dafür tun, dass da Licht ins Dunkel kommt?"

„Thorsten kann dazu nicht aussagen. Er ist Geheimnisträger. Und er ist dran, wenn jemand erfährt, dass er mir das alles erzählt hat. Und ich dir."

„Ja, warum erzählst du mir das alles?"

„Weil es mich belastet. Weil es so unglaublich ist, weil ich mit jemandem drüber reden muss, jemandem, dem ich vertraue."

Andrea nickt. „Wie sieht Thorsten denn selbst die Sache?"

„Es macht ihm zu schaffen. Er hält es nicht mehr aus. Als V-Mann stehst du ja mit einem Bein auf der dunklen Seite. Er lebt ständig in der Angst aufzufliegen."

„Beziehungskiller."
„Das kannst du laut sagen."
Andrea sieht sie ernst an. „Danke."
„Wofür?"
„Dein Vertrauen. Ich behalt's für mich. Keine Angst. Von mir erfährt niemand was."
Sie rauchen nachdenklich.
„Sag mal, hast du schon was vor heute Abend?", fragt Andrea schließlich.
„Ich treffe Thorsten."
„Was Besonderes?"
„Jedes Treffen mit ihm ist was Besonderes."
„Na dann."
„Und du, was hast du vor?"
„Paul spielt heute am Tollwood. Zweiter Anlauf. "
„Cool. Grüß ihn schön."

Erste Reihe

„Wo ist sie?", fragt Andrea Paul, als sie das Zelt betreten.
Paul deutet nach vorne. „Da, die mit der roten Skimütze. Viel Spaß euch, bis später."
Andrea geht nach vorne an die Bühne. „Hey, Madelaine!"
„Andrea!" Madelaine umarmt sie.
„Hm, Madelaine, du riechst gut."
„Honigseife. War bei euch im Bad."
„Aha. Was Paul immer kauft?"
„Du bist nicht viel zu Hause, oder?"
„Nicht genug, um zu wissen, dass Paul Honigseife kauft. Wie geht es dir?"
„Fantastisch. Ich räum mein Leben auf."
„Das mach ich auch – aber ein andermal."
Madelaine lacht.
„Und hilft's?", fragt Andrea. „Das Aufräumen?"
„Zum Glück nicht. Komm, wir gehen in die erste Reihe."

Schampus

Auf dem Heimweg vom Konzert kauft sich Andrea in der U-Bahn-Station eine SZ von morgen. Blättert rein. München-Teil: *Naziskandal bei den BMB*. Sie liest den Artikel. Und grinst breit. In dem Bericht sind grisselige Fotos von einem Fackelzug abgebildet, die jedoch einwandfrei Sattelberger und Hinz in Nazi-Uniformen zeigen. Keine gute Werbung für die BMB. ‚Pfaffinger ist nicht zu sehen, vielleicht ist der sich ja für so was zu fein', denkt Andrea. ‚Das wär's dann wohl für die Partei. Inklusive Pfaffinger. Als Spitzenkandidat dieser Naziheinis ist der weg vom Fenster.'

Doch die Nazi-Bilder sind nicht das einzige Interessante an dem Artikel. Ebenso wird auf Verbindungen der BMB zu Thomas Wimmer hingewiesen, die der Presse zugespielt wurden, und zwar in Form eines internen Papiers der BMB, in dem zu lesen ist, wie man hochgejazzte Sicherheitsanalysen für politische Zwecke einsetzen kann – etwa zur Verschärfung von Sicherheitsmaßnahmen. Thomas Wimmer stand laut Artikel bislang für Anfragen nicht zur Verfügung. Aber das Innenministerium zeigt sich beunruhigt durch diese Erkenntnisse, da man große Erwartungen in die Entwicklung dieser Sicherheits-App gesetzt hat. Man wird nun eine weitere Zusammenarbeit mit Wimmer auf den Prüfstand stellen.

‚Na bitte, geht doch', denkt Andrea zufrieden. ‚Jetzt müssten nur noch die beiden Todesfahrer auftauchen. Hoffentlich lebendig. Aber wenn jetzt die Presse an der Geschichte dran ist, wird den beiden schon nichts passieren. Sähe nicht gut aus. Cool, dieser Thorsten hat sich getraut. Hat er es für Christine getan? Wo immer er die Dokumente über die frisierten Sicherheitsanalysen auch her hat. Das sind die Informationen, die eigentlich ich Bert liefern wollte. Egal, jetzt kann PIA auch in den Sozialen Medien gegen die BMB mobil machen. Falls das überhaupt noch nötig ist. Und niemand wird erfahren, woher die Hintergrundinformationen zu Wimmers App stammen. Denn Thorsten genießt Quellenschutz, der Journalist muss nicht aussagen, woher er seine Informationen hat. Die einfachste Lösung.' Andrea grinst Paul und Madelaine an. Aber die sind mit sich selbst beschäftigt. Paul schwebt immer noch auf Wolke Sieben wegen dem Konzert und natürlich wegen Madelaine.

„Hey, Leute, wir trinken zu Hause noch was. Im Kühlschrank ist eine Flasche Schampus. Die ist eigentlich für Toms Rückkehr morgen, aber da hol ich eine neue."

„Was gibt es denn zu feiern?"

„Das Leben."

„Und die Liebe", ergänzt Madelaine.

Neues Glück

Der nächste Tag ist ein guter Tag. Die Reitbergers sind aufgetaucht. Sie sind den Kollegen bei einer Verkehrskontrolle ins Netz gegangen. Manchmal hilft Kommissar Zufall dann doch. Jetzt sind die Jungs unter Verschluss – als Kronzeugen.

„Na, wer's glaubt", sagt Andrea und denkt an Christines Informationen über die lancierte Partei. ,Die Leute vom Staatsschutz wollen sicher unter allen Umständen vermeiden, dass Details über die BMB bekannt werden, und bauen den zwei Jungs eine goldene Brücke. Ob ihnen das gelingt?'

Offenbar ist alles wirklich so gelaufen, wie sie es sich zusammengereimt haben. Ohne, dass sie es beweisen *können*. Fragen können sie leider nicht einfach, denn: Ober sticht Unter. „Glauben die jedenfalls. Abwarten", murmelt Andrea kämpferisch.

Die eigentlich gute Nachricht ist, dass Fellmann darum gebeten hatte, sich das Auto der Reitbergers in der KTU näher anschauen zu dürfen. Reine Routine. Und jetzt sind ihre und Christines Waffen wieder da. Sie befanden sich in dem entleerten Autoverbandskasten des Opel Corsa. Darin waren nicht nur die beiden Schusswaffen, die ihnen Augustin und Franz bei ihrem Hausbesuch abgenommen hatten, sondern auch noch eine dritte Pistole. Und diese gehört ebenfalls Andrea. Es ist die Dienstwaffe, die ihr der U-Bahn-Attentäter entwendet hatte.

Josef grinst breit, als er Fellmanns Bericht zum zweiten Mal gelesen hat. „Das ist unser Missing Link, das ist der Beweis, dass die zwei Jungs für den Tod von Vinzenz Krämer verantwortlich sind. Nur so können sie in den Besitz der Waffe gekommen sein."
„Und was machen wir mit der Info?", fragt Andrea vorsichtig.
„Ermitteln. Asche wollte ja, dass wir uns auf den ersten Fall konzentrieren. Die Waffe gehört definitiv zu dem ersten vorsätzlichen Unfall. Mit so konkreten Belegen kann man uns ein Verhör mit den beiden nicht verweigern. Das ist der Schlüssel, um den Fall von Anfang an aufzurollen. Und wir ziehen das durch!"
Andrea grinst abends auf dem Heimweg vom Präsidium immer noch. An einem stummen Verkäufer sieht sie die Zeitung mit einer neuen Schlagzeile zu den BMB. Ja, auch die Journalisten machen ihre Hausaufgaben. Wenn's läuft, dann läuft's. Muss sie nicht mehr lesen, sie weiß schon alles. Ihr Blick fällt auf das Datum. Heute ist doch irgendwas? Jetzt fällt es ihr ein. Sie sieht auf die Uhr. Viertel vor sechs. Mist! Sie ist zu spät! Sie rennt los zur U-Bahn. Schnell heim, das Auto holen.
Sie ist komplett verschwitzt, als sie am Krankenhaus ankommt. Mist, er hatte es ihr doch gesagt: Um 17 Uhr das letzte Gespräch mit Professor Zauner, dann kann er endlich gehen. Und sie hatte versprochen, ihn dort abzuholen.
Andrea stürmt die Treppen hoch, den Gang entlang und betritt nach einem hastigen Klopfen Toms Zimmer. Sie ist irritiert, denn das Zimmer ist leer. Sie geht auf den Gang raus, fragt die Stationsschwester.
„Es tut mir sehr leid", sagt die Schwester.
„Was tut Ihnen sehr leid?"
„Hat man Ihnen nicht Bescheid gegeben?"
„Oh Gott, ist was passiert?"
Die Schwester nickt traurig.
„Jetzt sprechen Sie doch!"
Die Schwester deutet zur Raucherterrasse. Dort draußen steht Tom und genießt die frische Luft. Andrea schüttelt den Kopf und

muss lachen. Dreht sich nochmal zur Schwester. Die ist bereits verschwunden. Andrea geht auf die Terrasse raus.
„Gehst du jetzt unter die Raucher?", fragt sie Tom.
Tom sieht nachdenklich zu den zwei faltigen Typen im Bademantel, die konzentriert den Rauch ihrer Zigaretten inhalieren und sich an ihren Infusionsständern festhalten. „Ja, vielleicht. Das macht einen schönen Teint."
„Ist das eine Beschwerde?"
„Nein, steck dir ruhig eine an."
Das macht Andrea auch.
„Und, viel los in der Arbeit?", fragt Tom.
„Leck mich fett."
„So schlimm? Erzähl."
„Nein, heut Abend kann mich die Arbeit mal. Jetzt bin ich nur für dich da."
„Klingt gut."
Sie schmeißt ihre halb gerauchte Zigarette weg und nimmt seine Tasche. „Komm, ich bin mit dem Auto da."
Als sie durch den Ausgang gehen, sehen sie, dass sich der Abschleppdienst gerade um Andreas Auto in der Anfahrtszone für die Krankenwägen kümmert.
„Hey, Stopp!", ruft Andrea dem Typen vom Abschleppdienst zu.
„Diesmal nehm ich die Karre mit", sagt der Blaumannträger genervt.
„Wie, diesmal? Ich bin im Einsatz."
„Das letzte Mal war ein Typ mit dem Auto unterwegs. Hat was von Polizei erzählt. Dass ich nicht lache!"
„Ich weiß nicht, wovon Sie sprechen. Ich bin jedenfalls Polizistin."
Sie zieht ihren Dienstausweis heraus.
Der Mann vom Abschleppdienst hantiert seelenruhig weiter an Andreas Wagen und schaut sich den Ausweis nicht näher an.
„Haben Sie mich verstanden?", fragt Andrea und präsentiert immer noch ihren Dienstausweis.
„Die Geschichte kenn ich schon. Bitte gehen Sie da weg!"

„Das ist eine polizeiliche Anweisung!", sagt Tom.
Der Typ lässt sich nicht beirren.
Tom lüftet Andreas Jacke, sodass ihre Waffe zu sehen ist. „Wenn man sie reizt, wird sie unberechenbar."
Andrea stöhnt, aber der Mann vom Abschleppdienst ist tatsächlich beeindruckt und macht die Haken wieder von den Felgen los.
Andrea schmollt im Auto. „Tom, du hast echt den Arsch offen!"
„Hey, das war nur Spaß."
„Spaß? Spinnst du? Wenn der Typ mich anzeigt, der hat meine Autonummer!"
„Macht der nicht. Bestimmt. Außerdem war ich es ja. Ich nehm alles auf mich."
„Das will ich hoffen."
„Was meinte der mit ‚diesmal'? Kennt der dich schon?"
„Nein, nie gesehen. Wahrscheinlich hat der einfach schon alle Ausreden gehört."
„Und der Abend gehört wirklich uns? Was ist denn mit Paul?"
„Wir fahren zu dir. Paul hat Besuch."
„Lass mich raten."
„Genau."
„Okay. Dann zu mir. Aber da liegt der Staub bestimmt zentimeterdick."
„Egal."
„Und ich hab auch nichts zum Essen daheim."
„Wir lassen uns was bringen. Pizza."
„Oh ja! Und eine Flasche Wein! Boh, Pizza – was Ordentliches nach dem ganzen Krankenhausfraß!"
„War es so schlimm?"
„Richtig schlimm. Super, dass ich endlich raus bin. Morgen bin ich wieder in der Arbeit."
„Magst du nicht noch ein bisschen ankommen?"
„Du redest schon wie dein Chef."
Andreas Handy klingelt.
„Ja? – Wie? – Nein. – Doch. Ja. – Okay." Sie beendet das Gespräch.

„Setzt du mich vorher noch zu Hause ab?", fragt Tom.
„Nein."
„So eilig?"
„So eilig. Neuer Fall, neues Glück. Und die brauchen einen guten Mann von der KTU."
Tom grinst. „Dann mal los."

Ein herzliches Dankeschön an Martina, Michi, Peter und alle anderen vom Volk Verlag.